死亡大事

是禮儀師更是詩人，有關生死的思索，愛的追問

the undertaking

life studies from the dismal trade

湯瑪斯・林區 Thomas Lynch——著
王聖棻、魏婉琪——譯

好讀出版

【各界專業推薦】

關於面對死亡，《死亡大事》一書作者湯瑪斯・林區提出了不一樣的觀點，他嘗試改變我們對死亡的刻板印象，幫助我們思考死亡與臨終；其實，他探討的是生命，是生活。作者在十二篇散文中，以他禮儀師的身分正面凝視死亡，深刻體會到生命的種種美好，也因此更加珍惜生命中相遇的人事物。

我們相信，天空不藍仍然可以歡笑，本書作者正是從黑色幽默角度思考喪禮與死亡的奧祕，一方面肯定自己是個優質的生命禮儀師（態度眞誠、服務全面），另一方面也指出客人的眞誠反應（在表達感激後，說出「我永遠不想再看到你」），這無非是因爲大家都不希望悲劇再度發生。喪禮儀式本身主要是爲了生者而存在，讓家屬能一邊安慰自己一邊好好送走逝者，讓親朋好友在這個心碎時刻表達關懷與問候；喪禮也表示埋葬掉一切的憤怒與傷痕，逝者的痛苦已經結束了，人生已經畢業了，圓滿的離開我們了。

——**吳庶深**，國立臺北護理健康大學生死與健康心理諮商系副教授
中華民國安寧照顧協會及得勝者教育協會理事

最近，花了些時間（我今年才剛退休，較有時間），閱讀完湯瑪斯・林區所寫的《死亡大事》，心中有極大的感動與震撼，尤其對已行醫四十餘年，看盡生、老、病、死的我。禮儀師與醫師有何不同？醫師爲「活人」而忙，而禮儀師是爲「死人」而忙。許多人說，禮儀師與醫師應該看破生死了，其實不然，因爲這兩種行業都是看到「別人」的死，如果輪到自己，可能就不一樣了。

本書有許多特別的名詞或句子，以下摘錄我個人特別有感覺的——埋葬死者這件事很古老，大概和生命本身一樣老。／又有哪一次的殯葬過程，不是在生命與生者、死亡與死者之中尋找意義呢？／人活著的時候會被一連串的苦難折磨，死掉只不過是其中最慘、也是最後的一個。／殯葬業者所做的，全是爲了活著的人。／我們今天如何葬了親人，接下來也要輪到我們。／喪禮必須有死者在場，入土或入火爲安。／許多意外事件的發生，死者最後會發現，自己只不過是在錯的時間到了錯的地方而已。／埋葬老年人時，埋葬的是已知的過去，而埋葬嬰兒，我們埋葬的是未來。我們懷念人，只不過是因爲我們希望被人懷念。／在「選擇」受到彰顯保護之處，我們必因選擇而苦。

讀完此書，感觸良深，値得大力推薦給讀者。

——**周昌德**，臺北榮民總醫院過敏免疫風濕科主治醫師、陽明大學內科教授

著有《親愛的，我不想太早離開：一位醫生陪伴愛妻對抗肺腺癌的眞情日誌》

這本《死亡大事》，由專業殯葬禮儀師湯瑪斯・林區撰寫，寫他承接死亡後、解決遺體所面臨的種種問題與感觸，讀起來有點嚴肅，卻可以讓我們一窺生死究竟——不但有助理解死後的事情，更有助思考活著時可以預先完成的事情，讓人生更美好。

——**周希誠**，中山醫學大學附設醫院緩和醫療科主任
臺大共同教育中心「生死教育」通識課程特聘副教授

生與死的議題，是殘酷的、溫馨的，也可以是很哲學的！

《死亡大事》一書作者湯瑪斯・林區，本身是一位禮儀師，也是一位詩人，因此在這本散文集裡，他以一種充滿人間氣息的哲學式省思視角，剖析著人與人之間的關係密碼。像是，平時所見的事物，在失親家屬眼裡卻代表著不同的意義；而如何引領家屬卸去心中的自責與愧疚，又遠比制式化的儀式更具意義。

林區先生從他作爲一名殯葬業者暨詩人的角度，細膩描述了十二篇散文故事中人與人的互動，突顯了生、死與愛之間不可分割的微妙關係。對於關心生命議題的人來說，是本值得品味的好書。

——**吳賜輝**，萬安生命事業集團董事長

（依賜稿先後順序刊登）

【專文推薦】

烈日般超現實的死亡

文／廖彥博
詩人、譯者、新銳歷史作家
著有《一本就懂中國史》
《愛新覺羅・玄燁》等書

乍讀《死亡大事》，覺得這個葬儀社老闆主角的故事，似乎是美國版的《送行者》；可是，和日本那樣重視群體關係、「人與人之間聯繫」的社會相比，《死亡大事》每提及一次主角（與其親友）所經歷的死亡，對於「死亡」這件超乎現實、卻又超級現實的事情，就更加的往核心逼近一分。

人生在世，莫不有死。死亡和喪禮是分不開的，可是兩者並不是同一回事。

我們打小開始，或多或少都經歷過喪禮，見識過死亡（至於次數是多是少，則看命運）；喪禮是活人對死人的最後敬意、以及活人之間對於死亡的演示。至於死亡，如果您正讀著這篇短文，就表示您和我一樣，還沒有親身經歷過。

說「掉腦袋不過是碗大的疤」是沒有用的，因爲死者不能復生，再對我們說一次那「碗大的疤」究竟痛癢如何？而生者卻往往因爲無常太過逼近，驚怖震撼，至於無法承受。

死亡，有輕於鴻毛，有重於泰山。死亡，可以猝然而至，即使帝王將相，亦不能免。有人撒手人寰，可以安緩從容，徐徐布置，那是造化所致。您難道沒見到，《死亡大事》裡談到主角那代人仰慕的對象——甘迺迪總統，手握大權，丰采翩翩，卻死於狙擊槍的子彈；死亡降臨在他身上時，轟爛了他的腦門。對還在生的人而言，那樣的猝然，就像烈日一樣，令人不敢直視，但你確實知道，你其實身在其中，在見證他人死亡的同時，思忖著，邁向自己的死亡。

本書獻給丹、派特、提姆、瑪莉、茱莉、艾迪、克里斯和布麗姬

紀念我的父母——羅絲瑪莉・歐哈拉與愛德華・約瑟夫・林區

鏡中的身影已經引不起任何人的注意，
我們的不幸已經遠離，平靜的心跳有如報時的鐘，
而一如祂所允諾，上帝正是包覆著光芒的慈悲。

——珍・肯揚（Jane Kenyon）[1]

這個世界讓人流淚，而人類必死的命運讓人心如刀割。

——維吉爾（Virgil）[2]

我發誓，我沒有槍。不，我沒有槍。

——科特・唐納德・柯本[3]

我選了佛蒙特硬木，黝黑又有光澤。瞻仰遺容的時候，大家說她的嘴巴怪怪的。我想，那表示她很高興。

——唐納德・霍爾[4]

譯注

1 珍・肯揚（Jane Kenyon，1947～1995）：美國詩人、翻譯家。

2 維吉爾（Virgil，西元前七〇年～西元前一九年）：拉丁文原名為Publius Vergilius Maro，為奧古斯都時代古羅馬詩人，著有《牧歌集》（Eclogues）、《農事詩》（Georgics）、史詩《埃涅阿斯紀》（Aeneid）。

3 科特・唐納德・柯本（Kurt Donald Cobain，1967～1994）：美國搖滾樂手。本句出自〈保持本色〉（Come As You Are）這首歌，歌曲發行後不到三年，柯本飲彈自盡。

4 唐納德・霍爾（Donald Hall，1928～）：美國桂冠詩人，二〇一〇年獲頒美國國家藝術勳章。詩人珍・肯揚的丈夫。

CONTENTS 目次

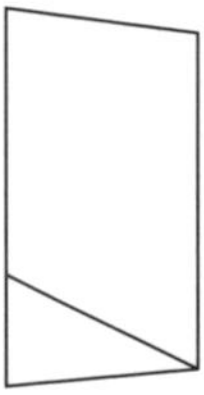

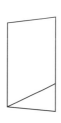

Preface

開場白

一開始，我以爲那表示他「把人帶去埋了」（took them under）。當時是一九五〇年代，而我是禮儀師（undertaker）的小孩（正確的說，是眾多小孩其中之一），這種事對我來說其實沒什麼，但對當時玩在一起的朋友而言，可是了不得的大事。

有個玩伴這樣問：「他都『做』些什麼事？他到底是怎麼『做』的啊？」

我就說，我覺得一定要有洞才行，就是要挖洞啊，然後還有屍體，死人的身體。

「他把死人的身體帶去『埋』，懂嗎？放進『地底下』。」

通常，朋友們聽到這裡就閉嘴了。

不過呢，我說是說得言之鑿鑿，心裡其實沒那麼肯定。我在想，爲什麼不是叫做「埋人師」（underputter），也就是把死人「放在」（put）地底下埋掉。要說是「帶」（take）他們，確實有點不太對勁；我是指，如果人已經死了，也就不需要有人「帶」著去地下了。就好像，你會「帶」妹妹去藥房，但你會把腳踏車「放在」車庫裡。那個時期的我，很喜歡把字詞和字義當成遊戲來玩。

爲了當輔祭，七歲時，我被送去學拉丁文。那是我媽的主意。她說，如果我對上帝很小氣，上帝也不會對我大方。這句話似乎有它的道理，就算不是，也是我媽希望我明白的事，而那對我來說，已是最接近眞理的一句話。

拉丁文很神奇也很神祕，一大堆母音讓這個語言讀起來很有意思。每個星期二下午四點，我和聖高隆邦教堂的肯尼神父碰面，學習牢記這些古老的音節。他會給我一張卡片，上頭紅色的部分是神父的，黑色的部分是我的。他來自愛爾蘭，跟我爸的叔叔一起在神學院唸書。這位叔公年紀輕輕就死於肺結核，後來我出生便以他爲名。當時，我隱隱覺得去當輔祭這件事是我媽和神父串通好的，後來還眞的接受了任命。

多年後，神父把這件事一五一十說給我聽；那時他剛退休，回到了愛爾蘭戈爾韋郡的鹽丘市。對他來說，這個世界和教會的改變實在太劇烈。我還記得他跟我爸在教堂後頭碰面的情景。

那時，我總在下課後去喪禮幫忙，我爸穿著護柩人的禮服，戴著手套，別著胸花，從頭到腳一絲不苟；他背後，是一具棕色的棺木，和一群低低抽泣的亡者家屬。神父的祭服已經從黑色換成白色，原本說拉丁文的彌撒全都改說英文，連儀式的先後順序都不一樣了，肯尼神父對此完全不能接受。

「愛德華！」他一到教堂後頭就大吼，「人家要我和大夥一起『慶祝』喪禮，所以把你那張正經八百的臉給我拿掉，而且還要很親切的告訴葛利馬蒂夫人，我們主教大人希望她高高興興的辦她死去丈夫的喪禮！」

葛利馬蒂家已很習慣肯尼神父這種諷刺的口吻，看起來完全不爲所動。

我手上提著一桶聖水，站在神父跟我爸中間，一邊是白衣一邊是黑衣。

「告訴你，下回我們就會在洗禮儀式上痛哭流涕，以示哀悼了……」肯尼神父還繼續火上加油。

「神父，時間到了。」我爸說。

身穿白色十字褡、一臉忿忿不平的神父在靈柩上灑了一些聖水，然後轉向聖壇。管風琴師彈起新讚美詩中幾段輕快的旋律，神父狠狠看了他一眼，示意他別彈了，然後從鼻孔深深吸了口氣，開始以憂傷的男高音音色吟唱來自自己家鄉的〈引進天堂〉，表達哀悼與慰藉。

神父很清楚，一切都變了。

這類事情見多了之後，我漸漸明白，我爸這一行在死者身上花的功夫少，更多的，是讓活著的人接受親朋好友逝去的事實。

隨著歲月遞嬗，言語更替，我爸所從事的這個行當也有了好些新名字。

「殯葬從業人員」（mortician）——這個名號他大概受不了，因為聽起來活像什麼科學研究員之類的新奇東西，跟汽車、電視和各式家電一樣，總在永無休止的換包裝，創新，改良。

「喪禮指導師」（funeral director）——聽起來很符合現實，老爸也的確具備早期以「葬儀社」指稱業者、如今風向轉為「喪禮指導師」的特徵，他一直相信有困難的家屬需要的是「人」，而不只是一個冷冰冰的場所。

但是他攬鏡自照，鏡裡的人還是當年那個禮儀師，那個總和生者一起面對死亡、發誓會盡己所能做好一切的人。埋葬死者這件事沒有跟著名字一起變新，它還是很古老，在他認爲，大概和生命本身一樣老。

跟我一起廝混的朋友還想知道更多驚悚情節。

正如電視上大偵探喬．佛萊迪[2]掛在嘴邊的話——「事實……就擺在眼前」，因此我們圍成一圈，抱著我爸以前上葬儀學校時買的《格雷解剖學》、《貝爾病理學》這兩本書，看著一堆肢體殘破不全的、罹病的，還有死亡的照片，一夥人模樣之鬼祟跟後來看色情書刊沒什麼兩樣。

但事實多半不如想像精彩。比如說，沒有誰會從靈柩裡坐起來，也沒有人看過鬼。我還沒見過哪個死人的指甲或頭髮會一直長長。屍體變僵硬並不稀奇，死掉的人其實很平常，平常到難以想像的地步。

活著的人才一點也不平常，成人雜誌裡皮光肉滑的女體也不平常，我們隨年華老去而越顯精彩與醜怪的生命也一樣不尋常。

也許對每個世代來說都一樣——性與死亡，都是必須完成的功課。

我的父母從高中時期便相識熱戀，畢業時正好碰上二次大戰爆發。我媽一邊繼續讀大學一邊在醫院工作，我爸則跟隨海軍陸戰隊第一師遠征南太平洋，之後又去了中國，兩人在戰爭結束後結了婚。他們的世界看起來充滿各種可能。他們的性，因饑餓與擦身而過的死亡而增強，又因擔心懷孕而壓抑，因戰事爆發而延遲，最終在嬰兒潮中開花結果。性和死亡，對他們來說是反義詞。俠客與惡棍、貞女與蕩婦、哪些人對哪些人錯，我們心中有著黑白分明的既定印象。

在大戰時期與大蕭條期間出生的孩子如他們，通常帶有浪漫與忠貞的特質——強烈渴望保障，尋求安全感，希望一切長長久久，做生意能眼光精準，並找到一塊安身立命之地。他們結了婚就一生一世永不分離，住得離城市越來越遠，過著彷彿長生不老的生活。

我們嬰兒潮這一代則在核子武器的致命威脅下出生，在古巴和柏林飛彈的瞄準中成長，對待愛情和死亡的態度就像電視上播放的卡通影片。我們仰望天空，俯看新聞。防空洞是我們的遊戲場。就在我們從防空洞走出、或說進入青春期之際，災劫降臨在甘迺迪總統身上。

那個星期五，我們這些讀中學的青少年，不再把注意力放在性幻想、和骨盆腔裡代表青春與慾望的新生器官上，轉而思考生命中發生的第一樁死亡事件。這是性和死亡的偶然交會嗎？是我們生命裡創造與毀滅的力量意外相互衝擊嗎？我們的生命與死亡是不是從此變得更隨機了呢？

於是，無論是不知不覺，是機緣巧合，是意料之外，還是不顧一切，只要伸手能及，我們都要緊緊抓住自己喜好的事物。我們這一生也就走這麼一遭，如果不能和所愛的人在一起，那麼親愛的，至少可以去愛和我們在一起的人。有時，我們甚至託上天的福，萬事如意的老去……儘管借用視覺詩人卡明斯（e. e. Cummings）的細膩隱喻手法，這似乎帶著點「北極熊穿起了溜冰鞋」的滑稽意味。

正因爲擔心天有不測風雲，所以我們計畫著傳宗接代，結婚之前要先試婚，雙親的喪禮要事先安排。只因我們從旁人身上得知、並且深信，迎接新生命，迎接眞正的愛情，乃至迎向死亡，這些感受全都可以事先預習。然而這所有的計畫、所有鉅細靡遺的安排，所有對於父母這沒做好那沒做到的牢騷抱怨，卻只是讓我們挫折更多，離婚更多；相信，很快我們就會比這世上任何二十歲世代的人「凱沃克」（kevork）得更多，意即「試圖自殺」更多。

「kevork」這個字，源於「kevorkian」[3]，而後轉爲不定詞「to kevork」，當作動詞使用。我們應該實際觀察這個字通常怎麼與其他常用動詞搭配（但就我自己說話習慣，只要有語氣較弱的字能替代，就絕不用「Kevork」這個字，用意是希望維持它語言的強度，以免像某些抗生素，用多就失效了），有些用法是這樣的，它主要取代了「fuck」（幹）這個字，像是「Kevork off」（給我凱沃克＝給我滾），或是「Go kevork yourself」（去凱沃克＝去死），又或是「Take that, you mother-kevorker」（認了吧，你這狗凱沃克＝認了吧，你這狗娘養的）；也有偏向修辭性的用法，如：「are you out of your kevorking mind？」（你腦袋是凱沃克了嗎＝你是瘋了嗎？）

但我擔心對我的兒女而言，「性」（sex）和「死亡」（death）幾乎等於同義詞；這兩個字韻押得太好，要把這兩件事分開並不容易。對他們來說，性是一場奇特的輪盤賭博，而在這場致命的樂透遊戲裡，我們希望他們把賭注押在「安全的性」、「相對安全的性」和「最安全的性」上。（但「什麼都不管的性」，我們管它叫什麼來著？）那麼死亡呢？對他們來說，這是某種窮極無聊的名詞，能讓對什麼事都提不起勁的那種人稍稍覺得有趣。他們對死亡已經失去警戒，只因徹底失卻了足可威脅生命的機會。注意安全，比造成遺憾來得重要許多嗎？眞的嗎？哇，瞧超脫樂團那位自殺身亡的主唱科特・科本（Kurt Cobain），正在牆上海報朝著他們微笑呢！有人說——「我眞懷疑，他會『覺得遺憾』。」

他們居住在一個科技昌盛的世界，所有事物都比以前進步，連人也是，但似乎沒有人知道原因。他們被保母和托兒服務、幼兒指南和有線電視扶養帶大，不費吹灰之力便擁有了長輩所追求的那種孤獨感。來到二十多歲，他們對於尋找自我不感興趣，只顧著尋找出路。他們沒有信仰、沒有希望，迷失在愛情裡，生孩子只是爲了有個伴，並用難以形容的暴力來自我毀滅；這樣的情況多得驚人。而流行文化、熱門的心理學，以及關注教徒是否「感覺良好」的宗教，都只會說：「別擔心，要快樂」、「照顧好自己，要有自信」……他們接收這些語焉不詳的訊息，在當中痛苦的掙扎，活像收到一堆被銀行催繳的信用卡帳單，不得不面對承自他們父母內心的一片荒蕪。

看著自己父母一路走來，我體會到「禮儀師」這個詞在意義上的轉變，也就是所做的事和過去不同之處——一開始是處理死人的事，接著是幫活人的忙，然後才是由活著的人（也就是由每一個相關的人）共同來辦這場喪事。

高中畢業後我當了兵，之後進了大學，然後就是等待，看自己的人生會變成什麼樣。接下來我待過葬儀社，我去了州立精神病院，也到過戒酒之家幫助酗酒的神父。我學會了喝酒。我戀愛了。好幾個朋友在越南戰死。我的未來似乎相當可怕。

接著我去了愛爾蘭，住在曾祖父百年前離鄉、遠赴密西根州後留下的老房子。那裡沒有電話，沒有暖爐，沒有水管，沒有電視，沒有曳引機，沒有汽車，也沒有便利商店。生活在那兒，看來原始，地處文明極邊緣，卻清晰澄明。牛生了，鄰居死了，潮起，潮落，人也就閒話家常。

在愛爾蘭的克萊爾西海岸度過了冬天和春天，我開始找到自己人生與時代的方向。即使是這樣一個劇變到令人疲憊的世紀也有它自己的路要走，此刻的愛爾蘭也不例外。我回到這個地方，就像一個尋找水井、探尋源頭的人，希望藉此找到一些眞實的事物。

因此，我們所做的「殯葬」就是爲活著的人穿上一層防護衣，帶領他們抵禦寒冷，尋找意義，走出虛無，對抗擾人的是非言語，並爲目不見物的黑暗帶來光明。辦喪事是我們表達情緒的方式，不管是驚奇和痛苦、愛情和慾望，或是生氣和憤怒，我們所用的字字句句全都化作一首首歌曲，與無數次的祈禱。

我第一次寫作、出版詩集時，老爸問我什麼時候寫本關於喪禮的書。我回答，我覺得我已經寫了。他點點頭，微笑著。之後又會不時再提一下，他是這麼說的：「你知道我意思吧。」我懂，當然懂，總有一天，我會把這本書寫出來。

對於我寫的書，不少書評都提到我這份在白天從事的奇特職業，好像在說——就一個處理屍體的人來說，寫得還不錯啦，於是，「殯葬詩人」或「詩人禮儀師」成了標準稱呼。各種粗體字標題刻意抓住讀者的目光——《觀察家報》說是「屍體詩集」，《泰晤士報文學副刊》打上「請進來我的葬儀社」，《華盛頓郵報》則說是「入土之詩」。我對這些沒什麼意見。我對自己說，能被注意到已經很好了，即使大部分的用語如此譁眾取寵。

事實上，我想我認識的那些在大學教書、或在「相關」領域工作的詩人們，其實也都是「禮儀師」——他們無一不在生命、在愛與死亡之中，翻尋著意義和音韻。曾有人問謝默斯・希尼[4]爲什麼要寫這麼多輓歌詩，他反問：「除了輓歌，這世上還有別的詩嗎？」「詩人該寫的只有性與死」——這句話是葉慈[5]寫給龐德、還是龐德[6]寫給葉慈，我記不得了。性如此可愛，而死亡無所不在；於是我自問，「詩人教授」或「詩人編輯」，「詩人主夫」或「詩人老爹」，這些稱謂又有什麼差別？

那麼，又有哪一次的殯葬過程，不是在生命與生者、死亡與死者之中尋找意義呢？

只是，我老爸面對的情況是很實際的。他很清楚這份工作如何影響、形塑了自己的人生，如何讓他成爲一個丈夫、父親與男人。他很明白他人的哀痛與漠然、他人的絕望，以及他們的信仰與希望。他看著那些人如何購買棺木，如何手牽手互相扶持；看著他們如何獻上花，如何道別；看著他們流淚、歡笑，或者酩酊大醉的逃避現實……從這些事情當中，他聽見了自己和本性、人類與上帝的話語。我想他很清楚，二十二年前的今天當我們搬到密爾福，也將同時塑造、改變與啓發我的人生。

殯葬這一行得保證把任務完成，承諾把事情辦好；老爸過世時，我能做到的似乎也只是這樣。我跟他說過，有一天我會寫這本書。在我的設想中，這本書是寫給那些對我們所做的事有疑問的詩人看的，或是寫給讀了詩人的作品、想弄懂其中寓意，甚至還想知道更多的人看的。但我想在老爸心裡，這本書是爲形象陰鬱的殯葬業者、爲那些負責喪禮各個環節的人而寫——他們是身著黑衣、在週末和假日領著長長車隊和打理遺體的人；他們是有人過世或有人來電求助時，於黑夜中起身出門的人。

接下來，故事開始了，算是跟老爸交了差；答應別人的事要做到，殯葬才算大功告成。

湯瑪斯・林區

寫於密西根州密爾福市

一九九六年六月十三日

譯注

1「undertaker」這個字，是西方早期對殯葬業者的稱呼，意義上接近臺語的「土公仔」，略含輕視意味。

2喬・佛萊迪（Joe Friday）：美國影集《法網恢恢》（Dragnet）中的警官角色名。

3指凱沃基安（Jack Kevorkian, 1928~2011）這個人，人稱「死亡醫生」（Dr. Death），美國病理學家、安樂死推廣運動家、畫家、作家、作曲家和樂器演奏家。他公開提倡透過醫生協助自殺，完善末期病患「死的權利」，並聲稱至少已協助一百三十名患者結束生命。

4謝默斯・希尼（Seamus Heaney, 1939~2013）：愛爾蘭作家、詩人。一九九五年獲諾貝爾文學獎。

5葉慈（William Butler Yeats, 1865~1939）：愛爾蘭詩人、劇作家，以及神祕主義者。葉慈是愛爾蘭居爾特復興運動的領袖，也是艾比劇院的創建者之一。一九二三年獲諾貝爾文學獎。

6艾茲拉・龐德（Ezra Pound, 1885~1972）：美國著名詩人、文學家，意象主義詩歌的主要代表人物，後期轉向法西斯主義。在二次大戰爆發之前，龐德即前往義大利，在當地組織了一個反美廣播電臺，支持墨索里尼，後以叛國罪被逮捕。

Chapter 1

入土為安

每年我都要埋葬好幾百位市民，另外有二三十個是送到火葬場。我也賣棺木、墓穴和骨灰罈，兼賣墓碑和各式紀念碑。我還代客訂花，收手續費。

除了這些實質的工作之外，我的場地也提供出租——三百一十坪，家具齊備，有充足柔和的燈光，牆上還有護牆板和冠形頂飾。這整套應急用的設備場地都已經抵押再抵押，借的錢差不多要二十一世紀才還得清。我的車隊有靈車一輛、凱迪拉克福利伍德禮車兩部，還有窗戶特別加黑的小型休旅車一部，神父都稱這部車爲「公務車」，城裡的人則叫它「死亡馬車」。

我以前都是用「套裝計價方式」，就是整套一口價；意思是，你只要看一個價錢就好，不過這個數目很大。現在什麼都要一項項列清楚，因爲法律這樣規定。所以會有一份長長的清單，項目和價格都列在上頭，還有用斜體字標明的免責條款，看起來有點像餐廳裡的菜單，或希爾思百貨公司的禮品型錄；有時候清單裡，聯邦政府規定要塡的選項，看起來會有種脫離現實或太模糊抽象的感覺。大部分的時間我都穿著黑色衣服，希望讓別人一看就知道我們不是站在路邊聊車子。而現在清單最底下依然有一筆很大的數目。

工作忙的時候，一年營業額大約接近一百萬美元，其中的百分之五是我們希望能放進口袋的數目。我是城裡唯一的殯葬業者，所以市場上僅此一家，別無分號。

儘管是壟斷生意，但市場好壞是根據一個通稱爲「粗死亡率」的數字來決定，也就是每一年每一千人的死亡數目。

其中的道理是這樣的。

想像有一個很大的房間，你花言巧語騙了一千個人進去。一月份的時候，你砰的一聲關上大門，留給他們很多食物和飲料、彩色電視、雜誌和保險套。你的樣本應該有一條年齡分布曲線，其中大部分是嬰兒潮這一代和他們所生的子女，每一個嬰兒潮出生的人會生一點二個小孩。每七個成人中有一個是老年人，這個人如果不在大房間裡，就可能是在佛羅里達州或亞利桑那州或哪間養老院裡。現在你就會有點概念了。這群人裡面會有十五個律師、一個信心治療師[1]、三十六個不動產經紀人、一個修電視的技工、好幾個領有執照的顧問，還有一個特百惠的經銷商；剩下的會是其他行業的人、中產階級的經理、遊手好閒的流浪漢，或是退休的人。

接著就是神奇的部分。等到十二月底，你回來把門打開，能夠蹣跚的直直走出來的人，在可容許誤差的情況下是九百九十一點六個人。其中會有兩百六十個人改賣特百惠的產品，而那沒走出來的八點四個人就變成粗死亡率。

這裡還有另外一個統計數字。

在八點四具屍體裡，有百分之六十七是老年人，百分之五是小孩，其他則是嬰兒潮出生的人（稍微少於二點五具屍體），可能是不動產經紀人或律師，當中一個肯定在去世那年選上公職。還不只如此，這八點四具屍體中，有三個人會死於腦部動脈或冠狀動脈的問題、兩個是癌症，然後是交通事故、糖尿病和家暴事件各一個；剩下的死法差異會是天災或自殺，而自殺事件多半跟信心治療師脫不了關係。

有一個數字最常、也最刻意遭到保險公司的圖表和人口統計學忽略，我稱之爲「關鍵值」，也就是每一百個出生的人裡面的死亡人數。以長遠的角度來看，這個關鍵值大約是在……嗯，應該說是恰恰好百分之一百。如果這個數值出現在圖表上，有人會稱之爲「預測死亡率」，然後任何跟未來相關的產品都會賣不出去。但這是個有用的數字，而且也有它的意義——也許你會想規畫一下自己的人生要做什麼事，也許會讓你覺得跟身邊的人關係更緊密，也許知道了這個數值會讓你神經兮兮。不管這百分之百的死亡率暗示的是什麼，你可以算算我所在的這個城市有多大，爲什麼總會讓我有穩定卻無法預測的差事要做。

一個人的時間到了就會死，不管是一週裡哪一天，或一年裡哪個月份，如果就季節因素來考量，人也沒有明顯喜歡死在哪個季節。而星星怎麼排列、是不是滿月，或教會年曆上的某個節日也跟死亡沒什麼關係。就死亡的地點來說，哪裡都可以死——有人可以在自己的雪佛蘭車子裡，或在養老院站著或躺著死，也有人死在浴缸裡，在州際公路上、在急診室或手術室，或在寶馬轎車裡。

不知道是否因爲我們把更多的設備跟死亡相提並論，或是我們更看重死亡這件事，死在一些用縮寫表示的地點似乎比較不一樣，比如說死在加護病房（ＩＣＵ）好像就比死在格林次布萊爾療養之家來得好，但事實還是一樣，死者不在乎這個。就這點來說，我埋葬和焚化的死者和以前並無二致，因爲時間和空間對他們來說已經不重要了。其實，喪失空間時間感正是大事即將發生前第一個確切的兆頭，接下來便是停止呼吸。在這個時候，如果是胸部中槍或外傷休克，肯定要比中風或冠狀動脈硬化來得引人注目，不過死了之後，怎麼死的就完全不重要了。任何一種死法都行，因爲死者不在乎這個。

死的是誰也沒有那麼重要。像「我還好，你沒事吧，差點忘了說，他死了！」這樣的話，是用來安慰生者的。

正因如此，我們才在河裡打撈屍體，在飛機殘骸和爆炸現場搜尋死者。

正因如此，執行任務時失蹤（ＭＩＡ）比當場宣告死亡（ＤＯＡ）更讓人痛苦。

也正因如此，我們會開著棺木，齊聲朗讀訃聞。

知情比不知情好，而知道死的是你，比知道死的是我要好上太多。因爲如果死的人是我，不管你好不好，或是他好不好，跟我都沒太大關係。你大可以直接轉身走人，因爲死者不在乎這個。

當然，生者因爲還活著，因爲還有保險要操心，所以還是會在乎。現在，你可以看出其中的差異，以及爲什麼我還待在這個行業。活著的人是很謹慎的，常常要注意很多事情；死去的人就沒什麼需要在意的，也可能是沒辦法在意了。不管是哪一種，死者不在乎這些，這些都是事實，沒什麼特別，想驗證也沒問題。

而這些沒什麼特別、也可以驗證的事實都可以從我岳母身上看到。她老是喜歡像詹姆斯・卡格尼[2]那樣虛張聲勢，把一些話掛在嘴邊，像是——「我死的時候，只要找個盒子把我丟進去，再找個坑扔就行了。」不過，每次我只要提醒她，我們其實就是像她所說的那樣處理每個人，她就會一臉不高興，脾氣也變得有點暴躁。

過沒多久，在大家享用肉捲和青豆時，她必定又會冒出這句：「我死的時候，就把我燒了，骨灰灑了就好。」

我前岳母想用這種無所謂的口氣裝勇敢。這時候孩子們會停下刀叉，面面相覷。我前妻就會求她老媽：「噢，媽，別這樣說。」我則是掏出我的打火機開始把玩。

無獨有偶，我和這個女人的女兒結婚時，幫我證婚的神父和我前岳母是一個樣。這傢伙熱愛高爾夫、金聖杯和愛爾蘭亞麻布材質的法衣，開著酒紅色內裝的黑頭大轎車，總是覬覦主教職位。有一天離開墓地時，他突然福至心靈的指示我：「先生，不要爲我準備銅棺，不要！不要蘭花，不要玫瑰，也不要加長型禮車。我只要一具素面松木薄棺，一壇安靜的、不焚香也不奏樂的小彌撒，然後把我葬在窮人墓地。不要任何浮誇的排場。」

他解釋，他想要的，是成爲一個樸實、智德、虔誠、節儉的典範，這是所有神職人員和基督徒（表面上）應有的美德。我告訴他不需要等到那時候，他今天就可以展開他的典範大業，他可以不再去鄉村俱樂部，不再去公共球場拿著高爾夫球桿亂揮，把他的凱迪拉克布魯姆豪華大車賣掉換一部二手雪佛蘭；然後再遠離他的高檔富樂紳皮鞋、喀什米爾羊毛披肩和頂級肋排，還有歡樂的賓果之夜和教堂建築基金；我的基督啊，那他簡直活脫脫就是聖方濟或聖安多尼了。

結果呢？那時我就說很願意在這方面幫忙——我會很高興把他的積蓄和信用卡都送給教區內需要救助的窮人；萬一接到他不幸的消息，會按照他的希望好好埋葬他，也不收他的錢，到那個時候，他也應該習慣了簡樸生活。聽了我的話，他只是一言不發的看著我，眼神讓我想到——愛爾蘭故事裡的牧師，多年前詛咒斯維尼永遠變成小鳥時，必定是這副惡狠狠的表情。

當然了，我想告訴這傢伙的是，死後才當聖人，並不比一棵枯死的喜林芋或一條死掉的蝴蝶魚更合算。活著是很辛苦的，一直都是。聖人活著的時候，一直感受著這苦難塵世中的烈焰與傷痕、禁慾的苦痛與道德的煎熬；等到死了，他們還讓自己的遺骨繼續爲世人奔忙，就像我想告訴這位神父的——因爲死者不在乎。

只有活人才在乎。

很抱歉這句話我一再重複，因爲這就是我這個行業最大的重點——一旦你死了就什麼都沒有了，所有對你做、爲你做、和你一起做、跟你有關的事，對你都不再有好壞可言；而我們所做的不管是好是壞，都會隨時間由生者、以及你死亡時眞正在乎這件事的人來承受。生者必須和它一起活下去，而你不用。他們要接受的是你的死所帶來的悲傷或喜悅、損失或收穫，是回憶裡的傷痛和快樂，還有我們提供喪葬服務後的付款通知，以及等著郵寄出去的付款支票。

這是事實，不證自明，但所謂的不證自明看來也只是如此。現在想想，最沒辦法理解這個事實的一群人就是——那些很久沒聯絡的姻親、教區的神父、在理髮店或雞尾酒會以及家長會上永遠只會找我搭訕的陌生人，他們總是拚命的覺得有責任讓我瞭解，當他們死掉的時候他們想要一個怎麼樣的喪禮。

就安息吧，我這樣回答。

一旦你死了，就把腳一翹，就此收工，然後讓你的丈夫或妻子、小孩或兄弟姊妹決定是要埋了你或燒了你，是要用大砲打到很遠的地方，還是丟在哪條水溝裡風乾。這時候輪不到你插手，因爲死人是不在乎的。

每個正常人內心對死亡都懷有恐懼，那正是人們總找我預演喪禮的另一個理由。這麼做很健康，可以讓我們不去車陣裡胡搞蠻衝；我的意思是，我們應該把這招傳授給孩子們。

有件事，在我約會過的女人、地方扶輪社員，和我小孩的玩伴之間廣爲流傳，那就是——我，作爲這兒的禮儀師，對死人有某種不尋常的迷戀，或有某些特殊興趣，或掌握了一些不爲人知的事，甚至對它們產生深厚的感情。這些人認為（有些人說不定還有很站得住腳的理由），我要的，就是他們的屍體。

這是個有趣的想法。

但事實是這樣的。

我們人類和許多其他物種在活著的時候就會被一連串的苦難折磨，死掉只不過是其中最慘、也是最後的一個。這些災難可能包含（但不限於以下這些）——牙齦炎、腸阻塞、離婚爭議、被查稅、心裡不舒服、現金流短缺、政治動盪等等，等等，等等。苦難永遠沒完沒了。死人對我的吸引力，和牙醫看見你的爛牙齦，醫生看見你的爛內臟，還有會計師看見你亂成一團的財務報表沒有兩樣。我對苦難已經膩了，不管它是發生在銀行家或律師、牧師或政客身上，因為苦難不在乎你是誰，它無所不在。苦難是空頭支票，是前任配偶，是街頭黑幫，是國稅局——它們就像死人，冷血無情；就像死人，什麼都不在乎。

這並不是說死人不重要。

他們很重要，眞的重要，理所當然的重要。

上個星期天半夜，米羅．洪斯比死了。洪斯比太太在凌晨兩點鐘打電話過來，說米羅已經「過期」了，問我是不是可以過去看看；說得好像米羅是那種可以更新或用某種方式就能變好的東西似的。兩點的時候，我從深層睡眠中被狠狠叫醒，心裡只想拿個二十五分錢塞給米羅，等到早上天亮再叫我。但米羅已經死了。就在那一刻、那一瞬間，米羅撒手而去，再也不會回來。他留下了洪斯比太太和子女，丟下了他開的自助洗衣店裡的女員工，離開了退伍軍人中心裡的戰友，捨棄了共濟會總會長的職位，被他甩開的還有第一浸信會的牧師、郵差、分區管理委員會、市議會和商會。他把我們所有人都拋在背後，也把我們心中對他的情感，無論是背叛或體貼，都丟掉了。

米羅死了。

他就像卡通裡演的，眼睛打上一個大大的叉叉，再也不會睜開，燈光就此熄滅，簾幕落下。

沒人幫得上他的忙，他也不會再受到什麼傷害。

米羅就是死了。

正因如此，我沒有緊張過度，只是平常心的把咖啡喝完，簡單刮了鬍子，戴上霍姆絨帽，穿上大衣，暖一下死亡馬車；接著就爲了米羅，在一人清早往高速公路前進。應該說，米羅已經跟此行無關；我去是爲了她，爲了在同一時刻、同一瞬間就像水結了冰一樣，變成寡婦洪斯比的她；我去是爲了她，因爲她還會流淚，還會在乎，還會祈禱，也還會付錢給我。

米羅是在一家非常先進的醫院去世。每扇門上都有標示，告訴經過的人這裡是哪個部門，做的是什麼醫療程序，或跟身體哪個部分相關。我喜歡把這些標示的字全部連在一起想，一個接著一個，最後可以顯示出一個人的身體狀況；只不過，這些字從沒湊起來過。米羅剩下的，也就是他的遺體放在地下室，剛好在「收發處」和「洗衣間」之間。如果米羅還是對什麼事都很感興趣，那麼一定會很中意這個地方的標示——米羅的房間叫做「病理室」。

從醫學科技的角度來看死亡，「病理」這個字所強調的就是疾病。

我們人類永遠是因身體裡某些地方衰竭，或異常，或什麼東西不足，或出現障礙，或停止工作，或出一些意外事件而死亡。這些情況有些是慢性，有些是急性。死亡證明書裡的文字有如某種專門描述缺陷的語言，像米羅的證明上就寫著「心肺功能衰竭」。同樣的，悲痛不已的洪斯比太太會被說成情緒失控、崩潰或瓦解，彷彿她身體裡有些結構出現了歪斜——那好像在說，死亡和悲傷並非萬物秩序的一部分；好像在說，米羅的死和她的哭泣，都是（或理當是）造成麻煩的源頭。對洪斯比太太來說，「表現得很好」意味著她努力撐住，抵擋了這場風暴，或是爲了孩子堅強起來；相信，有很多藥商樂意在這方面幫助她。當然了，對米羅來說，「表現得很好」指的是他回到醫院的樓上，苦苦撐下去，讓所有儀表和顯示器繼續嗶嗶運作。

可是米羅已經到了樓下，就在收發處和洗衣間之間的房間裡，在裡面一個不鏽鋼抽屜裡，全身從頭到腳包著白色塑膠布，而且因爲他頭小、肩膀寬、肚子肥、腿又細，加上從腳踝拖著一條白色的綑綁線，再配上大拇指上的牌子——他的樣子，不管怎麼看，就像一尾比實物大很多的精蟲。

我幫他簽了名，帶他離開那裡。某個程度上，我仍然覺得米羅會在乎自己現在的情況，但我們都很清楚，其實他一點也不在乎，因爲死人是不會在乎的。

回到葬儀社，到了樓上的防腐室，門上標示著「非請勿入」，米羅・洪斯比正靜靜躺在一張瓷桌上，上方是照明的日光燈。塑膠布已經解開，手腳得以伸展出來，米羅看起來比較像他原來的樣子——眼睛睜得很大，嘴巴開開的，活像受到驚嚇似的回到我們的世界。我把他身上的毛刮乾淨，闔上眼睛和嘴巴。我們把這部分的工作稱爲「五官定位」。無論眼睛或嘴巴，都是五官的一部分，現在它們和活著時開開合合、表情豐富或專注的想告訴我們什麼的樣子，再也不一樣了。死的時候，它們要告訴我們的就是——它們什麼也不能做了。最後，要仔細處理的是米羅的手，要把雙手交疊然後放在肚臍上，表現出一種放鬆安詳、不再需要操心的姿態。

他的手也是一樣，什麼也不能做了。

我把他的雙手洗乾淨，然後才放到肚臍上。

我前妻幾年前搬出去時，孩子留在我身邊，他們那堆髒兮兮的換洗衣服也一併留了下來。在一個小城市裡，這是個大消息，各種正負面流言把這件事炒得沸沸揚揚。但是當人人都在談這件事的時候，卻沒有人知道到底該跟我說什麼。我想他們也很無助，所以他們送來燉菜和燉牛肉，帶我的孩子出門看電影、划獨木舟，然後帶著他們年輕的妹妹來看我。當時，米羅就開著他的洗衣店小貨車一週過來繞兩次，這樣持續了兩個月，直到我找到管家爲止。米羅會在清早收走五大籃髒衣服，然後在午餐時間前後送回來，乾乾淨淨，摺得平平整整。我從未要求他這麼做，我跟他不熟，也從來沒去過他家或他的洗衣店。他太太完全不認識我前妻，而他的孩子也已經老到沒辦法跟我的孩子一起玩了。

管家開始上班之後，我去跟米羅道謝兼付帳單。這段時間的髒衣服分量、清洗、烘乾、洗衣精、漂白水、柔軟精……零零總總的費用加起來，我估計至少要六十塊美金。我問米羅，他拯救了我的性命和孩子們的生活，讓我們有乾淨衣服穿，有毛巾和床單可以用，這樣收貨送貨、把衣服疊得整整齊齊還依尺寸大小分類，要收多少錢呢？「這就別放在心上了，」米羅這樣說，「做人互相互相吧，單手洗不到自己，總是需要另一隻手幫忙的。」

我把米羅的右手放在他的左手上，然後又換過來，最後又換回去。然後我決定怎麼放都無所謂。反正另一隻手總會來幫忙的。

打理屍體的整個過程花了我大約兩小時。

等我完成所有工作，天已大亮。

每個星期一早上，厄尼斯特・富勒都會到我辦公室來。他在韓戰時受過某種慘無人道的傷害，地方上沒人知道傷害的細節究竟是什麼。厄尼斯特沒有跛，也沒缺手斷腳，所以大家認爲，大概是他在韓國看見了什麼不該看的，才變成現在這副有點傻氣的模樣，偶爾一臉茫然。他是那種整天都在散步的人，但走到一半會突然收腳停住，只爲了要思索垃圾、飲料瓶蓋和口香糖紙的意義。厄尼斯特有著緊張兮兮的笑容，握手的時候像條死魚。他戴著棒球帽和厚厚的酒瓶底眼鏡。每個星期天晚上，厄尼斯特會去超市買下收銀臺前所有小報，那些報紙的頭條新聞通常不外乎什麼連體雙胞胎、電影明星或幽浮一類。厄尼斯特不但讀東西很快，還是個數學奇才，但是由於受到戰爭傷害，從來沒能保住工作，也再沒去應徵。每個星期一早上，厄尼斯特會把一些頭條新聞的剪報帶來給我看，像是「**墓地情報：兩百七十三公斤重的男人砸穿棺底**」或是「**明星專屬防腐專家表示：貓王不朽**」等等。

米羅過世的那個星期一早上，厄尼斯特照例帶來剪報，內容是關於西安格利亞某處有個裝滿骨灰的骨灰罈會咕噥、呻吟，偶爾還會吹口哨，讓人以爲接下來它就要開口說話了（英國的科學家們提不出合理解釋，儘管他們已經做了一些測試）。那罈骨灰的未亡人和九個孩子一起被撇下，名下毫無房產，但不管怎樣，這名寡婦深信她的親密愛人，那位體積縮小了很多的丈夫，想告訴她大樂透的明牌，她說：「傑基絕對不會辜負我們的期待，他深愛家人，勝過一切。」報導附了一張雙方合照，一方是寡婦，一方是骨灰罈；一方是生，一方是死；一方是血肉之軀，一方是冰冷銅甕——就像勝利牌留聲機和廣告上那隻出名的狗，她對骨灰罈豎起耳朵，靜靜等待著。

我們總是在等，等待好消息或明牌，等待一個徵兆或奇蹟，等待我們所愛的亡者捎來一些消息，告訴我們他仍然對人世心心念念。而當他們做出一些比較明顯的事時，我們會非常快樂，比如說從墳墓站起來，砸穿棺底，或在我們清明的夢境中現身說話。我們歡喜不盡，彷彿亡者依然牽掛，還有一堆事待辦，彷彿他尚在人間。

但令人悲傷且眾所皆知的事實是，我們大部分人都會乖乖待在棺木裡，一死就死很久，骨灰罈和墳墓也永遠不會發出任何聲音。我們是不是理性、有沒有輓歌、墓碑上刻了什麼、有沒有辦大彌撒，和我們上不上得了天堂完全沒有關係。我們生命的意義，和一切相關的回憶，都屬於還活著的人，就像我們殯葬業者所做的也全是爲了活著的人。無論死去的人還有些什麼，都只留存在活著的人的「信念」裡面。

在這兒，冬天下葬時，我們會先幫墳土加熱，就像挖掘前的某種前戲，讓揪緊土壤的冰在教堂司事[3]和他的挖土機上場前先放鬆放鬆。我們星期三葬了米羅，用的是橡木棺材，位置在土壤結冰線下方。我們心懷感激，因爲這場葬禮爲米羅一生畫下了句點。米羅本身變成一種概念，一個他人心中永遠不變的形象，一個過去式，讓未亡人食不下嚥，睡不安枕。他平常流連的地方再也不見他身影，跟他有關的生活作息無以爲繼。那總會來幫忙我們的另一隻手，成了截肢後早已不存、卻仍隱隱作痛的幻肢。

譯注

1信心治療師（Faith Healer）：信心療法（Faith Healing）是指透過祈禱和儀式獲得上帝或神賜與力量，以治癒疾病或矯正缺陷，這和上帝直接施予治癒的神醫（Divine Healing）有所不同。而信心治療師便是協助施予信心療法的人。

2詹姆斯・卡格尼（James Cagney, 1899～1986）：美國影星，以扮演強盜、深刻刻畫犯罪心理馳名。一九四二年獲奧斯卡最佳男主角獎。

3教堂司事（Sexton）：宗教改革前，指的是管埋教堂聖器、法醫等聖禮所需物品的人；後指由教民選舉、堂區牧師任命來看守教堂的人，負責打掃教堂、敲鐘、挖墓等工作。

Chapter 2

格萊斯頓

現在，在另一個島上到處都可以看到禮儀師。他們去那兒是爲了參加一個集會，稱爲「隆冬年會」；之所以取這名字，是因爲每年二月份都會用一整週來開這個會。密西根州境內的喪禮指導師，藉「開會」名目來到溫暖宜人的小安地列斯群島，討論這個行業裡一些「緊要」的議題。只是，研討會和專題討論的題目多半無關緊要（像是「殯葬業的未來」、「家屬想在棺材裡放什麼」、「火葬場爆滿處理方法」一類），重要的是會期中住的度假中心一定要有客房服務、能夠泡熱水的浴缸、美麗的海灘，以及裡頭或附近一定要有購物商場——矯正牙醫師和辯護律師開起年會肯定也不過如此。

此刻我人就在他們那座島隔壁，只是這島地方小一點，港口太淺，郵輪進不來，也沒有機場——我搭了渡船來到這個小島，這樣就不用跟家鄉同業一起「開會」。不過，我還是把這個離開密西根避冬的度假安排在同一時間，以防突然想參加會議，取消旅行計畫。以這種方式「參加年會」並不犯法，也很通情達理，還可替我當了禮儀師快二十五年的那座城市減少喪禮總開銷——用不著羊毛出在羊身上的把「開會」支出轉嫁到鄉親父老身上。

不過呢，我就是提不起勁在這爲期兩週的假期討論工作上的事，一點點時間也不想花在上面。

並不是因爲同業來得不夠多（他們其實都跟證券經紀或拉保險的一樣親切健談，還因離開家鄉、沒人認識自己，都打定主意要好好玩一玩——要不是大家都有點年紀了，說不定還眞的可以狠狠找些樂子），不加入他們，只是因爲長久以來，我總是這樣開我自己的隆冬大會。我已經受夠年會這種事，現在需要的只是到海灘散散步，好好想想接下來要做什麼。

我老爸是禮儀師，五個兄弟裡面有三個是禮儀師，市區附近有四家葬儀社掛著我家的姓氏，也就是我爸的姓；三個姊妹裡，有兩位在其中一家葬儀社負責生前契約和簿記工作。這是一個奇特的算式，像經營著某種家庭農場，一群人在自家四十畝地上記錄著人類的感情。我們以死亡爲生，就像醫生以疾病爲生，律師以犯罪爲生，神職人員以人類對上帝的畏懼爲生一樣。

我還記得父母參加隆冬年會的情景——他們回來時全身都曬傷了，腦袋裡裝滿各種想法，還有「工作夥伴」的八卦消息。我老爸堅持稱同業爲「工作夥伴」，而非「競爭對手」，他說這樣可以讓我們聽起來像醫生或律師，像某種專業人員，那種你有麻煩就可以在大半夜打電話求助的人，那種逐漸將職業與內在合而爲一、從裡到外都是工作的人。

提到我們這行，就得說說我們是什麼人，做的是什麼事。我們總是和死亡、臨終、哀痛、死別這些字眼脫不了干係。某些聽起來很強大的名詞如生命、自由、追尋什麼什麼，嗯，你明白的，而我們就是這些名詞的要害——我們做的是告別、永訣和瞻仰遺容的生意。我爸會跟他最信任的朋友開玩笑，說「我們是打垮你的最後一擊」；他會戲稱，喪禮上送的那些火柴盒、塑膠梳子和輕便型雨帽等廉價贈品是「尊榮服務」。

老爸最愛引述格萊斯頓[1]的話。格萊斯頓曾在文章中曾經提到，他可以從一群人照料死者的方式，以數學方式精確算出這群人尊不尊重土地法。這聽起來活像新世紀共和黨員會說的話，但他其實是維多利亞時代一個偉大的自由黨人。當然了，格萊斯頓的影響長達一個世紀，他所在年代是喪禮需要公開舉行、「性」依然私密隱晦的英國。那時的英國人爲了大英博物館的館藏，在全世界各地大肆掠奪異教徒的墓藏；而在一般人口中，他們可是「客客氣氣」幹著這些強盜勾當。我想，我爸就是在這些隆冬年會上認識了格萊斯頓的名字，後來我也不斷思索格萊斯頓和我爸他們所說的，到底是對是錯。

明天是我父親的忌日，他是三年前在佛州墨西哥灣岸一個島上度假時過世的。當時，他其實也沒去開隆冬年會（幾年前我媽過世後，他就再沒參加過），而是和某位女友一起租了分時度假公寓[2]——她總是過分高估性有氧健身法的療癒力，或者說，也許她太低估我老爸心臟病的惡化速度。我們都知道這一天終將到來。

他鰥居第一年，總是坐在椅子上，神情落寞，一心等待那最後的結局。之後他開始和女人出去，他的兄弟都爲他高興，姊妹則嗤之以鼻；我想，這就是人們所說的「性別爭議」吧。接下來參與工會的那兩年，他患了嚴重的心臟病，所謂嚴重，就是胸口像要撕裂、人倒下來等著讀秒的那種程度，而且每半年發作一次，準得跟時鐘一樣。他每次都逃出鬼門關，除了這一次。「四次裡逃掉了三次哪，」我可以聽到他這麼說，「結果到最後還是要死。」

他被這病折磨得夠了。即使到現在，我還是不禁想起大衛連（David Lean）導的老電影；最後一幕是這樣的，齊瓦哥脆弱的心臟「和紙一樣薄」，他覺得自己在莫斯科的街角看見拉娜了，於是他掙扎著下了公車，扯鬆領帶，最後走到人行道那兒，踉蹌兩步便倒下死去。死於逐愛，我們願意為之而死的愛，這就是我老爸——雖然他並非走出公車，而是走出他分時度假公寓的淋浴間；場景不在莫斯科，而在波卡格蘭德；但是他追逐著，毫不遲疑，追逐愛，逐愛至死。

我們接到他女友的電話時，很清楚接下來該做什麼，我哥和我之前就在腦子裡演練過。我們有個旅行箱，裡頭裝滿了處理屍體的傢俬，像是手套、處理遺體用的液體、針筒，林林總總應有盡有。搭飛機做行李檢查時，我們得和安檢人員解釋半天，要不然他們會以為我們用道奇牌波馬果防腐液做炸彈，或用上頭寫著「屠宰用外科器械」、裡頭裝滿他們從沒見過的不鏽鋼古怪器具箱子，挾持機艙人員。

當我們抵達葬儀社，他們也已經把他，嗯，把他的遺體帶到那兒了。當地禮儀師問我們，是不是確定要做這件事——畢竟，那是我們自己的老爸，不是嗎？他很樂意為我們打電話找一個他自家的遺體處理師。我們跟他保證絕對沒有問題。他帶我們進入一間前置處理室，裡面是熟悉的白瓷、磁磚和日光燈，整整齊齊，帶著科學的氣味，像是爲了展示人類死亡時惶惑恐懼的模樣，像是要看看我們會多輕易改變剛剛的決定。

有件事是我們一直承諾老爸的，儘管現在再怎麼拚命想，也記不起當初是怎麼答應下來的；這個承諾就是——當他死的時候，我們這些兒子會處理他的遺體，爲他著裝，幫他挑選棺木，幫他做好計畫，準備訃聞，聯絡神父，訂花，訂餐點，守靈，打點車隊，辦好彌撒和葬禮。也許這個承諾是我們彼此都心領神會的。他的喪禮本來就不需要他經手，這是我們的工作。雖然他經手過上千場，但從來沒提過自己喜歡什麼樣的喪禮。不管我們再怎麼逼問，他都只是說：「你們知道該做些什麼。」我們的確知道。

有一個說法稱爲「不過是個軀殼」，內容是關於我們該怎麼跟別人提到遺體這個東西。你常常會從一些人口中聽到這個說法，像是年輕的教士、相識許久的家族朋友、滿懷好意的姻親，也就是那些看到別人新近因失去親朋好友而悲痛、自己感到坐立難安的人。當領著一對父母去看他們死去的女兒（死因也許是車禍，也許是遭男性暴力殘害而被丟在路邊腐爛），在他們第一眼見到女兒時，你就會從旁人口中聽到「不過是個軀殼」這說法——悲傷無從安慰時，便用這個說法來安慰；哀痛無法撫慰時，便用這個說法來撫平。

在傷害已然造成、傷心欲絕抽噎不止的一呼一吸間，有些無知的人因震驚、因出於好意就會冒出一句「沒關係的，那不是她本人，只是副軀殼」。我看過一位聖公會的執事被一名母親狠甩巴掌而臉上差點掛彩——女兒年紀輕輕死於白血病，這位執事便是以這個說法相勸。這位女士這樣回答：「是不是『軀殼』我會告訴你。從現在開始，我要是沒說什麼，她怎樣都是我的女兒。」她所主張的，是一直以來生者所擁有的權利，去宣告死者已死的權利。就像我們經由受洗來宣告生者爲生，經由婚禮來宣告兩人相愛，而喪禮則是我們拉近已經發生的死亡與所關切的死亡之間距離的方式，那是我們爲自身渺小而重要的歷史賦予意義的方法。

於是我們辦洗禮、婚禮和喪禮等儀式，引導生者、愛侶和死者從一個身分轉換到另一個身分。在這個轉換過程中，重點並不在於儀式辦得「好不好」，而是儀式本身的「意義」。在一個慣以「功能不正常」來形容人事物的世界，一具停止工作的身體似乎還有一點點用處，因爲它的「不正常」比起以性和家庭事件爲取向的新聞更搶眼，更受到小報和脫口秀的青睞。但是打從一開始，一具不工作的身體就是我們用來證明活人已死的證據。當尼安德塔人第一次爲死者挖洞，這個死去的活人本身便激起了一種預想，我們便在這個預想之中提出疑問，疑問死亡的面貌究竟是什麼樣——「就這樣嗎？」「那代表了什麼？」「爲什麼這麼冰冷？」「我以後也會這樣嗎？」

所以，在悲痛剛發生的當下，試圖用「遺體只不過是XX」這樣的句子好讓傷痛降到最低，是沒有什麼用的，就好像我們對一個因化療頭髮快掉光的女孩說，她今天「只不過髮型有點亂」是一樣的。又或者我們這麼說是希望那個女兒上了天堂，但這個希望乃出於我們相信基督復活的是一具軀體。要是祂選擇的不是釘上十字架，而是以貶低自尊的方式來赦免世人的罪？要是祂復活的不是「軀體」，而是祂的一種存在（或說是「上帝的理念」）？那麼你想，他們會爲此更改歷史嗎？那些已經過去的十字軍東征？那些被燒成灰燼的女巫？復活節本身就是一個聖體和聖血的節日，沒有其他象徵意義，沒有什麼隱喻，沒有可妥協的空間。當然了，如果祂復活的時候身體少了點什麼，那麼教會的執事跟我們的很多同行都要關門大吉了，要不就是回家去乖乖守著星期六的安息日，吃著慎選的食物，也不用過什麼聖誕節了。

剛剛死亡的身體並不是什麼殘屍或遺骸，也完全不是任何象徵或存在。它們更像是一個經過改變、培育或孵化的新事實，裡頭鑲著我們的名字和日期，掛著我們的相片和肖像，我們的兒女和孫兒肯定會看到、聽到這個新事實，一如我們呱呱落地時父母耳中聽到的聲音。因此，懷著敬意、用體貼謹慎的態度對待這樣的新事物，是比較明智的。

我以前就看過我爸躺平的樣子，後期大部分是在加護病房，他做完冠狀動脈和血管繞道手術之後。他對降臨在自己身上的一切無能爲力，但在此之前，他還是那個大剌剌躺在客廳地板、把我幾個弟弟凌空拋接著玩兒的男人；還曾經身上全套行頭一樣不缺（三件式黑西裝、條紋領帶、雕花皮鞋、鬍子刮得乾乾淨淨），在他開的第一家葬儀社辦公室裡偷閒小睡；還曾經在浴缸裡放聲高唱海軍陸戰隊隊歌——儘管在南太平洋得過瘧疾。在我小時候，他就像每個孩子在街頭向玩伴炫耀自家的老爸那樣無所不能。我十幾歲時，他也會死這件事還很不眞實；到了二十幾歲，這件事成爲一種恐懼；三十幾歲時，已經變成纏繞不去的可怖幽靈；而在我四十幾歲的現在，它成眞了。

但是我看著他，四肢伸展的躺在邁爾斯堡安德森停屍間的遺體處理臺上，耳朵、指尖泛著心臟病特有的藍紫色，並沿著他的身體末梢到達肩頭、下肋、臀部和腳跟。這時我還在想，我爸死的時候，看起來就會是這個樣子；然後，就像有扇門突然在你背後砰一聲關上，這句話的時態變成難以逃避的現在式——這是我爸爸，他死了。我和我哥哥相擁痛哭，爲了彼此，也爲了此刻還在密西根家中的兄弟姊妹。然後我親了老爸的額頭，是他的額頭，這還不是一副軀殼。接著，我們按照老爸訓練我們的方式展開了工作。

他是一具很合作的屍體。雖然有動脈硬化的問題，但他的循環系統還是讓屍體處理工作進行得很順利。他是剛洗過澡才死亡，所以身上很乾淨，也刮了體毛。他不曾在安寧病房或類似的照護設施臥病過，因此身上沒有任何瘀青，身體內部也沒有醫生安裝的管子。他得到了他想要的死亡方式——猝不及防的被死神逮住，乾淨俐落。這也許是發生在一整天悠閒的海灘散步、爲孫兒撿了貝殼之後，也許是和公寓室友的一陣骨頭碰撞之後——雖然她從沒說過，而我們也從未問過，只能希望老爸的最後一天是這樣度過的。

接下來我們按摩他的腿、他的手掌、他的手臂，好讓防腐液體均勻流到身體各處，看著他指尖和腳跟的藍紫色漸漸淡去，彷彿防腐劑撐住了他，在他的身體裡循環生效，好讓我們有時間與他告別。

即使老爸現在已經死了，沒辦法感覺到我或其他人的心意，我還是覺得自己正在爲他做點什麼。

同樣的，他的身體也承載著某種歷史——有我媽名字的刺青，是二戰期間他十八歲服役時刺的；修剪完美的小鬍子，我看過他拿我媽的睫毛膏染黑它，當時的他比現在的我還年輕，而我當時也比我孩子現在的年紀小；一個做過五次繞道手術的疤痕；一個他從沒拿下來過的匿名戒酒會獎章[3]；一枚他四十歲生日時，我媽送他的印章戒指，那是我們同心協力在瓶子裡存了五十塊美金買的；還有漸漸花白的胸毛、光裸的腳踝，以及總能在飛機頭等艙男人們頭上和理髮店雙面鏡看見的雄性禿。處理老爸的時候我想到，我們今天如何葬了親人，接下來也要輪到我們。最後我得說，我自己死了之後可能就是我老爸這副模樣。

或許我爸就是在隆冬年會時，第一次思考自己做的是什麼工作，又爲什麼要做這個工作。他總是告訴我們殯葬工作必須做到「de rigueur」，抱歉，這是法文，意思是「嚴謹」。在南北戰爭時期，我們歷史上第一次死那麼多人（絕大部分是男人，是士兵），他們死在遙遠的異鄉，遠離悲傷的家人。殯葬業者在戰場邊的帳棚裡接下任務，就像一般人所想的，一步步爲死屍消毒、防腐，以及「修復」（也就是合上他們的嘴，縫好彈孔，把斷肢或殘肢拼湊回去），然後送他們回老家，回到他們的妻子、母親、父親和孩子身邊。如此大費功夫和金錢是基於「喪禮必須有死者在場」這個前提，更正確點說，是生者需要他們在場。這樣，生者才能將他們交託給上帝或眾神或管他是哪裡的誰手中，之後讓他們入土或入火爲安。就像我爸說過的，人類的遺體出席並參與喪禮，在每一刻都非常重要，重要程度等同於婚禮上的新娘、洗禮上的嬰兒。

因此，我們帶過世的親人回家，把老爸的身體用飛機運回來，傳眞訃聞到地方報刊，打電話給神父、教堂司事、花店老闆和石匠。我們無法用言語表達的事情，便以行動來表示。

時間回到一九六三年，我還記得我爸說，我們之所以需要喪禮，需要開棺瞻仰遺容，是因爲這樣我們才能勇敢面對他所說的「死亡的眞實」。我想，這是他在某次年會上聽到的——當時，社會抗議作家潔西卡・密特福剛賣出百萬冊的《美國的死亡之道》[4]，和伊夫林・沃[5]那本舉足輕重的殯葬業諷刺小說《摯愛》，讓派對上的話題轉向「野蠻儀式」和「病態性好奇」。葬儀工會開始登上雜誌封面；宗教界人士、教師和宛如新興教派傳教士的心理學家，紛紛跳出來說喪禮有其功用，畢竟，做我們一直以來都做的事對我們的情感有益，更是一種「心理正確」，而我們在這方面的績效好得不得了。我們（指我們人類，而非禮儀師）在這幾千年時間裡做的事情都差不多——不管是在挖墓穴時抬頭望天，想弄懂發生了什麼事；或以許多斷續的字句追憶我們過世的親人，希望表明他們這一生不同於石頭和杜鵑花、甚至猩猩，因此值得稱道，值得牢牢記住。

之後，甘迺迪被槍擊身亡，李・哈維・奧斯華也跟著死了[6]，然後那一年，我們花了整個十一月末的時間埋葬他們，對我們這些嬰兒潮世代的人來說，那是生命中第一件破滅的事。事件發生的那個週五像是上演了一場眞實版的《鐵腕明槍》（Gunsmoke），所有節目都中彈停播，直到週日，《牧野風雲》（Bonanza）才重新登場，正好適合週日晚上全家收看。而甘迺迪就是我爸口中「死亡的眞實」其中一個例子，雖然我們都看見了他的棺木和送葬隊伍，也看見了小約翰向父親靈柩敬禮和那位戴著墨鏡的未亡人，但我們大部分人都未親眼目睹甘迺迪的死，直到幾年後驗屍照片釋出，我們全都衝進電影院想看看究竟發生了什麼事。那段時間，謠言四處流傳，說甘迺迪根本沒死，靠著某種祕密而昂貴的機器維生，腦子沒了，可是還能呼吸。在看了澤普魯德拍攝的影片之後，我們確信他一定死了，不過我們還是狂熱崇拜著那個男人。當然，一旦我們在那段影片裡目睹了他的死、他的臉、他的身體，他便再度成爲凡人——可愛、不完美、令人難忘，而且已不在人世。

看著我這一代的人努力在披薩餐和麥香堡餐的選擇之間，向青少年和年輕人傳遞某些「家庭價值」，我感到格萊斯頓的想法也許有他的道理，我爸說的也沒錯。他們都瞭解，生命的意義無可避免要和死亡的意義相連；而哀痛正是浪漫的相反面，如果你愛，便必然悲傷，無人例外，差別在於有人調適得好，有人沒辦法而已。如果死亡被當成一件丟臉或困擾的事，死者被當成我們急於擺脫的一個麻煩，那麼生命和生者肯定會變成制式的照本宣科——「麥」喪禮、「麥」家庭、「麥」婚姻、「麥」價值，點什麼是什麼。那正是老英國佬格萊斯頓所說「用數學可以精確判斷」的含義，正是我爸所說「我們會知道要做些什麼」的含義。

因此對我而言，處理我爸的喪事和照料他的遺體，跟親眼見到自己兒子女兒出生，同樣重要。上

《歐普拉脫口秀》（Oprah）的專家可能會說此舉「療癒」，《菲爾・唐納修秀》（Donahue）的專家會說是「宣洩」，而《傑拉多脫口秀》（Geraldo）則可能說「這會讓老爸留下一生的創傷」，至於那個叫做莎麗・潔西什麼的節目（The Sally Jessy Raphael Show）可能會提到「這是做出了對的選擇」。只不過，這些人如果談到男人幫忙剪臍帶和換尿布，或女人勇敢面對自尊議題或碰到約會強暴犯，講的大約也是一樣的東西。

有什麼選擇、做什麼用或符不符合「心理正確」，都跟死亡沒關係。一具屍體能做的選擇很有限，也沒什麼讓它們選。我們去做這些事情只是因爲該做，再平常也不過。我們不需要去重新包裝一個輪子，讓它看起來截然不同，或一定要爲某些事找出原因和提出最佳解決方案——只不過，我們這代人似乎總是頑固的要這麼做。

而他們現在正在另一個島上吵嘴，企圖把喪禮重新包裝成「一部能夠健康表達出悲傷感覺的車子」（其實它本來就是），或變成「爲強烈哀痛準備的短期療法」（其實它本來也就是）。他們會談到「階段」、「步驟」、「痊癒」，有些人會提到「事後照料」、「喪禮結束之後的追蹤服務」。是不是要送寡婦去上寡婦專用課程呢？要不要辦一場「匿名弔唁者」活動？下午開完會，他們會去打個九洞高爾夫，再潛個水，或者開個時間有點過早的雞尾酒會；晚餐之後他們去跳舞，然後上床睡覺前打個電話回家問問辦公室裡有沒有什麼事，查查墓地買賣行情，再順道問問鎮民裡有沒有誰又升天了。

也許明天我就會搭船過去，也許有些老前輩還在那兒——那些屬於我爸世代的人，那些要是你有麻煩了可以半夜打電話給他們的人，他們會讓我想起老爸和格萊斯頓。也許他們也會說，我讓他們想起了老爸。

譯注

1威廉・尤爾特・格萊斯頓（William Ewart Gladstone, 1809～1898）：英國政治家，曾作為自由黨人四度出任英國首相，以善理財聞名。

2分時度假（Timeshare）：是指一個人可以在每年特定時期，擁有某個度假資產的使用權。比方說，你每年七月的前兩個星期都會到佛羅里達州度假，便可以在當地租一間分時度假公寓（Timeshare Condo），這樣每年你便擁有這間公寓兩個星期的使用權。租約的時間可以長達數年。

3匿名戒酒會（Alcoholics Anonymous, 簡稱AA）：或稱戒酒無名會，是一個國際性互助戒酒組織。一九三五年由美國人比爾・威爾遜（Bill Wilson）和鮑勃・史密斯（Bob Smith）成立。成員參加固定舉行的聚會，藉著分享經歷幫助自己和他人戒酒，並對外保持匿名。戒酒會會依照戒酒的時間（一般是三十天、九十天、一年等）頒發里程碑獎章給會員，稱為匿名戒酒會獎章，或ＡＡ獎章。

4潔西卡・密特福（Jessica Mitford, 1917～1996）：英國作家，記者，人權運動人士。一九四四年成為美國公民。她所著《美國的死亡之道》（American Way of Death）出版於一九六三年，書中她以自己的研究為本，揭露美國的葬儀公司利用死者家屬的悲傷震驚來斂財的醜陋面貌。值得一提的是，她本人的葬禮依其遺願火化，大約只花了五百三十三塊美金。

5 伊夫林・沃（Evelyn Waugh, 1903~1966）：英國作家。

6 甘迺迪於一九六三年十一月二十二日在德州達拉斯市遇刺身亡，官方在隨後調查報告中表明，李・奧斯華（Lee Harvey Oswald）是刺殺甘迺迪的凶手，但奧斯華隨即被另一名刺客傑克・魯比（Jack Leon Ruby）刺殺，當時電視正在直播中。而甘迺迪被刺的過程，當時由一位達拉斯市民澤普魯德（Abraham Zapruder）以一部家用攝影機全程拍下，成為此事件的珍貴影像記錄。

Chapter 3

克拉普

死亡與烈日，皆無法直視。

——摘錄自拉羅什福柯[1]，〈人性箴言〉

唐・派特森（Don Paterson）和我一面想著湯馬斯・克拉普[2]這個人，一面走過高爾威的狼音橋。那時是大半夜，我們剛吃過一頓難吃的咖哩準備回去，因爲在高爾威，這種天亮前的時間只有印度餐廳還營業。夜裡並不冷，我們的思緒轉到克拉普的話題上，屁股後面還跟著因腸胃脹氣、一肚子熊熊烈火燃燒出來的「氣體」。那盤咖哩眞是糟透了。

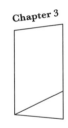

爲什麼我們這兩個應柯爾特國際文化節之邀前來的嘉賓，兩個即將在高爾威朗誦他們國際不知名詩作的國際不知名詩人，現在會聊到抽水馬桶發明後帶來的影響，以及它的發明者湯馬斯・克拉普，也就是那個名字注定永遠跟大便脫不了關係的悲慘男人，爲什麼呢？

說穿了，待在這兒說不定能緩和一下我的報復心情——我的新詩集被某個人用曖昧的恭維字眼狠狠批了一頓，居然還見鬼的登在《泰晤士報文學副刊》上！而唐跟著我喝了一夜的酒，再加上剛剛的咖哩，現在的模樣看起來確實也淒慘無比。我可以隨意把他從橋上扔下柯里布河，然後看著他一面載浮載沉，一面像平·克勞斯貝[3]那樣哼著歌一路流進高爾威灣，像隻古怪的充氣天鵝，肚皮朝上，從此告別爛咖哩。但說實話，那篇書評也不是眞的那麼糟，應該說，好吧——「公允」，而且不管怎樣，有版面總好過沒版面。

我喜歡唐，他是個好脾氣的蘇格蘭人，一個丹頓人，也是個厲害的詩人，而且可能跟我一樣，還不那麼出名；我告訴自己，情況說不定還會更糟，我們可能會跟克拉普一樣悲慘。唐喝酒的心態一直很正面，他把多喝一點酒當成給自己的獎勵，那是我從來沒有過的；在遠離密西根戒酒生活的此地，也許我可以像他那樣來點小小的改變。在密西根，我已經好幾年不喝酒了，同時還因爲一堆「F」開頭的字眼而受罪：四十多歲（fortyish）、四個孩子的爸（a father of four）、是個喪禮指導師（a funeral director），而且非常害怕重回「黑灌木」威士忌懷抱後可能發生的後果，最後我還是不打算做這個改變。

我第一次去愛爾蘭是二十七年前，出於對家族的好奇心，以及對葉慈（國際知名大詩人）詩作的熱愛驅使。除了一張單程票，只帶了存下來的一百美金就動身了，那時我二十歲，自信過剩，太小看愛爾蘭。當時好幾個跟我同輩的人去了越南，但我好運，中了尼克森樂透[4]所以不用去。

我這麼不知天高地厚原因來自父母，我相信不管闖了多大的禍他們都會想辦法幫我收拾，所以即使並不是真的那麼喜歡凱魯亞克[5]或伍迪・蓋瑟瑞[6]，我還是上路了；或者精確點說，是飛向舒適自在的天空。

那時我去找的是堂哥湯米・林區和堂姐諾拉・林區，他們一個是老光棍，一個是老處女——，住在克萊爾西岸莫芬小鎮一棟茅草房子裡，房子是石板地，有兩個電燈插座，一個電爐，一個壁爐，沒水管。提水要走過五片田地，有道泉水像奇蹟般汩汩湧出，清澈冰涼，而且非常乾淨。我很快就學會拎著水桶、帶幾張《克萊爾戰士報》，一路朝珍貴水源走去，然後蹲下來給土地繳稅，擦屁股可能會用訃聞版、廣告版或地方新聞版。這是我第一次嘗到自由的滋味——在廣闊的天幕下，一面聽著清晨的聲音，一首鳥哨和風聲合奏的晨歌，然後把屎拉在祖先的土地上。

湯米和諾拉養牛，貯存乾草，去牛奶工廠；然後，就像每個農夫都知道的，牛糞也是一筆大買賣。它養壯了草，草養肥了牛，牛會產奶，最後再變回牛糞。這真是個內燃機的標準示範，一個封閉系統，效率高得像一部老福特。我添上的那一點小小貢獻，相對於整片被牛糞覆蓋的廣袤大地有如滄海一粟，就像個人的悲傷淹沒在一群花錢請來的哭墓人的哀嚎裡，從此在混亂中隱身，沒人認得你，也不用擔心失態。這是一個食物鏈模型——飼料成分、牛糞和其他有的沒的，全都混在一起，隱入我們面前的那塊沙朗或丁骨牛排；同樣的，當我們坐在培根或雞蛋面前時，也看不見雞隻交配和豬的習性；製造過程不透明——死魚讓洋蔥長大，糞肥會變成漢堡和涼拌沙拉。

那是一段美好的時光。那時，電視還沒取代地板上的火堆——在鄉間，入夜後，每個人大眼瞪小眼時，我們經常以歌聲、故事和詩來打發時間。我走出農舍後門，停留在山楂樹間，那些樹是我高祖父多年前從基爾拉什馬展上帶回的樹苗所種。我一面仰望明亮的夜空，一面解放剛剛喝下去的黑啤酒（我那時還年輕，也喝得太多），而在這段紓解的片刻，我總是抬頭看著這片浩瀚天空，有些地方明亮如晝，有些地方漆黑如墨，腦袋裡想著自由黨的訴求，也感謝上天自己還活著。

多年後，當我發現自己在密西根小鎮住的那棟大大的老房子，所在路名就叫「自由大道」時，便很想重現當年的奔放情懷。我開的葬儀社就在隔壁，凌晨時分處理完鎮民的遺體回到家，我會在後門的山梅花樹邊附近停一會兒，仰望天空，也「放鬆」一下自己。有些夜裡，我會看見獵戶座或昴宿星，便從模糊的記憶翻尋相關的神話故事，同時感謝老天自己依然身心康泰。

在高爾威的這晚便有著如此星光燦爛的夜空。唐和我肩靠肩，站在高街肯尼書店著名的綠色門前，店裡擺著我們的書，書上有我們的臉，窗戶上還用粗體字宣傳我們的朗讀會，讓我們倆在群星環繞的深夜裡看得心醉神迷。儘管不停排放警告著災難迫近的屁，唐和我還是很高興自己活著；也很高興現在是個暖和的春天，高爾威的天氣不知怎的就是比敦提和密西根好；還有很高興，這次是有人付錢請我們來發表詩作，因爲現在已經沒多少人能說自己內心靈魂殫精竭慮出來的作品，還有錢可以拿；而且很高興（應該說，我猜這時自己會很高興），文化節主辦單位在這個別號部落之城的高爾威，在位於多明尼克街的亞特蘭大飯店，爲我們準備了帶硬床和抽水馬桶的房間，正適合這個三月春暖的夜晚，我們這兩個一肚子脹氣的人。

我一直保有在西克萊爾的那棟房子。湯米先過世，諾拉一個人孤伶伶在火爐邊多活了二十一年。接著諾拉也走了，就在她九十歲生日前夕，留下一具整潔、帶著黃疸的屍體（胰臟癌讓她整個人小了一圈，而且有點發青）。她把房子給了我，我是她的親人。自從二十歲那次返鄉之後，即使因創業和生子沒辦法停留太久，我還是一直回西克萊爾去，年復一年。

當她哥哥一九七一年過世時，她騎著腳踏車進城，從郵局打了一通電話。我接到電話便飛過來幫忙處理守靈和喪禮的事。我猜從那時起，她就把我當成最親的親人，一個她可以打電話求救、而且確定絕對會來的人。我想，那時她就相信我能辦好她的喪禮，但從來也沒提過，直到她死前最後一週。

接手房子後我做了一些改變，當中首要的自然是加裝廁所和浴室。我在後門外新闢了一個空間，弄了個法式妓院風的浴室，裡頭貼滿磁磚，裝上顏色鮮亮的各式設備；後頭荒蕪的地方則埋了一個化糞池。花了這麼多功夫，爲的就是把這房子弄得更適合人住。當我不在愛爾蘭的時候，這兒就讓給作家們使用。

不過有一得必有一失。就像諾拉八十歲時裝了一支電話，結果就失去了收信的興奮感，因爲再也沒有信件讓那個名叫約翰・威利・麥克葛拉斯的郵差騎著腳踏車送過來。八十五歲時買了電視，於是她的朋友不再上門來東家長西家短，因爲她只想守在電視機前看重播的《朱門恩怨》（Dallas）影集。現代衛浴用品的引進，讓莫芬小鎮的人再也不用帶著一肚子大小便走入夜色或晨霧中解放，今後，便只能以所謂「接近大自然」的方式享受這片美景了。

新式馬桶最重要的特色就是能快速湮滅證據。比起任何一項發明，抽水馬桶讓我們「文明化」的程度是宗教和法律從來做不到的。早上不再需要在夜壺上或戶外廁所裡禱告事情快點結束，因爲過去這些時刻不管看到聽到或聞到的，樣樣都在提醒我們肉類腐敗是怎麼回事。自從克拉普這個劃時代的發明問世，我們只需輕輕拉一下背後的小杆子，一切跡證就消失了，因而出現了某種麻煩解決之後的狂喜。這個動力正是社會學家菲利普・史雷特[7]，在一九七〇年代他那本《寂寞的追尋》中所提出的「馬桶假說」——一旦我們處理不愉快事物的正常需求消失，等到需求出現時，我們處理它的能力也消失了。他是對的。我們所有人都失去了熟練處理災難的能力，簡而言之，一旦有什麼屎事兒發生，我們便覺得孤立無援。

這和我們面對死者的心態異曲同工——我們因他們而感到困窘，就好像家裡的馬桶讓我們覺得尷尬，只因半夜塞得屎尿橫流，還得請人來處裡；這是我們沒有能力處理的緊急事件，所以打電話叫水管工來幫忙。

有時我會想，現在還會以老闆姓名當招牌的行業，除了做衛浴的和搞喪葬的，大概沒別的了；在這兩個行業裡，有名有姓似乎能讓公司的可信度、穩定度、建設性和誠實性大大加分，像是——「崔佛的堅固系列」（Twyford's Adamant）、「阿米提吉—宣克」（Armitage Shanks）、「莫恩&莫恩」（Moen & Moen），以及「柯勒」（Kohler）都是很容易讓人記得的衛浴品牌名字。其他多數行業似乎都躲在一個「化名」背後，表示有某個人以「商業化名」經營事業。藥房和不動產經紀放棄了老闆的姓，換上居心不良的公司名稱，像是「BuyRite」（暗示「買我準沒錯」），或「PayLess」（可以少付錢）或「Real Estate One」（我們公司買賣地產最厲害）。

醫生和律師現在也跟進了，他們把醫治帶狀疱疹的標示拿下來，換上語焉不詳的名稱和公司行號霓虹燈招牌。布商和蔬果商、家具商、酒館和餐廳，現在都頂著無意義或硬編出來的暱稱進了綜合商場和超市。但葬儀社和衛浴業者始終堅持將你接下來要打交道的人的名字，公告天下——「林區與子」就是我們家的招牌，這到底算自我意識太強還是有認同危機？我有時也會這樣問自己。

我在自由大道的這棟房子建於一八八〇年。一開始也沒有水管，地下室有個貯水槽收集雨水，可以用抽水機把水打到廚房和後院丁香花環繞的戶外廁所。廚房隔壁是產房，在那個年代，臨盆在即的女人於此迎接自己的小寶貝；大家都知道，產房之所以設在廚房旁邊，是因爲在當時的日常生活智慧裡，生產和燒熱水這兩件事是分不開的，就像動詞一定要加「ＩＮＧ」才會變成動名詞。嬰兒出生後，爲了給孩子一個好兆頭，希望他們順順利利長大（存活在當時是很不確定的一件事——一九〇〇年，超過半數的兒童活不過十二歲），因此才讓他們受洗。受洗儀式通常在家中最前面的房間進行，神父或牧師會站在一大家子叔伯姑嬸和祖父母中間。

在那個年代，屋子裡都住著這麼一大家子人，每個人看起來都像電視劇裡《沃頓一家》（The Waltons）的一分子，誰家都有個小約翰、蘇珊，跟你互道晚安的祖父在家中。這是個大家庭，靠著父母做愛生孩子讓這個家族開枝散葉；之後受到節育限制，家庭組成變成了媽媽、爸爸，加上平均二點三四個小約翰和蘇珊；而現代福利國家則造就一種現象，家中成員變成了媽媽和嬰兒，以及一名實際上不存在的男性，就好像你可以「把公牛裝在公事包裡」去讓西克萊爾的乳牛懷孕一樣。

家是一個大得足以容納很多孩子、很多世代的地方。家中成員的增減也會造成居住方式的變動，比如因應嬰兒出生，祖父母也上了年紀，他們便帶著養身雞湯搬到樓上（醫生來看病也要爬樓梯），直到哪天嗚呼哀哉蒙主寵召，他們就會再被搬下樓，放在和嬰兒受洗同一個房間裡，接受稱之爲「入殮」的儀式。

在生與死之間，還有件人生大事叫做「以結婚爲前提的交往」——求愛和調情很少在十幾歲的男女間出現，因爲他們的約會是在未婚的姑姑阿姨監督下進行，而這些姑姑阿姨平常在家裡的工作是幫忙照顧小孩和整理家務。彼此傾慕的年輕人會坐在一張「愛之椅」上，這張椅子大到能讓他們凝望對方的眼睛、握握小手，又小到足以防止兩人直接躺下來。姑姑阿姨們會算準了時間現身，問一些檸檬汁啦、茶啦、房間溫度啦、男方家庭啦之類的問題。雙方都保持得端莊有禮，通過考驗。於是這兩個孩子結婚了，往往還是在那同一個房間，通常會有個大拉門可以隔出一塊私人空間和通道；這房間就是祖父母停靈、新生兒受洗，以及情人示愛締結婚約的地方，名之爲「正廳」。

經歷了半個世紀，經歷了兩次世界大戰和「新政」，我們把辦理人生大事的場所移出自家——家庭規模越來越小，車庫倒越來越大；強調的是機動性，而非穩定性。新的發明、新的干擾，和原本不屬於家裡的無謂概念，永遠改變了家庭結構和居住的房子。與此同時，產房變成了樓下的「浴室」，因爲房間裡裝配了排水管線，所以能「保持乾淨」。生產則改到醫院裡光鮮亮麗的產房進行，但也有那種很「浪漫」的，在前往醫院的路上就直接在車裡生了——不時能聽到一些倒楣的警察或計程車司機，碰到產婦在警察巡邏車或別克車後座生小孩的故事。正好，車子的後座也經常被一般人視爲「製造孩子」的場所——原本在西西莉亞姑姑照看下進行的求愛調情場景，換成了由馬洪尼警官巡邏的停車場。

就像辦理一些人生大事的場所都在外移，男女約會的場所也換到了路上，比如搭乘交通工具時，或被警察追的時候，也有的是在車裡。從工作崗位退下來的人都被趕到專爲退休人士設計的樂齡社區；年紀大的人不是在家裡，而是在一些規畫完善的設施（如養老院、安養院、醫院的病房和療養院等等）變老和生病；他們也在這些地方離開人世——一九六〇年時，在自己的床上去世的人不到百分之十。

他們用這種遠離家庭的方式活，也用這種遠離家庭的方式死。當他們入殮的時候，不是在家裡的正廳，而是在葬儀社的殯儀館大廳，布置的方式像在宣告一般家庭裡已不再有正廳——有塡充過度的家具、蕨類植物、各種小擺飾、大片的裝飾幃帳，還有死者。

我們這行就是這麼變成現在這個樣子的。

就在我們把解決大小便這件事帶進房子的同時，我們把生產、結婚、生病和死亡推出了家門。所以，一個仍一起禱告的家庭若依舊遵照教會舊規共同生活，相比之下，那些把大小便都帶進家裡的家庭多半聚少離多。

我們沒了正廳，也沒了家人團聚的壁爐，我們寧願自家空間閃爍著多頻道寬螢幕電視的光影，裡面不斷重播著與我們生活完全無關的節目。廚房不再飄出飯菜香，餐廳布滿灰塵，客廳像是爲了某個幾乎不來的「朋友」而準備的地方。做愛這件事就在「逃離日常生活」的週末，找個凱悅或假日酒店解決了事。在新派的家裡，臥室越來越少，而全套衛浴越來越多（注意到沒有，他們會稱浴廁設備爲「半套衛浴」，而非「全套廁所」）。每個人都有「個人空間」，也就是隱私——嬰兒交給托兒所；老人要不是在亞利桑那或佛羅里達州，就是跟一群年齡相仿的人待在養老院裡；年輕父母爲了負擔「夢想中的房子」或翻修主臥室焦頭爛額，但在如此打造的屋裡並沒有什麼特別，未來也不會有什麼不同。

這也是爲什麼，在我用來舉辦喪禮的殯儀館大廳，缺少了一種重要的聯繫，也就是缺少了一個將家庭生活（從嬰兒出生，到結婚，到讓我們哀痛逾恆的死亡）全部串起來的聯繫。我不會在殯儀館裡舉行婚禮或受洗儀式，而付錢給我辦喪禮的人或許看不出我們所代表的這層生死關係；他們也察覺不到我們所做的儀式是在表明生與死，這些一生只發生一次的事情（好吧，也許結婚會發生兩次），無不傳達著相同的情感訊息，都在說明——得與失、愛與悲，以及一切事情會完全改變。

就像我們把廁所帶到室內，反而讓糞便成爲一種尷尬的東西那樣，我們把死去的人和死去的過程都推到室外，結果讓兩者合而爲一，成爲「死亡」。我常常被叫去處理「那個掛掉的某位親戚」，就好像唐和我會找「阿米提吉─宣克」牌的馬桶解決肚子裡的爛咖哩，都是希望——眼不見爲淨，不用再想這個事情；就讓它走得越遠越好，讓它消失；只要按個按鍵，拉下鍊子，就可以繼續生活下去。當然，麻煩在於，生活，就像每個十五歲的年輕人都會告訴你的，就是鳥事一堆，而且只能死一次。不願面對糞便也許會拉得很漂亮這件事，就像不願正視我們的死會造成「不平衡」那樣，結果造成某種精神失調和心理衝擊，它斲傷了人性，否定了我們最深處的本質。

恩尼斯醫院的醫生打電話告訴我諾拉・林區病了，他們說她大概只剩下幾週，最多一個月，而且可能疼痛難忍。聖灰星期三[8]的早晨，我降落在香農機場，驅車前往醫院的半路在恩尼斯總教堂停了一下，那兒都是等著在上班上學前讓神父在自己額頭上用聖灰畫十字的孩子和市民；醫院的護士說我比那些人加倍聖潔——早上九點不到，就特地飛到西克萊爾在前額畫記號。

諾拉見到我很高興。我問她覺得我們應該怎麼做，她說她想回莫芬的家。我跟她說，醫生們都認為她快要死了。「回家有什麼不好嗎……」她說，然後她看著我的前額，眼睛突然一亮，「我們都要畫這個的，可不是？」我問了醫生整整一天，要如何安排回家的事情——郡立健康中心的護士會每天會打電話掌握情況；當地醫生會開嗎啡幫她控制疼痛，我可以把嗎啡放在湯、粥和冰淇淋裡頭；另外還準備了成人紙尿褲、一具手提式馬桶。

隔天我開車回恩尼斯接她，把她放在租來的車前座，繫好安全帶，一路向西開。我第一次到西克萊爾就是搭飛機，然後降落在香農機場，接下來的那幾年都是開這同一條路去她家——從恩尼斯到基爾拉什，再到基爾基，一小時車程，然後轉出海岸公路再開八公里到莫芬。這個小鎮擠在香農河口和北亞特蘭提克之間，位在克萊爾郡最西端的半島上。當時的愛爾蘭正是大齋節第二天，飽受嚴冬摧殘的原野已經一片翠綠，早晨忽雨忽晴；回家的路上諾拉一直在唱歌，唱著〈莫芬斷崖〉、〈特拉利的玫瑰〉、〈基爾邁克爾的男孩們〉，還有〈奇異恩典〉。

「諾拉，」我在她準備換下一首歌時對她說，「現在聽到你唱歌的人絕對不會知道你快死了。」

「管他會怎樣，」她說，「反正我要回家了。」

她沒能撐過復活節。諾拉最後的日子大多在爐火邊度過，期間不時有鄰居和神父來看她，只是彼此聊天的時間越來越短。另外還有安・莫瑞，這個女人就住在隔壁，我僱用她在我不在家時「照看」諾拉。這兩個堅強的未婚女性年齡相差了六十歲，話題總不脫農事和過去那些可望脫離單身的機會，但另一方面又不願讓男人定義自己的生命，或者死亡。

我也注意到諾拉逐漸不吃不喝，我在想，她這麼做的原因是什麼。

我第一次在愛爾蘭度過冬天和春天，已經是二十五年前的事了，諾拉和我曾騎著腳踏車前往多納夫比的雷根農場——雷根太太心臟病發作過世了，我們跟她有點親戚關係，所以必須去一趟。遺體停放在她的房間，彌撒卡片散落在床腳。蠟燭已經點上，聖水也灑過了。女人們跪在房間裡唸著玫瑰經，男人站在外面院子裡一面抽菸，一面聊物價和天氣；至於我這個年輕的美國佬，是被丟到女人那一邊的。在放著雷根太太遺體的房間裡，儘管有蠟燭、有花，還有二月的料峭春寒（這對一個不做屍體防腐的小鎮來說是好事），但仍充斥著一股出自腸胃道的惡臭。細亞麻布下，雷根太太的肚子看起來像顆大大的洋蔥，幾乎就像懷了孕，彷彿還會不斷長大。鄰居女人們手持念珠唸著玫瑰經，彼此交換著焦躁的眼神。

後來嘈雜平靜下來，我才在她們竊竊私語中聽到——原來，雷根太太是個無憂無慮、對派對毫無抵抗力的女人。她會在前一天煮好包心菜、洋蔥和火腿當作隔天的晚餐，接下來就出現在基爾基的希基斯酒吧，豪飲約兩百五十毫升一杯的淡啤酒。儘管她本人平時的放縱行爲到了這種時候是可以原諒的，況且她也不是因此而死，但這正是她停靈的房間氣氛之所以如此凝重的主因。之後，因雷根太太的遺體已經開始「不守規矩」，逼得彌撒只做了一天就草草結束，整個守靈過程因爲縮短也變得無比歡樂，諾拉對此只下了個評論——「不成體統」。

到了晚上，諾拉會爬上床，先吃藥止痛，然後睡覺。「柯林斯是自己人。」最後她這麼跟我說，意思是可以將後事託付給這位住在卡里加荷的禮儀師——準備棺木和靈車、到摩亞他挖她要用的墳（因爲他們全家都葬在那裡），接著才把一切交給我們這邊的人，也就是派屈克．林區。她把存摺戶頭轉成我的名字，還特別提醒「要確定那兒準備了夠多的三明治、波特酒、紅酒、雪利酒，要有一些甜食。另外，再幫挖墳的人準備一點威士忌」，這是多年前她哥哥過世當時的經驗。

諾拉是一具整潔的屍體，安靜而節制，只有一點點黃疸，但在她過世那個房間的昏黃光線下完全看不出來。她在那個房間出生，也在那個房間停靈；她一生平靜無波。三月底，在帶她去卡里加荷教堂之前，我們爲她守靈守滿三日夜。然後在星期一把她葬在一處圓頂墓穴裡，她爸爸、她爺爺，和她那將近九十年前於襁褓中夭折的雙胞胎弟弟，大夥的墓都是一個樣。我們送了威士忌給挖墳的人，立了塊刻著她名字和生卒日期的石板，然後靜靜俯瞰著她的墳和香農河。

錢足夠支付這一切，她都存好了——夠付神父的費用；買下柯林斯手上最好的棺木；請風笛手、小笛手和各式樂手來爲唱詩班伴奏；還能在事後帶所有人去長塢酒吧餐廳，用美食和黑啤酒把大家塡得飽飽的，彼此交換一下回憶，輪流唱唱歌。這場守靈和喪禮太棒了，我們哭了笑，笑完了便唱，唱完，又哭。

所有事情都告一段落，剩下的錢還夠擴建廁所和浴室，把這棟承自諾拉的古董農舍、我高祖父的結婚禮物，從時間縫隙拖進二十世紀。

如今，不管在西克萊爾還是密西根，夜裡，我始終都對那些白瓷用品和水管敬而遠之，而更偏愛後院那片黝暗，在此，我內心得到了慰藉——山楂樹、丁香花，或山櫻花，繁星點點的夜空，和這當中的自由。每當我在「自己的廁所」執行任務時，思緒總是飄向那些死去的人、活著的人，以及我所愛的人。

我想到諾拉・林區、雷根太太，和她們的生命所帶給我們的祝福。之後我冒出一個念頭，不知唐・派特森回到亞特蘭大飯店後會想些什麼，因爲他回他房間了，我回我房間——說不定因爲酒喝太多，或咖哩作祟，或剛才聊的廁所，可能三樣全部加起來讓他跪下來抱著馬桶，看著漩渦，彷彿我們過去也有過一次、或好幾次類似經驗，想著無法直視的事情又多了一樣，就像克拉普這討厭的名字。

譯注

1 拉羅什福柯（François VI, duc de La Rochefoucauld, 1613～1680）：法國箴言作家，著有《回憶錄》（Memoires）、《箴言集》（Réflexions ou sentences et maximes morales，簡稱Maximes）。

2 湯馬斯・克拉普（Thomas Crapper, 1836～1910）：英格蘭水電技工，之後成立湯馬斯・克拉普公司。

一般傳說他是抽水馬桶發明人，事實並非如此，但他在抽水馬桶及相關設備普及方面居功厥偉。一次大戰期間，駐紮在英國的美國大兵發現倫敦的抽水馬桶都印著「湯馬斯・克拉普」（Thomas Crapper）公司的商標。自此之後，「Crapper」或更簡略的「Crap」成為美式俚語，意指「大便」，也就是作者在本文第二段所說「名字注定永遠跟大便脫不了關係的悲慘男人」由來。

3 平・克勞斯貝（Bing Crosby, 1903～1977）：原名Harry Lillis Crosby，美國流行歌手、演員，曾獲第十七屆奧斯卡金像獎最佳男主角。一九六二年獲頒葛萊美獎終身成就獎（首屆得獎者）。

4 一九七〇年，美國為了越戰首度徵兵，對象是國內所有十九～二十五歲的男子，方式是隨機抽選出生日。之後因反戰情緒高漲，美國總統尼克森（Richard Milhous Nixon）於一九七三年廢除徵兵。

5 凱魯亞克（Jack Kerouac, 1922～1969）：美國小說家、作家、藝術家與詩人，代表作為《旅途上》（On The Road）。

6 伍迪・蓋瑟瑞（Woodrow Wilson Guthrie, 1912～1967）：伍迪（Woody）是小名，其人是美國創作歌手與民俗音樂家，最為人熟知的歌曲是〈這是你的土地〉（This Land Is Your Land）。

7 菲利普・史雷特（Philip Elliot Slater, 1927～2013）：美國社會學家、作家。

8 聖灰星期三（Ash Wednesday）：即「大齋首日」，意指大齋期（四旬期）的第一天，也是復活節前四十天。當天，教會會舉行塗灰禮，要把去年棕枝主日祝聖過的棕枝燒成灰，並在禮儀中塗在教友額頭上，作為悔改的象徵。

Chapter 4

上帝的右手邊

我有一個平靜的童年。我媽一直相信她的每個孩子都是珍貴的寶貝，我爸對我們的過度小心更加深了她這個信念。每件事情在我爸眼裡都有危險，大難隨時會臨頭——某種重大犯罪已經點名找上我們，就在身邊伺機而動，只等父母一個不注意就立刻把我們抓走。就算在罪惡最不可能存在的場所，他都能發現危險；每場足球賽他都看見爆發的憤怒；每家後院游泳池都會淹死人；每個瘀青都是白血病；跳彈簧床就會折斷脖子；每次出疹子就是染上會死人的天花；被蟲咬了就會發要命的高燒。

當然，這和殯葬這行脫不了關係。

作爲一名喪禮指導師，老爸對隨機且毫無道理的傷害事件已經很習慣了，於是他學會了恐懼。我媽留了個大任務給上帝。關於她的九個孩子，裡面只有一個是「計畫中」的產物（她很喜歡跟我們提這件事），其餘八個儘管沒有那麼意外（她很清楚孩子怎麼來的），也就順理成章成了上帝給的禮物了。同樣的，她寄望上帝保護這些孩子，而且我非常清楚她怎麼想，她相信守護天使的任務就是保護我們所有孩子遠離傷害。

但我爸看過太多屍體，嬰兒的、小孩的、年輕男女的，從這些屍體他看見上帝依自然法則存在的證據——祂遵守自然定律，如此殘酷而毫無轉圜餘地。小孩因爲重力因素、物理因素、生物因素和天擇因素而死。交通事故、痲疹、刀子卡在烤麵包機裡、家庭毒物、亂丟的上膛手槍、綁架、連續殺人犯、爆掉的闌尾、被蜜蜂叮了，被硬糖梗了、哮吼沒去找醫生……上帝拒絕干涉自然秩序的例子他看得太多，甚至包括伴隨颶風、隕石和其他天災而來發生在孩子身上的意外傷害。

所以不管什麼時候，要是我或任何一個兄弟姊妹問他，可不可以去這裡或那裡、可不可以做這個或那個，我爸的第一反應幾乎都是：「不行！」因爲，他才剛埋了一個做了同樣事情的人。

他剛埋葬了某個小男孩，死因可能是因爲玩火柴，玩棒球沒戴頭盔，釣魚沒穿救生衣，或者吃了陌生人給的糖。隨著我和手足們日漸長大，那些導致男孩發生不幸的事件也與時俱進——當我們年紀漸長，男孩們的死因也很精巧的從意外災難變成人際關係問題。小孩被閃電打死的故事會被各種其他情節替代，像是單戀自殺、青少年超速、酗酒、用藥過量，和一堆粗心大意卻無可究責的死亡事件，死者最後會發現自己只不過是在錯的時間到了錯的地方而已。

而我媽，她更相信禱告的力量和自己謹慎的養育方式，所以經常藐視我爸的禁令。她會跟我爸吵一整頓晚餐的架：「噢，愛德華，放他們去吧！他們得自己學啊。」有次因爲我爸不准我到對街朋友家過夜，我媽還跟他說：「太誇張了你，愛德華，搞什麼鬼！你是剛埋了一個去吉米・夏右克家過夜之後就死掉的人嗎？」

我爸並不把我媽的介入當成反對意見，反倒當作瘋狂世界裡一個理性的聲音。偶爾我媽的勝利號角會輕易壓過他的恐懼。當我媽用強而有力的論證開始爭吵，他的反應就像個面前有冷水和熱咖啡的醉漢，好像馬上就會開口說——「謝謝你，我正需要它。」

但我爸的恐懼太真實，而且也不是毫無根據。即使住在郊區的孩子有人疼、有人要、有人保護、有人當成心肝寶貝，也沒辦法保證不出事。住家附近會有兇惡的狗出沒、有瘧蚊到處飛，還有偽裝成郵差和老師的「怪叔叔」。他日常工作上碰到的事不斷在提醒他，最壞的狀況總是一觸即發。對我爸來說，就算是一隻蝴蝶也可能是未知災難的嫌疑犯。

因此當我媽禱告完、上床當個天父的兒女、鼾聲安心大作的同時，我爸卻總是警醒著，總是在戒備，總是豎著耳朵注意電話鈴聲（以防葬儀社半夜打來），並且監聽警察和火警通報的無線電。想想我小時候，可以說沒有哪一天他不是清醒著等我們兄弟姊妹起床的。同樣的，直到我十九歲搬出去前、還住在家裡那段時間，也沒有哪一天他不是醒著等我們回家的。

每天早上，他都會買一份熱騰騰剛出刊的報紙，上面登著他在無線電上聽了一整夜的災難；然後，每天晚上都帶回一堆喪禮的故事，悲傷而慎重其事，因為喪禮是他辦的。我們的早晚餐塞滿了寡婦、憂傷、不幸、絕望，當中還夾雜著失去孩子的父母心中永遠的痛。這時我媽會有點不耐煩，然後她會釋放一些自由給我們，以對抗他的擔憂。最後，我們終於能玩棒球、去露營、自己釣魚、開車、約會、滑雪、開個人帳戶，經歷其他所有尋常的成長風險——她的信念終於移開他用恐懼堆成的高山。

「放手吧，」她會說，「把一切交給上帝。」

有一次，她甚至代表我哥哥吵贏了我爸，讓丹得到一把ＢＢ槍，這把武器讓他得以敏捷的反擊弟弟妹妹們。丹要我們全副武裝，頭上戴著頭盔身上穿著皮夾克，然後指揮我們跑過伊頓公園讓他練槍——今天，他成了一個上校，而我們其他兄弟姊妹都得了嚴重的懼槍症。

我媽並非漠不關心，只是把生死大事交給上帝和祂的國。這讓她不會每天操心，不會老想要確定我們能不能順利長大，好發揮自己的潛力。她關心的是「品德」、「正直」、「社會貢獻」和「自我靈魂的救贖」。她毫不隱瞞自己對上帝的信仰就是「上帝會對她守約，對她孩子們的靈魂負全責」（這在現在看來，是很激進的觀點），也就是說，她相信的天堂是建立在我們的品德之上。

而對我爸來說，我們做了什麼、將來變成什麼樣的人，只是我們生命中微不足道的事實交織出來的一個偶然；只要我們「在」，對這個可憐的焦慮男人來說似乎就足夠了，至於其他，他會說，那都是附加的。

當然，即使是這樣微小的願望，也差點破滅。經歷過一般感冒、水痘和痲疹後，我們在一九六〇和七〇年代進入了青少年期。

派特在酒吧打架，有個男的砸碎啤酒瓶朝他頭上扔過來，還出其不意揍了他幾拳。艾迪開車掉下橋，就這麼把車砸爛在河岸上，然後毫髮無傷的從車裡走出來；他跟我爸媽說，顯然是有人酒醉駕車撞了他就跑了，我們把這事稱爲「艾迪的查帕奎迪克事件[1]」，內情只有我們兄弟姊妹知道——其實是我弟偷嘗啤酒和古柯鹼。茱莉安則是朋友開車撞樹，導致她整個人撞穿了擋風玻璃，但除了留下一些皮肉傷和疤痕，她現在還能活著描述這件事。布麗姬是有天晚上配著酒吞了一大堆藥，她這麼做的動機幾年來一直是個謎，知道眞相的只有我媽。

至於我呢，大三的時候從三樓的防火逃生門摔下來，摔斷了幾根名字聽起來都是拉丁文的骨頭，骨盆也裂了，有三節脊椎骨受到擠壓，不過身體並沒有喪失知覺。我的英文教授兼導師——詩人麥可．赫佛曼（Michael Heffernan）是第一個下樓衝出大門跑到我身邊的人，我那時看起來一定有點昏，有點喘。一確定我性命無虞，他就拚命問我問題：「你有沒有撞到頭？今天星期幾？美國總統是誰？」爲了向他證明我沒傷到腦子，我用了艾略特的〈普魯弗洛克的情歌〉回答他；後來有人跟我說，我那段詩唸得非常動人，只不過唸到「我老了……我老了……我要穿上捲褲腳的褲子」時，夾著酒嗝，略顯不完美。接著我就吐了，不是因爲摔下來，而是因爲肚裡的丹特牌肯塔基波本威士忌，我能活命應該歸功於它——拜大量的肯塔基酸麥芽汁所賜，我身體夠放鬆，這就是墜樓沒在我身上留下永久性傷害的主因。

當我在醫院醒來，看見我爸，那個表情我一輩子都記得——那是一張被暴怒和寬慰扭曲、內心正在交戰的臉，外加看見那群送我到醫院、活像動物園動物出來大遊行的朋友和酒伴時，滿臉掩不住的驚奇。

儘管赫佛曼教授穿著花呢西裝和有領扣的襯衫，還像是一副正直公民的樣子，但華特．休士頓就不成樣了，這個唸物理、又唸比較宗教學的傢伙，幾乎整學年都住在校園邊陲地帶的某棵樹上，餓了就到學生會去找點殘羹剩飯。麥爾斯・羅倫生也不行，他先是吃掉一整盒香菸菸絲、再一壺接一壺的灌黑咖啡，成功用大量咖啡因逃過了兵役體檢；但之後不久，就因非法持有大麻在監獄度過一段辛苦的時光；被釋放後一個月，又因行爲不當的輕微罪名被判處二十美金罰鍰。更糟糕的是葛林・威爾森，喝完半打啤酒後會講的話只剩「滾遠點，老兄！」之類的，他講這種話沒什麼特別的理由，只是絕大部分都挑在最不該說的時候說；一群無害的醉鬼和廢柴，我爸對我選朋友的眼光充滿懷疑。

我媽先是感謝上帝讓我沒把命給丟了，接著便定定的看著我，眼神活像以前就看過類似情況、好像長久以來一直爲此所苦，而一臉冷冰看著自己所愛的人那張醉醺醺的臉。

老爸在我發生這件事前一年戒酒了，他加入了匿名戒酒會，開始參加聚會。我和家裡的兄弟對此有點驚訝，因爲我們從沒看過他喝酒。但有一次，不小心聽到我阿姨大聲抱怨老爸喝酒的事，那時我應該有六歲或八歲了；聽了之後，我頭也不回的走了好一段路，來到派特阿姨開在隔一條街口的店，當面跟她說我爸不是酒鬼。另外還有一次是我爺爺剛過世的那個聖誕節，我聽到爸媽回到家的聲響，那時夜已經深了，他說話有點歇斯底里口齒不清，我以爲那一定是因爲難過爺爺過世的事。他堅持打電話找醫生來，說自己心臟病發了。醫生來了，但看起來好像在幫他掩飾，好像他眞有什麼毛病，而不是單純的喝醉酒。

不管怎樣，直到我從陽臺上摔下來爲止，老爸已經整整一年滴酒不沾，而且有辦法一眼就看出一個人到底是不是酒鬼。不過，他並沒有把我受傷的事看成災難，他認爲這是一種恩惠——因爲兒子雖然骨頭斷了不少，但總是會痊癒，而且還活著。

現在他們兩位都過世了，我猜想我爸一直認爲，天堂就是看不到自己孩子的地方（一直在人間活得好好的）；而我媽則直覺認定，我們這些孩子都會追隨他們的腳步而去，只是早晚的問題，但肯定會去。

父母用什麼方式教我們，我們就會用什麼方式教自己的孩子；我深切感覺到這一點是在一九七四年。我們家老大在二月出生，我六月在密爾福買了一間葬儀社——我成了新手父親，也是城裡的新手禮儀師，而在這個鎮上，不管出生和死亡都很引人注目。我也注意到一件事，那就是接到電話、要我們前往處理死產和死胎的數目。二十年前，這個城鎮附近沒有大型醫院，也沒有醫學大樓，孕婦受到的產前照顧不足，每一年我們除了要處理上百件成人喪事，也會被叫去處理嬰兒的葬禮，也許有十來件上下。有一些生下來就是死嬰，也有一些生下來是活的，但很快就因身體出現某些異常而死；另外，每年會有一些嬰兒死於不明原因，以前稱爲「搖籃死」，現在稱爲「嬰兒猝死症」。

我會跟這些嬰兒的爸爸媽媽坐在一起，沒有人看得出這些孩子爲什麼死了，他們就只是忘了要呼吸，像是還在努力搞清楚發生了什麼事。通常，擔任保護角色和金主的爸爸，這個時候都很無助；而媽媽身體裡似乎有某個地方疼痛難當，看起來非常脆弱。他們臉上的神情像在強烈傳達著——什麼都不重要了，都不重要了。我們會安排短暫的守靈和墳墓邊舉行的儀式，並訂製兩面可翻轉的藍色和粉紅色內襯放在小棺材裡；把「嬰兒棺架」上的灰塵撢乾淨，親友來訪時可讓棺材停在棺架上；然後，把所有配件服飾都照著嬰兒的尺寸縮小。

我們埋葬老年人時，埋葬的是已知的過去。有時在我們的想像中，這段過去比實際的情況更美好，但無論事實如何，過去都是我們從長輩身上繼承過來的一部分。回憶有著動人心弦的場景，也是我們最終的慰藉。

但埋葬嬰兒時，我們埋葬的是未來，是龐雜而未知的，是滿滿的期許和可能，是被我們心中光明希望所成就的結局。那種悲傷是無邊無際的，沒有限度，不知道何時何地會結束，而坐落在每片墓地角落或圍欄邊的小小嬰兒墳墓永遠不夠大，不夠容納親人的悲傷；有些哀痛是永遠的。死去的嬰兒給我們的不是回憶，而是夢想。

我還記得初為人父和禮儀師那幾年，不管是製造嬰兒或埋葬嬰兒都還顯得很生疏。我經常在半夜醒來，偷偷跑到兒子女兒睡覺的房間，彎身在他們的搖籃邊聽他們呼吸。那就夠了。我不需要太空人或總統，不需要醫生或律師，我只要他們會呼吸。跟我老爸一樣，我也學會了恐懼。

而隨著我的孩子一天天長大，我所接到埋葬男孩和女孩的電話也越來越多。從嬰兒成為幼兒，幼兒成為學童，學童成為少年，然後是青少年，然後是年輕人……我在孩子成長的不同階段認識他們的父母，可能是在少年運動聯盟、女童軍團、家長教師協會、扶輪社或商業協會。我並不庫存兒童棺木，只在需要時才訂製，棺木的大小從全尺寸到半尺寸都有（一百五十二公分到一百六十八公分不等）。由於死去孩子的屍體還在郡立停屍間沒辦法領回來，所以我經常得以自己家裡平平安安、健健康康，活得好好的孩子，估計死亡兒童的身材大小。我訂回來的棺木通常都屬於「純眞善良」風格——四角裝飾著天使，加上嫩粉紅或淺藍色的縐綢內襯。我收的錢絕對不會超過棺木批發價，服務也是免費，這麼做的時候我心裡只抱著一個希望，希望上帝讓這一個個父母承受掏空人心的傷痛時，可以跳過我這個做父親的。

不過，也有不用使用「純眞善良」風格棺木的時候。有一回，一個我到現在還記得名字的男人槍殺了他的兩個孩子，一個八歲，一個四歲，那時孩子的媽正在鎭上的餐桌邊熬夜等著他們。然後他開槍自盡。我們把他放進一副十八蓋吉[2]（厚約約零點一二七公分）、把手上飾有「最後晚餐」圖樣的鋼製棺材，他女兒兒子則一起放在另一副相配的棺材裡。這筆帳一直沒有收到——媽媽賣掉了房子，悄悄離開了這個鎭，我也一直沒去追這筆錢。

另有一年的耶誕節假期，有對六歲的雙胞胎掉進結冰的河裡，那條河穿過這個鎭，也流過他們家後院。沒人知道他們究竟是一起掉下去，還是另一個企圖救人才跟著掉下去；但事發當天先找到了一個，另一個兩天後才發現在水閘邊隨著消防隊員砸破的冰塊，在河裡載浮載沉。我們把他們放在一具有兩個枕頭的棺材裡，腳對腳躺著，穿著一模一樣的奧士科士牌牛仔褲和格子絨襯衫，那是他們的媽媽爲了耶誕節從希爾斯百貨訂購的。他們的爸爸，一個年輕男人，一夜之間老了，五年不到便因難以承受悲痛而死；他們的媽媽罹癌，受哀痛打擊，癌細胞擴散，之後也死了；唯一留下的是這對雙胞胎的哥哥，他已經離開這塊傷心地很久，現在應該快三十歲了。

我還記得有個外表歷盡滄桑的可憐男人，他太太用皮帶勒死了他們的八歲兒子。做母親的寫了一份長達十四頁的遺書，解釋她覺得兒子讀書太慢、將來一定會面對一輩子的譏笑和失敗，她這麼做是爲了讓他解脫；然後她吞了三打藥片，死在兒子身邊。一開始，這個男人選了一副櫻桃木棺材，把母子倆放在一起，男孩躺在媽媽臂彎裡。但在葬禮前夕，他要求把男孩從媽媽的棺木移出來，另給孩子一副棺木，而且要分開埋葬。我照他的吩咐做了，而且覺得這麼做非常明智。

不多久，我便深刻體會到我老爸的恐懼——在我眼中，孩子的一舉一動都可能出現致命的結果。我們住在自家葬儀社隔壁的一棟老房子裡，小孩就在旁邊院子裡玩著美式足球長大，還會在停車場玩輪鞋，然後溜滑板、騎腳踏車，接著就是開車。而四個孩子在十歲、九歲、六歲和四歲時，他們的媽媽跟我離婚了，搬到別的地方住。法院判定「大獎」歸我，四個因父母離婚而傷透心的孩子由我監護；對他們，我總覺得有股歉意。

雖然大致說來，我很高興終於擺脫煩人的離婚程序（婚姻已成了一件痛苦的事），但撇開這件事，我突然驚覺成爲單親家長的意思就是——孩子只剩下一雙眼睛照看，而不是兩雙；只有一對耳朵能注意遊戲場上的動靜；只有一個身軀能爲他們擋住危險；只剩一副心神。少了衝突，多了擔憂。而且光是房子本身就很危險——每個水槽底下都放著毒物，每樣電器都可能觸電，地下室裡有氡氣，貓砂會有傳染病。但既然法院宣布我比前妻更「適任」家長這個角色，我就下定決心非做好不可。

我會早早就起床，當孩子們忙著吃早餐穀片時，我就忙著做袋裝午餐，然後送他們去學校。我請了個管家，她中午會來，做一些洗衣打掃工作，然後一直待到最小的那個從幼稚園放學回家。我從早上九點半到下午四點會待在辦公室，然後下班回家做晚餐——多半是燉菜、義大利麵、雞肉和米飯；我做的分量他們總是吃不完。接下來就是做家庭作業、上舞蹈課、玩棒球，然後上床睡覺。當這些都結束，孩子們進入夢鄉，房子裡只剩家電低聲合唱（洗衣機、烘乾機、洗碗機和音響都開著）時，我會給自己倒一杯愛爾蘭威士忌，坐在一張靠背扶手椅上，抽口菸，喝口酒，然後豎起耳朵聽——不是音樂，而是警戒，爲接下來可能發生的任何事預做準備。

大多數夜晚我都是在椅子上昏睡過去的，可能是因爲太累，可能是因爲喝了威士忌，也可能都是。然後我會爬上床，睡得斷斷續續，隔日，又是早早起床的一天。

恐懼有個可憐的表弟叫做憤怒。

當孩子衝進交通繁忙的馬路前，沒有看看左右來車，我們會感到一陣怒急攻心。或是我們總不忘提醒勸告，也沒要求什麼回報，只希望孩子遠離陷阱和問題，但他們完全不放在心上，這也會讓我們氣血上湧。結果是，打也打了，罵也罵了，門摔了，狗踢了，憤怒的拳頭握得死緊。我的老天啊，愛竟和哀痛同樣讓人受傷。這是一場戰爭，而我們宣戰的對象是生活中無力改變，或者完全束手無策的事。這些情境適合英雄，適合搬上舞臺，但若是養育小孩就完全不是那回事了。

所以有的時候，早上萬分艱難帶著起床氣醒來，宿醉的難受、生活中無法掌控的事都讓我怒不可遏——案子應接不暇、孤枕無人陪伴，再加上四個看起來情感受創極深的孩子。儘管孩子並不是我眞正生氣的對象，他們卻得在五天裡有三個早晨要面對我的情緒。感謝上帝，我從來不打孩子或對他們大吼小叫，我說出口的話都會用心斟酌，小心翼翼；我只是讓怒氣在自己體內翻騰。事情過了之後，我會向孩子道歉，多給他們一點零用錢，會順著他們，希望得到原諒，就像每個醉漢會對自己所愛的人做的一樣。後來我就不喝酒了，在此之後，即使恐懼並未完全消除，我也不再易怒。與其說我是「自酒醉中清醒」，不如說我是個決心不再碰酒的酒鬼，最終我對這段解脫的經驗只有滿心感謝，遠遠超過怨恨。

只是目前就我所知，信仰是消除恐懼的唯一良方，那種感覺就像有人坐鎮指揮，檢查身分，看管著邊界的安全。信仰，就是我媽說的——放手，把一切交給上帝，然後縱身一躍，跳進一片未知，雖然不在我們控制之中，卻永遠安心。有的時候，那種感覺清楚明白；有的時候，又讓人覺得我們是完全孤立的。

這裡要說件實際發生的事。我剛剛葬了一個年輕女孩，名叫史蒂芬妮——這個名字取自聖史蒂芬（或稱聖司提反），這位是石匠的主保聖人[3]，也是基督教第一位殉道者。史蒂芬妮被一塊墓碑砸死，當時她們全家開著車要到喬治亞州，車子行駛在州際公路上，她坐在家庭休旅車的後座睡覺。事發時間是深夜。她們在傍晚離開密西根州，要開車到喬治亞州的一個農場——據說聖母瑪利亞每月十三日都會在這裡顯現，並且和信徒說話。他們一家人在漆黑的高速公路上駕著車，正穿越肯塔基州中部。此時，在南方約莫半個小時車程的地方，有幾個當地男孩從附近墓園挖了幾塊墓碑準備找點事來做。他們挑了一塊大約六公斤重的墓碑，一塊大石頭；至於他們挖這塊墓碑到底要做什麼，沒人知道。但當他們走過州際公路的天橋時，手痠了，不想再繼續帶著這塊戰利品，便將墓碑往欄杆外拋（他們並非眞的出於預謀，而是更接近惡作劇），就此落入他們腳下往南車流所發出的朦朧燈光中。

就在這一刻，史蒂芬妮的爸爸開的車，被這塊從墓園偷來的墓碑砸個正著。這塊墓碑以每秒近十公尺的速度下落，沒錯，是每秒鐘；這部休旅車則以每小時將近一百一十三公里的速度向南行駛。這塊石頭撞碎了擋風玻璃，擦過了坐在駕駛座的爸爸右肩，驚醒了坐在副駕駛座的媽媽，穿過了兩個座位中間的空隙，擊中了躺在後面睡覺的史蒂芬妮胸口。她才剛跟弟弟換了座位，讓弟弟去車子最後一排座位跟兩個妹妹窩在一起。史蒂芬妮並未立刻死亡——她的胸骨破裂，心臟受傷，難以施救。一名卡車司機停車用廣播求救，但在凌晨兩點鐘，在星期五早晨，在肯塔基州，在這個前不巴村後不著店的地方，這種事情需要時間。家人一面在路邊等待救援，一面唸著玫瑰經，史蒂芬妮因吸不到氣而喘息不止，因疼痛而不斷呻吟。兩個小時後，她在醫院被宣告死亡。史蒂芬妮的媽媽在後座找到石頭，交給有關當局；墓碑上頭刻著「佛斯特家預訂」，後來辨識出這是復生墓園裡佛斯特家墓地角落的一塊墓碑。

有的時候，答案的選擇似乎不只一個。

答案A——這出自上帝之手。上帝在十三號星期五醒過來，然後說「我要史蒂芬妮」，否則這串離奇古怪事件的致命交集該如何解釋。整個事件慢慢重述一次，聽起來就像出自上帝之手。如果這件事情有不一樣的結局，我們會稱之爲奇蹟。

或是答案B——這並非出自上帝之手。上帝只是知情，或早或晚接到消息，但是沒有加以干涉，因爲祂很清楚我們有多麼信賴自然定律（不管是重力或運動中的物體等等），所以祂沒有操弄任何意外或刻意的結局。祂很抱歉要告訴我們這件事，但我們肯定能理解祂的立場。

或是答案C——是惡魔幹的。如果信仰認定了上帝是存在的，那麼也同時認定了邪惡存在的可能。而有的時候，惡魔是會找上我們的。

或是答案D——以上皆非。就是倒楣。生活就是這樣，你得面對這種事，生活也還得繼續過下去。

也有可能是答案E——以上皆是。這就是天主教所說的「奧蹟[4]」，正如一串串玫瑰經念珠代表的，有光明的「榮福五端」，也有哀傷的「痛苦五端」，那都是奧蹟。

不管答案是哪一個，我從父母那裡繼承到的想法並沒有動搖，無論是老爸的恐懼或我媽的信仰。如果這件事情是上帝的旨意，那麼我會說「上帝你眞丟臉」；如果不是，那麼我還是會說「上帝你眞丟臉」。聽起來是一樣的，因爲我不斷向全知全能的主揮拳質問——「十三號那天凌晨，你到底在什麼地方？」只是，事發的不在場證明每天都在變。

當然問題的答案是否和信仰有關、能不能找到，都在史蒂芬妮的父母，以及多年來我所碰到和他們遭遇相同的人心中。

我答應要在聖誕節前（正確的說，是十二月二十六日「聖史蒂芬日」之前）把史蒂芬妮的墓石弄好。在這一天，我們都會記得要齊唱〈好國王溫徹拉斯〉；在西元三五年的這一天，聖史蒂芬被冠以褻瀆上帝的罪名，被群眾用石塊打死。

我第一次帶著史蒂芬妮的父母到墓園時（他們希望爲女兒買一塊墓地），做母親的在路邊停步，手指著耶穌升天的雕像說：「我想把她葬在那裡，就在耶穌的右手邊。」接著，我們穿越一片片墓地來到一塊沒有任何標示的空曠土地，正好在耶穌張開的大理石右臂下方。「就是這裡。」史蒂芬妮的媽媽眼睛含著淚，深深仰望著耶穌的灰色眼睛。史蒂芬妮的爸爸則站在一旁，瞇著眼睛讀著旁邊那座墓碑上的名字，那塊石頭上刻著的姓氏是——佛斯特。

譯注

1愛德華·摩爾·「泰德」·甘迺迪（Edward Moore "Ted" Kennedy, 1932～2009）：約翰·甘迺迪總統的弟弟。一九六九年，甘迺迪在麻州查帕奎迪克（Chappaquiddick）駕車時意外落橋，他的女性友人柯佩芝妮（Mary Jo Kopechne）因此死亡。傳言，甘迺迪當時拋下了柯佩芝妮，獨自從車落水處游泳脫身，並等到隔天才報案。此一醜聞重創甘迺迪的形象。

2蓋吉（Gauge）：英美鋼材厚度計量單位。

3主保聖人（Patron）：如果冊封某個聖人是主保聖人，就代表這位聖人會保佑守護特定的對象，其中包括人、國家、地區、活動、家族、派系、職業等等不一。例如，天主教會的教徒受洗時，所領受的聖名便是主保聖人的名字，這表示這位聖人會保護這位教徒。像是耶穌的養父聖若瑟（St. Joseph），便是天主教會、未出生的孩子、父親、移民、工人、木匠、不動產經紀人、克洛埃西亞、菲律賓、美國、越南等等的主保聖人。

4奧蹟（Mystery）：指耶穌一生言行及聖母發生過的事件。玫瑰經中，根據耶穌及聖母奧蹟分為「歡喜五端」、「痛苦五端」與「榮福五端」，傳統上每天照順序獻給一種「奧蹟」。二〇〇二年十月十六日，教宗若望·保祿二世於〈童貞瑪利亞的玫瑰經〉牧函的第二段，建議增加「光明五端」。

Chapter 5

文字織就的肉體

我們知道事件的來龍去脈後，就會想到上帝——因爲在事件發生的過程中出現了某種對稱和秩序，如果完全歸諸運氣巧合，會讓人趕到不安。此處發生的事情和別處發生的事情有了交集，好像有什麼計畫。巧合讓彼此有了關聯，一環扣一環，最後證明了因與果之間的緊密相連。一開始只是小聲推測，接著是臉不紅氣不喘，大聲的一口咬定——就是「因爲」如何如何，「因爲」怎樣怎樣。最後所有事情都可能成爲肇事主嫌，因爲我洗了車，所以就下雨了；因爲她擦了那種香水，所以他就意亂情迷了；因爲你吹了那首曲子，就不會出現老虎。諷刺嗎？偶然嗎？眞的是因爲曲子才讓猛虎不出閘嗎？自古至今，在命運或命運之神的手指撥動下，刻意推倒的那些骨牌，就是歷史。

兩年前，我的一位朋友、同時也是我的導師，詩人亨利・紐君特（Henry Nugent）因第二次婚姻突然結束而鬱鬱寡歡。現在回頭去看，總是可以發現一些跡象，像是和年輕人相處不來、年長雙親的去世，以及尋求專業人士協助卻徒勞無功。人到了中年，出現的危機本就無法估計，再加上日常婚姻生活的壓力，結果讓這段維持了十七年的婚姻難以爲繼。

他們是在肯塔基州東南方一所小型州立大學認識的，當時她還是學生，而他是英文系的副教授。他那時才剛「平和」結束了自己的第一段婚姻，那是個錯誤的結合——彼此因性而互相吸引，也因此互相猜忌，如此過了七年貧乏無趣的生活，在彼此還沒有累積什麼財產、也還沒有孩子之前到此爲止。

亨利・紐君特當時三十歲，有著少年般的俊美長相，在學校很有機會升任教授，也沒有什麼藕斷絲連的感情包袱，而且他以詩集形式進軍文學界的第一本作品已經收到出版的預付款。而當時剛成年、如今已是「前」紐君特太太的她，是位顚倒眾生的美女，義大利裔的她有著深膚色，擁有一份市場上炙手可熱的學歷、自我的野心，以及與男性相處時那份得體的尊重謹愼（在那些和兄弟一起長大的女性身上，經常可以看見這種特質）。外在的身體與內在的心靈在她身上整合出一種魅力，這種魅力比個別特質相加起來還要強大，而亨利便用了接下來二十年的青春歲月，努力以詩去表現她這股魅力。她看著他在許多角色中努力取得平衡，不管是無拘無束的文藝青年或文思泉湧的抒情詩人，而她也爲此深深吸引。

在他們一開始熱戀的那段歲月，他總是看著躺在身邊的她，以她白皙的大腿內側，或肚臍下那條毛髮聚集的黑線，或是她身體彎曲的線條爲題，寫下一首首精心動人的十四行詩、維拉內拉詩，或六節詩。但一個女人如果會因爲詩而對男性青睞有加，因爲輕鬆擔任靈感泉源而欣喜不已，那麼她到了三十歲就會開始小心提防，到了四十歲就會把這件事視爲侵犯個人隱私和政治不正確——她們並不是靈感泉源，她們內心對這段故事有自己的解釋。但當年的她只有二十歲。

他們愛得火熱，然後結了婚，搬到俄亥俄州，也生了孩子。他們看起來非常幸福，直到她快滿三十七歲那年某一天，她突然打了通電話給我，說她受夠了。她就是需要休息，再也沒辦法這樣生活下去。她帶走了兒子們，也把別克轎車開回肯塔基，說她不會回來了，除非他收到判決書，依照法律和慣例被強制遷離屋子；西方世界有太多男人都碰過這種情形。

當然，沒多久，不討喜的細節就掀出來了——一場放縱的婚外情，對象是一個在雞肉加工廠擔任中層管理職位的人；這家公司的雞肉在當地超市鮮肉部門很常見，算是知名品牌。「調查」、「食慾」、「傾向」這些字眼靜靜上了檯面；而不可避免的，街坊巷弄最愛嚼舌根的就是一個不再彼此信任、不再有共同信念、因傷害而分崩離析的家。就像類似事件總以悲劇收場，他們的故事也不例外，這也是那種朋友不知如何安慰、或不管怎麼禱告也無望的悲劇。就算他不能算是一個超完美的人，這也是一件發生在好人身上的壞事。

如果「愛與死」是詩歌中最偉大的主題，那麼在詩人生命中出現「愛情之死」這種奧妙難解的事情，也就一點都不令人意外。

我朋友離開了家庭這個避風港，仔細審視了自己至今四十七年的人生，他失去了太太和兒子，失去了一棟帶四個臥室的錯層式大房子，（不久前才剛二次抵押貸款），失去了所有的期待。他得到一個不快樂的結論（很多擁有高額人壽保險的離婚男人，都會導出這個結論），他所能爲自己家庭做的最好、也是唯一能做的事，就是去死。他的律師則勸他不要草率做出決定。

混亂的法律程序進行到一半，一所非常有名望的大學出版了他的第四本詩集《忠告》，這本書是獻給即將成爲他前妻的太太（一個對出書這件事漠不關心的人），以及他的兒子們（在父母的婚姻風暴中已經暈頭轉向，對這詩集也沒什麼印象）。《華盛頓郵報》此時刊登了一篇簡短而熱情的採訪，儘管因爲這篇報導幫忙宣傳，出書才一週，首刷就賣了一半，但他似乎完全高興不起來。他花了好幾個月的時間和離婚的枝微末節纏鬥，律師、私家偵探、證詞、質詢，過程又煩又倒楣。

基於學者訓練與天賦，法律語言和各種術語對他來說輕而易舉，他成了精通判例法和判例，法庭陳述，訴訟和反訴訟的專家。有一次他用法律上「未成年子女」這個詞稱呼自己的兒子，對此我提出了異議——這些擁有媽媽的智慧和爸爸的頭腦、爸爸的黑色幽默和媽媽棕色眼珠的美麗孩子，除了「珍寶」，我受不了別的字眼。他精心構思自己的證詞，和哪天出庭會用上的終結辯論，儘管我跟他說不會有那一天；爲了這場官司，雙方都砸下了大量的律師費。

曾經有訴訟當事人花光了自己爲孩子存的大學基金，只因那些善於恫嚇對手、說話砲火四射而價碼高昂的律師，會面要吃壽司，有了好處要分紅，還同意下週末要是天氣和工作量允許，可以把會面地點改在高爾夫球場。

事情告一段落。

果然是個好律師，沒有離料想太遠，明確而無法翻案的，結束了。

把視角放寬來看這些事，一個在俄亥俄中南部漂泊的悲傷男人，和更大的不幸比起來，微不足道——戰爭依然在老地方肆虐，饑荒削減了總人口；瘟疫毀滅了文化和它衍生的次文化；貧困總是如影隨形，死亡到處可見。在這樣一個世界，面對一個擁有終身教職、大部分退休金都會歸自己，擁有探視權、健康和工作的白人，要同情他實在很難。

心碎是一種看不見的折磨，它不會讓你跛，也沒有明顯的傷疤；不會發給你一張殘障貼紙，保證你會有個好車位或方便的出入口。心依然碎著，靈魂腐爛。一道沒有治療的傷，可能讓人病入膏肓。

但是在一個以婚姻狀況衡量受害者價值的世界，我朋友在人口調查上立刻被踢出「需要關注的社會階層」那一欄。在這兒，離婚的女人被視爲重新掌管了自己的生命，或者從一段折磨身心的關係中走出來；然而離婚的男人卻被看成瑕疵品，是個不負責任的爸爸，心痛本來就是他們應得的懲罰。

事實證明，有這種狀況的人不只他一個。仔細看看，你會發現週末的速食店、電影院和商場裡，到處都是失去監護權的父母正和自己的孩子共度「珍貴時光」。眞正的父母，週末會待在家裡種花種菜、打高爾夫，或在細火慢燉的爐上肉香中愜意的看一場老電影。但沒有監護權的父母過的是另外一種生活——他們從家庭中被連根拔起，像個亡命之徒，強迫自己把一週份的關愛、紀律和引導，塞進那個把官司打輸的律師口中所說「自由探視權」的時間裡，他們必須奮力搾出更多時間與孩子共度一段徒具形式的家庭生活。「塔可鐘」墨西哥脆餅替代了烤火雞和馬鈴薯泥，購物商場取代了家鄉小鎮的大街，而那樣的大街總被認爲是養大孩子最好的地方。週一到週五都和孩子在一起的父母爲孩子買內衣、帶他們去矯正牙齒，而只有週末能見孩子的父母就會爲孩子買玩具，閒聊在未來某個美好無比的一天要去的迪士尼之旅。很多人放棄努力，他們告訴自己，這對孩子太辛苦，對自己也太辛苦；太苦了。

剛開始，紐君特夫婦每週都會打電話給我，有時一天一次，有時一天兩次。我覺得虧欠他們兩個——十年前，我一團亂的婚姻崩解的時候，他們倆都非常願意聽我說話。所以我以傾聽回報，提出一些溫和免費的建議，一分錢一分貨，因此我的建議也就有了免責條款。當我提到和解這個話題，做太太的從此不再來電，這部分她完全不想談；但做丈夫的還是一直打電話給我，他非常憤怒，心靈飽受摧殘，幾乎被愛與恨拉扯得要發狂。我也不是一直都很有同情心，我感覺自己跟他們的小孩一樣，情感分裂而混亂，加上完全的無力感；而奇特的是，離婚就像戀愛和自殺，都有傳染的風險。

當時，這些不幸事件在俄亥俄州一個接著一個，我的朋友兼編輯，詩人羅賓・羅伯森（Robin Robertson）則在倫敦強納森・克普出版公司的辦公室收拾細軟。他申請並獲准在安納瑪克瑞克的泰隆・古斯瑞藝術中心（Tyrone Guthrie Centre）待一個月，這個中心位在莫亨納郡的紐布利斯鎮。他平常的工作是出版其他作家的小說和詩集，而這時爲了自己第一份手稿的出版，他把日常工作都停了下來。

那時紐布利斯是六月，環繞著藝術中心住處的杜鵑正熱情綻放。住處管理人是伯納德・羅夫林，一如往常在規畫良好的花園裡工作；除了照顧玫瑰和其他多年生植物之外，他還種了幾排青椒、茄子、番茄和朝鮮薊。他做事時，羅賓・羅伯森就坐在泰隆・古斯瑞研究室外推式窗臺書桌旁。

他們總安排詩人住在泰隆・古斯瑞研究室。創辦這個藝術中心的老劇場人，將安納瑪克瑞克交給北愛爾蘭和愛爾蘭共和國雙方的藝術委員會，希望他們能拿它做些和平用途，因此這個藝術中心才會設在距離劃在冰丘和湖泊間的邊界線，僅五公里的地方。他們把音樂家放在一座翻修過的馬廄；把畫家和雕塑家放在穀倉；搖筆桿的就住大房子——小說家和劇作家住樓上，詩人待在一樓的泰隆・古斯瑞研究室，一向如此，而且只會把詩人放在那兒。那是個大房間，有助詩人擴展創作主題；即使放了一張床和衣櫃，寬闊的地面空間仍然非常適合踱步。一個大大的火爐，高高的天花板，和一張放在有點過長的外推窗臺上、可以環視整個花園的書桌，樣樣都是史詩和曠世鉅作即將出現的暗示。

更重要的是，伯納德・羅夫林向來只跟人借菸或拿東西換菸抽，看來他也發現了詩人絕大多數都是菸鬼。

六月中旬的某個清晨，伯納德・羅夫林從開著的窗子探進身來，表示想拿一樣東西換詩人精心製作的手捲菸，「這個是從我破花園裡長出來的綠色東西。」羅賓點點頭，同意了這場交易，然後把那顆朝鮮薊擺在自己的書桌上。

羅賓・羅伯森凝視著窗外，想尋找一個適合他所在環境的主題。當在他在空白頁面中心用黑色墨水寫下「朝鮮薊」、並開始工作之前，他還沉浸在自己爲那個女人準備的第一道菜回憶裡——當時，她不久後就要嫁給他了。

那個時候，他蒸了一些朝鮮薊，還準備了一小碗清澄奶油加芫荽葉的蘸料。

他們一面剝朝鮮薊，一面陷入沉思。餐桌隔開了他們兩人，只除了眼睛，他們不時目光相接，然後又把注意力拉回來，繼續專注在眼前的剝蔬菜工作上。

他們的手因爲剝朝鮮薊弄得又濕又熱；這緩慢的食物儀式讓他們沉默，卻充滿未知的驚奇。朝鮮薊的葉子有著充滿祕密的質感和隱蔽的部分，生命的深處長著薊刺和絨毛；折去它們之後，取而代之的是歡愉，手上的觸感和舌頭上的味道合而爲一。他看著她剝，看著她的舌頭，然後是她的牙齒，然後是她的唇，環繞著肥碩葉片基部的果肉吸吮。然後，她發現他在看她。

「你看。」女人說——她結束了第一個步驟，現在，薊心已經露出來了。她先舔了舔，然後噘起嘴唇抵住薊心，做這些動作時她全程看著他，然後在充滿讚嘆的細微咀嚼聲中解決了那顆朝鮮薊，接著滿意的閉上眼睛。他則讓自己的手指深深插進絨毛裡，直到手指上那純淨的潮濕感彷彿要化爲永恆，房裡也充滿著地中海溫暖的氣味。

「結球的葉片，」他寫道，「脫落，以一股誘惑的綠，越來越薄，直至包覆的膜。」

他用了四行來寫這些句子，藉著每一行結尾的停頓，以文字複製出這件家務所蘊含的聖潔意味。他覺得，讀者應該能找時間實地體會這些文字。

夏天過了一半，紐君特先生和紐君特太太的離婚官司也塵埃落定。她拿到房子跟每個月要付的房子貸款帳單、車子和小孩的監護權，以及她原本就希望從他那邊拿到的一小部分退休金，還有從此不需要再同睡一張床。他則拿到探視權、小孩教育成長費的按月支付時間表，還有他過世媽媽留下來的大部分家具，以及好幾箱之前出版的三本詩集。（居然在訴訟延宕這段期間泡了水，他想破了頭也想不出爲什麼。「認了吧。」他前妻說。）至於法院文件裡那些令人心痛的苦澀用語就更不用說了，而幾乎可以確定的是，這也影響了他後來所用的俚語和寫出來的詩。

羅賓．羅伯森正在準備一些詩作的謄清稿，要交給《紐約客》雜誌負責出版詩的主編。這本雜誌宣稱自己「可能是世界上最好的雜誌」，而這裡確實可能是詩人發表詩作最好的地方。那位女主編每年都會收到上萬首詩，她會登出其中的一百或一百二十首。除了寫得「好」之外，整個英語世界的詩人都想弄清楚雜誌的出線標準是什麼，她則在一首詩裡做出答覆。她的喜好是兼容並蓄的，具有國際色彩，而且完全不可預知。但只要有一首詩上了《紐約客》，就是個露臉的保證，將一千詩眾平庸蒼白的作品拋得遠遠的。在最好的「小型雜誌」和文學季刊中，一首詩的讀者頂多幾千人，或者很可能只有幾百個訂戶。但卻有數以萬計橫跨我們這個文明行星的讀者會讀《紐約客》，他們會在股票經紀人、律師、婦產科醫生，以及廣告代理商的等候室翻閱這本雜誌；文學選集的編輯、文學獎委員會委員、從前的老相好和完全不認識的陌生人，都會看見你的詩。這本雜誌發行遍及洛杉磯、倫敦、香港、巴黎、雪梨，以及都柏林。

準備手稿時，羅賓・羅伯森自然毫無意外的一直對〈朝鮮薊〉塗塗改改。他改了第一段的最後兩行，然後又改回來，加上「雄蕾的新嫩，青澀，有如新生」，再把「膜」後面的破折號改成冒號——不管要寄什麼樣的作品給那位主編，他都要拿最頂尖的出去。

主編立刻收下了這首詩，還打電話向他致謝。不久後，一張相當豐厚的支票寄到他的信箱，雜誌校樣也傳眞到他倫敦的辦公室。

〈朝鮮薊〉在十二月的某天上了雜誌，這時亨利・紐君特的四十七歲生日才剛過，而聖誕節還沒到；他剛搬進一棟兩房的鎮屋[2]，從一堆包裝還沒拆封的書和唱片的禮盒，明顯可見這兩個節日的痕跡。那個十二月，不管他或他現在已經離得很遠的前妻究竟讀了〈朝鮮薊〉沒有，如今都已難確定。

至於羅賓・羅伯森，正慶祝自己在《紐約客》初登場，而且之後還有幾篇等著上。他請了一位聲譽不錯的保母照顧孩子，然後帶妻子去了一家位在牧人市場、名叫「哈姆拉」的餐廳享用黎巴嫩菜。那家餐廳的菜單上有道菜是小羊睪丸，當然，他們也提供朝鮮薊；之後他提到這件事時，說那一餐，那道「蛋蛋菜」，他們是眞的沒點。

出於對版權規定的尊重，我不會在這裡寫出整首詩。整首詩總共五十三個字，巧妙的安排成十二行，像是兩段六重奏，並用一個分段區分爲二。不過在這裡讓我壞一下規矩，把最後一段的前三行寫出來，這樣你們可能比較感受得到剩下的詩句，以及詩人要表現的味道。「那薊心滯鈍的絨毛：」這位詩人在此形容，「那守著獎品的薊冠，」又添了一句讓畫面更清晰，「有如蔬果的聖杯。」

如果你拿著一張上頭寫了這詩的紙，手伸直、瞇起眼，看起來簡直就像家庭主婦留在冰箱上只寫了幾行字的便條紙，提醒著晚餐要準備什麼、小孩送到外婆家、別忘了買酒之類的瑣事；也可能像是一張去超級市場買菜的簡短清單；就某方面來說，兩者都沒錯，既是詩，也是家常記事。它的一字一句都出自內心，上下左右都留了很多空白，全然忠實坦率的描述了一顆朝鮮薊從剝葉子到準備讓人食用的情形。

這首詩不斷努力的想刺激讀者最私密、也最重要的食慾，藉此闡釋詩中文字的力量；而我敢說，它成功了。更重要的是，無論是味覺神經末梢的興奮感，或是人心最深處的意圖，讀者的反應是一致的，完全不受性別或種族或年齡預期值限制。你可以舒舒服服的在自己家裡試試看，也可以找朋友或路人一起體驗——他們會臉紅，會高興的笑，會希望把詩抄一份帶回家。

我的朋友兼導師亨利・紐君特想換個地方住，希望藉此療傷。住在俄亥俄州如此痛苦不堪——看見兒子覺得傷心；看見孩子的媽，儘管仍然愛，也仍然不信任，只是時時刻刻提醒自己失去了什麼。

「就像在守靈，」他這樣說，「在守一個永遠不會結束的靈。死去的還是要埋掉，終究啊！」他買了一棟房子，把鎮屋裡的東西大箱小箱搬到還算不上家的新家。兒子們會帶著錄影帶過來看，要睡覺就把被子往地上一鋪，吃飯就吃麥克雞塊，他們也在適應這一切。

他用了學校提供教授的一年休假，問我可不可以借住西克萊爾的莊園；飛到愛爾蘭之後，才發現二月還是一如往常的又濕又冷。而他爲自己找出的解決方案也相當特別，他決定開車往北走，先到戈爾韋，往斯萊果，到貝爾法斯特，搭著渡船去了湖區，三月底回到西克萊爾——我跟他短短碰了面，這時的天氣還是沒好到哪去。

他情緒好像過度亢奮，整個人坐不住。他想療傷的計畫似乎功敗垂成，我想他是在尋找愛。

離婚之後的幾個月，他做愛的次數相當多。這是離過婚的人都清楚的一個必然現象，在許多改變了的事情之中、當原有的一紙性愛契約遭撕毀，對男人女人都同樣重要的一件事，就是——向每個願意寬容以待的人，展示「性功能問題」絕對「不是」造成婚姻破裂的主因。因此，美滿婚姻中，老套卻輕鬆安然的性愛模式，被新鮮熱辣的婚外縱慾式有氧運動取代。新內衣買了，仰臥起坐做完了。洗澡洗得更勤，仔細修剪指甲，加碼投資各式乳霜乳液和護膚品。全新的床單、浴袍、設計元素和氣氛，因爲每次邂逅都是一場面試，這些都是製造回憶的原料。

但是，這樣的日子過了一年左右，亨利・紐君特開始渴求愛情——就是完整純粹的被另一個同類物種認可，在兩人的生命中承認你的存在。

他在西克萊爾和我分別，啓程往西。飛回俄亥俄州，買了一部有五段變速和桶形賽車座椅的新車，先往西開，再往北，然後又往西。到了四月，有張明信片從他預定要開專題研討和詩歌朗讀會的大學城寄來。在詩歌朗讀會後，排隊捧著他新詩集《忠告》、等著簽名的人之中，有位年輕女詩人很有創作力，她謝謝他帶來的好詩；說話時，手就停在他的手臂上，還說她尤其喜歡他和生病兒子一起待在克里夫蘭某家旅館房間度過一夜的那首詩。

五月和六月，明信片分別從愛達荷、蒙大拿、奧勒岡和加州寄來，「這些山，」他在其中一張明信片上寫著，「讓我想起卡拉布里亞——義大利甜蜜的腳，那兒眞是無處不美。」我不知道他是從哪冒出來這些話。

到了七月，明信片斷了。八月中旬，一張便箋和一張自拍快照寄到；照片上，他和一位外表動人、穿著印花裙的年輕女人在河邊擁抱，背景是連綿的山。從身體互相依偎的樣子看來，他們已經習慣了對方的身體；之前寫的什麼卡拉布里亞甜蜜的話，我這時才開始明白其中的道理。

他們約好，他到她家吃晚餐。屋子裡讓他很有家的感覺——書架上塞滿了書；桌上堆著跟朋友往來的信件和雜誌；一張張印著長存世人心中已故詩人和作家照片的明信片，用圖釘釘在牆上；甚至就連廚房也放著書，東一本西一本——他感受到這是個愛書成癡的女人，烹飪是爲了享受美食而不是塡飽肚子，而即使是用餐，也有書本作陪。砧板上，除了裝橄欖油的玻璃油瓶和洗菜的濾盆，還擺著一篇評論她新近剛出版的詩集處女作文章；廚房裡，烹飪方面的書籍大多偏向義大利地方菜。

而在廚房的冰箱上，用磁鐵壓著一頁《紐約客》雜誌，看起來已經有好一段時間，上頭是一首詩。

「你知道嗎？寫這首詩的人是我在倫敦的編輯朋友。」

「羅伯森嗎？真的嗎？這真是首美妙的詩。」

看著第二段倒數兩行所寫的——「薊肉橫陳，這樣露出，這樣昂揚，這樣硬挺。」亨利想得出神。

「在死氣沉沉的冬天，這首詩真是跟救星一樣，」她說，「一切都灰撲撲、冷颼颼的，生命好像完全沒有希望。」

「僅留殘根，痛苦地泡在自己的橄欖油裡。」他一字一字的唸出來。

他從來沒感覺這麼「饑渴」過。

「你喜歡朝鮮薊嗎？」女詩人問。

九月，一張卡片捎來他們結婚的消息。亨利在這年十二月接近他生日的時候打了電話給我，「都是你們那個羅伯森害的，就是那首詩啊，那首〈朝鮮薊〉。」雖然隔著遙遠的電話線，我還是可以感覺到他在電話另一端笑得合不攏嘴。

老醫生威廉・卡洛斯・威廉斯（William Carlos Williams）寫過一首詩，經過引申之後的解釋是這樣的——「每天都有人抱著遺憾離開人世，因爲他們沒有體會到詩的感動。」我把這句話說給羅賓・羅伯森聽，也告訴他，每天都有人誕生，也有人重生，這些人都因爲詩而找到自己最眞的本質。

有些時候我確信上帝存在，有些時候則否；多數時間裡，我和法國賭局機率研究者布萊茲・帕斯卡[3]站在同一邊。他在《帕斯卡的賭注》指出，相信某一件事，比起什麼都不信要好。而在上帝送給我們的禮物裡，語言是最好的一個，這是一種可以用來命名、宣告和識別的力量，讓我們從喧囂的虛空中形塑出我們的語彙，獻給空中的鳥、海裡的魚，給草坪裡生長的萬物；獻給鄙視和愛慕、喜樂與悲痛；獻給美麗、秩序，以及它們的相反面。只要這個世界還有「誰」在「掌管」，就不可能所有結局都是喜劇，也不可能每句出口的話都是祝福。但每次的死亡都會帶來某種救贖，每次的失去都會有一場我們專屬的復活節在等著我們——失之東隅，收之桑榆。

在這樣一個世界，我的朋友兼導師，詩人亨利・紐君特，已經重新把歡樂的詞語補進他的字彙庫，他寫了一首詩，定名爲〈九〉，這是一首頌詩，一種古代文體，是一首「在新娘房裡唱的」婚歌。《聖經》中的〈雅歌〉就是類似的文體——「我的良人哪，你甚美麗可愛！我們以青草爲床榻。」而古希臘女詩人莎孚[4]在作品〈殘詩〉裡表現出一種與眾不同的現代感，她巧妙結合了婚姻之神海曼和戰神阿瑞斯，詩中有不少懇求的話，像是「把屋椽抬高點，再高一點」，因爲新郎已經「高昂」得比「高個子更高」，工匠們被要求「把房梁搭高點，再高一點」，這樣你的男人才能「高昂的進門」。

在這首新作裡，亨利．紐君特首先對一般大眾所接受的婚姻制度度寫了一段簡單易懂的警語；在詩的最後，他希望他們的「永浴愛河」至少要撐三十年，而無須顧忌日常生活裡習俗法律的新婚之夜，那股私密激情要能在他們生命的悠長夜晚中時時相伴，成爲他在詩的世界裡忍不住一直算下去的那道數學題。

這首詩有兩節，每節九行，用的是寬鬆的抑揚格——就像心跳聲一樣，砰砰、砰砰、砰砰、砰砰、砰砰。想一下，莎士比亞也用過類似方式——「我到現在才墜入愛河嗎？別了！過去的愛！看啊！在今晚之前，我從來沒見過這麼美的人。[5]」

也許這首詩就是以反諷的方式、以耳朵聽得出的精練手法，在數字和音節之間流動；而詩的外在形式與內在作用則爲了共同目標齊心協力，爲的是引起《紐約客》那位詩歌主編的注意，好讓她把紐君特先生的詩發表在雜誌上。她會把支票和雜誌校樣都寄給他，也會撥出獲選人才會接到的那通著名致謝電話。

我的朋友兼編輯，詩人羅賓．羅伯森，在他倫敦的辦公室裡看到這首詩會很開心。這個精通語言力量的男人會把那頁雜誌剪下來，帶回家，用磁鐵吸在冰箱門上；他結縭九年的太太看到會感動萬分，至於要怎麼個「感動」法，那就不關我們的事了。

反正等到時機成熟，《紐約客》主編就會發表她對這首詩的形式和音律有何特殊偏好；眼下雖然有版權上的規定，我還是想在這裡分享這首詩。

因此，我們發表一下這首我們心目中的佳作——

我會的，我發誓，阿門，在這兒，就在這兒，讓我們
大快朵頤，放懷暢飲，還要無比歡欣。婚禮啊，就是
把隱私全攤出來讓大家看的一場演出：
支票簿，和性器官，鍋碗瓢盆，和膽小鬼，
所有的疑惑，都被湧上來親吻的阿姨，和神父一貫的説教，給
消弭於無形，
叮叮作響的玻璃杯
把眞正綁住我們的那條繩子漸漸拉緊，
直到永遠，
華服盛妝，只爲今日。

親愛的，我想也許會是三十年吧，
以我們的年紀和我們的期待。

只要沒有悲劇，或早夭，那麼，就會有
一萬個清晨，和一萬個黃昏，
上帝啊拜託你，那一萬個夜晚都要像今天一樣濕潤，
這樣的夜，誰還管婚禮上那些誓言，我們一男一女
就只是，互相吸引。因此，愛的減法是——
用尋常生活減去永恆的一，答案是
九千，
九百，
九十九。

譯注

1 錯層式房子（Split-Level Home）：是一種樓層錯置的建築方式。主要是把一樓（也就是有大門入口的樓層）交錯的建在二樓和地下樓之間。從一樓，會用一段較短的階梯連接二樓與地下樓（通常會從房屋外觀見到一部分）。

2鎮屋（Townhouse）：是城市裡一種中密度住宅群的建築稱呼，並非同一種建築形式集合起來的房屋群才叫鎮屋，也不是一定要兩兩相連。鎮屋通常入口小、多層，常常整排或兩兩相連，甚至是同一個樣式。鎮屋的名字原本出自英國，意思是貴族到了城鎮所住的地方，相對於鄉間居所。

3布萊茲・帕斯卡（Blaise Pascal, 1623~1662）：法國神學家、宗教哲學家、數學家、物理學家、化學家、音樂家、教育家、氣象學家。帕斯卡假定，所有的人類都對上帝存不存在下注。由於上帝可能確實存在，並假設在此情況下，信者和不信者將分別得到無限的收益或損失，而一個理性的人應該相信上帝存在——如果上帝實際上不存在，信者的損失也很有限，不過少了一些樂趣、享受罷了。

4莎孚（Sappho）：西元前七世紀希臘著名女抒情詩人。著有詩集九卷，大部分已散佚，現僅存一首完篇、三首幾近完篇的詩作，以及若干斷句。

5出自《羅密歐與茱麗葉》。

Chapter 6

高爾夫墓場

寫作，閱讀，歌唱，嘆息，保持靜默，祈禱，勇於承受磨難；永恆的生命值得這一切，以及更偉大的戰鬥。

——托馬斯・肯皮斯[1]

我是在加州上空注意到這件事的。當時，我正飛越這個國家，要去洛杉磯朗讀我的詩，在杭廷頓圖書館、加州大學洛杉磯分校、聖博納迪諾分校，以及波莫納學院都有場次；在朗讀會與朗讀會之間甚至有四天空檔，我可以在南加州隨意閒逛。天空是九月末清澄的藍，這一年——我戒了酒，我媽過世。秋高氣爽，萬里無雲，從我靠窗的位置看出去，這個國家的地貌就攤在我腳下，無垠的天幕、豐饒的土地，還有紫色的巍巍群山。

我一件一件算著我的幸運。

有這樣首次橫跨大陸飛行的一天；有別人幫忙付機票錢和一切支出；而且還提供一筆我很樂意付稅的酬勞，請我去說些「我是個詩人，我寫了一些詩」之類的話，然後加州人就會付錢來聽——樣樣都是超級好禮。但我媽在密西根，因癌末快要告別人世，她告訴腫瘤科醫師：「夠了，夠了。」於是他們停止化療。我逃避，逃避裡頭隱含的種種暗示。

我怕死了。

我們先從底特律飛越密西根湖，通過粗礪的中西部和大平原，大西部的高山深谷緊接在後，來到拉斯維加斯西部的沙漠，最後抵達雷諾。這時我才隱隱約約看出聖博納迪諾山脈的西緣。底下的莫哈維沙漠一片枯黃，直到地貌漸漸從沙漠變成高山，有一塊不規則的嫩綠長方形出現在眼前。這塊綠難以形容，簡直就像把愛爾蘭凱里郡或維京戈爾達島搬來，放在沙漠和山麓中間。我只能大膽猜測這塊地的大小——幾百英畝吧我想，雖然我對我們現在飛行高度有多高沒什麼概念。我們現在要開始準備降落了嗎？機長亮起繫好安全帶的指示燈。我們的椅背都要恢復原狀，餐盤架也要往前收起來。

「一定是個高爾夫球場。」我這麼跟自己說。我可以看見精心種植、呈幾何排列的樹，和當中不規則蜿蜒的小徑。「啊呀，也可能是座墓園！」我記得我當時是這麼想的，「這可是加州，說不定兩者皆是！」

在中西部，我們想到加州的時候，並不只是覺得那是另一個州和另一個時區，而更像是一個想像的州，完全是另一個國度，比起和底特律、克里夫蘭、伊利諾，它和天上獵戶座的共同點也許還要多一點。

然後我突然意識到，這個景象，搞不好眞的是墓園也是高爾夫球場！

從那個時候開始，我一直偷偷在查這件事。

就算我沒什麼特殊天分，也很清楚一件事，只要是心智正常的人都不喜歡喪禮（我覺得也不需要爲這件事弄個特別投票或CNN民調）。比起買棺木和墓穴，大部分人寧願去買衣服布料或食材；要是有得選，多數人會選擇去做根管治療，遠遠勝過在葬儀社工作——即使治療時，醫生提醒「可能會有點不舒服喔」，也還是勝過幫屍體防腐時，一百次裡有九十九次都像是在大庭廣眾之下賽跑。

如果調查一下度假時想做些什麼，客戶偏好的隨機取樣結果可說絕對不會出現「哭泣和哀悼」。你覺得喪禮指導師師可以選總統嗎？過去我的答案是肯定的，現在也是，而且承蒙上帝保佑，我相信將來這個「陰暗的行業」一定出得了總統——畢竟，我們有那麼點受人信任（就像我老爸講的，我們可是世上最後一個讓你失望的人），或者讓人佩服（雖然我不知道你是怎麼個佩服法），或者讓人願意容忍（嗯，總得有人來做這件事），甚至在愛情方面都常常讓情人有點猶豫（你怎麼受得了他碰過「那個」之後又來碰你）。實在很少有人會用近乎歡樂的態度期待喪禮，但稅務人員、電訪推銷員，或前任配偶雇用的囂張律師可能不在此限——這些人的葬禮很難碰到，碰到了人人額手稱慶。

最糟糕的是，這世上任何廣告都沒辦法爲殯葬業擴大市場。儘管我們提供大量車位給家屬親友、青銅和黃銅棺材大減價、申請信貸條款很容易，還一天二十四小時隨傳隨到，但用這些來打廣告並無法刺激消費者爲喪禮掏腰包。

然而，我們對速食的味覺，卻被「雙層肉餅，特製醬料，生菜起司酸黃瓜碎洋蔥，芝麻麵包蓋上去」這類廣告詞搞得難以控制。要是有人哼起麥當勞的廣告曲，我們有多少人忍得住被制約引發的口水，不變成巴弗洛夫的狗[2]？優惠利率只要下降一點，就會讓消費者蜂擁而出尋找「高價商品」，比如房子、車子和遊艇，而花錢標的絕對不會是喪禮。胸部豐滿、曲線玲瓏的十幾歲少女穿上內衣擺出誘人姿態，就可以賣出更多雪佛蘭汽車、更多香水、更多萬寶路香菸，數量遠超過我們所需。還有更多遊艇、更多電腦、更多健身設備——越多越好，越少越好，更新更進步，更快更便宜，更性感的，更大的，更小的。而一人一次喪禮的規矩已然行之千年，我們眞的不需要去做什麼研究才能讓大家知道——對大多數人來說，即使一生只有一次的事情也是太多。

因此，我們心懷厭惡的複雜情緒去看待喪禮和經辦喪禮的人，這和碰到一個對痔瘡、疔瘡或便祕話題滔滔不絕的人是一樣的——「謝謝，」我們眨眨眼或是微笑以對，「不過謝了，我不想知道！」

這個眞理的證據很充分，不過也有例外。

偏離規則才能證明規則存在，向來如此。

比方說詩人，幾乎總會留意任何可以穿著體面、侃侃而談輓歌詩體的機會，這就詩人平時離群索居的生活來說未嘗不是件好事；如果再加上飲料免費喝、主菜是瑞典肉丸子的高級自助餐就更好了，多多益善。

與我共事的一位評論家說話一針見血，他稱詩人爲「文學標本家」，說詩人總希望及時捕捉事物的瞬間，總是編一些過世的阿姨舅舅到詩裡讚頌一番；這點他說對了。大笑一場，大哭一場，或者大便一場，和其他人花上好幾天時間在字彙庫裡東翻西找，或在儲存過去經驗的倉庫裡翻箱倒櫃，只爲了找點可以說可以寫的東西，方式都是異曲同工。能讓人記住的話，像是一些讓人印象深刻的詩詞，都會被找出來刻在墓碑上；詩人知道，喪禮和墳墓能讓自己長留世人心中。他們的耳朵總是警醒的豎著，希望能聽到那個用來形容永恆的詞彙，並爲心中激盪不止的問題找到答案。在葉慈一首永垂不朽的詩中，我們和他一起懇求——「願這一字一句長留，至天地萬物再度盡滅[3]。」

喪禮中還有一個不可或缺的元素便是神職人員。這些人很清楚，喪禮更勝婚禮和受洗的一點是，它會迫使信徒去檢視自己心中屬於信仰的那扇窗。異象與頓悟經常伴隨生命的消逝而生。死亡那一刻便是最關鍵的時間點。我們死去的瞬間是眞理發生的時刻，此時便與內心的先知與使徒訴說的眞理產生了聯繫。是不是在唱詩班裡以歌曲讚頌上帝，或是辦個麵包大特價，或是籌辦一場募款會，要不要當個庭警，成爲執事，或長老，或神父，這些都和信仰沒有關係。那些最成功、也就是深諳「牧養之道」的神父和牧師，就是能讓虔誠的信徒像「人」一樣去哀悼，不管信的是猶太教或基督教、伊斯蘭教或佛教，或其他各種形式一致的宗教。他們肯定了人的需求，無論痛哭失聲或手舞足蹈，無論咒罵或接納我們信仰的教義，還是要責備或感謝我們的神。

叔叔會從耳朵後面找到硬幣，魔術師會從帽子裡拉出兔子；只要時機得當，任何一個善於言詞的人都能宣揚美麗的天國夢想，或散布溫暖人心的話。但只有靠著信仰才能讓死者在我們靈魂的黑夜中復生，並且行走如常，談話自如。

因此，拉比[4]和教士、具有社會影響力的人和大祭司，他們在自己的位置上對死亡都很有一套言之成理的說法。但我們必然走向死亡，不管是教堂或清眞寺、寺廟或猶太會所都並非必需。視喪禮爲忙亂和困擾，覺得應該把時間花在禱告上頭，認爲與其花錢辦喪禮，不如把錢花在教堂的彩繪玻璃或鐘塔上的神職人員，不會在意或驚訝喪鐘爲誰而響——他們也許聽到了鐘聲，卻不懂得其中的意義。「來生」是要「來到下一段人生」，也就是死去之後才開始眞正有意義，也就是我們摯愛的某個人在家中去世的時刻。

那些享受著熱水浴、對生活飲食極其講究的人，也像常人一樣需要天堂。信仰是爲了心碎的人、受苦的人、迷惑的人和死去的人而存在的；喪禮就是這樣的人聚集的場合。有些神職人員已經學會「喜歡」喪禮，因此在喪禮上會表現出激勵的態度和清楚明白的同理心，給人一種口是心非的感覺，完全不像有信仰的人。算算我從事禮儀師這行最大的福氣，就是我認識了許多無比虔誠的男女、許多有力的見證人，他們堅定的站在生者與死者之間，他們會說——「來吧，我說個祕密的故事給你聽……」

也有一些族群傾向認爲喪禮有其正面意義，他們認爲在黑色摺幕和哀悼輓歌之中，生者與死者之間會產生情感的力量，兩者的精神當下會相互激盪，產生交集。從死亡和相應的儀式之中，他們看到人生這片平坦的遊戲場是如此無法捉摸。而無論我們是把死者葬在威爾伯墓地，放在樹上讓鳥吃，火化，或者射向宇宙；也不管我們是請聖歌隊或領唱人，用的是風笛或爵士樂團，是靈柩、棺材，還是裹屍布——我們就是那種會關心死者的族群，也很清楚亡者的人數遠遠超過我們。因此，人口統計學家和社會學家在詳細研究後發現，往外移民的愛爾蘭人、散居世界各處的猶太人、非裔美國人，以及因逃難、放逐或受囚禁的各教派人士，都很能接受與死亡有關的祭禮和儀式，幾乎可稱得上是喜好。

不僅如此，他們對喪禮儀式的高度認可，幾乎可預見的會表現在以下各方面，像是——吃的喝的、聽的音樂、覺得羞恥和罪惡的事，姑姑跟許久沒聯絡的姪兒親吻問好的模樣、每個回到家的人那股狂喜、那大大小小的行李，以及那打心裡湧出的渴望。

喪禮上讓人厭惡的人事物形形色色，但其中的例外，不消說，就是跟我一樣戴著臂章、生活和生計都和喪禮脫不了關係的同行。對於本行並非禮儀師的人來說，「辦一場『好』喪禮」，聽起來有種格格不入的矛盾感，但在禮儀師的圈子裡，這只是個標準的慣用語。

雖然我會同意一些人，送葬時可以開大車，可以穿黑色西裝，可能還能聽到有錢人的八卦，但對於不喜歡這份工作的人來說，這一行的新人折損率還是很高。除非這位新手禮儀師能夠在別人需要的時候提供協助，並從中獲得滿足，或眞的認同我們所服膺的「細心照料死者，就是對生者最好的服務」這句廣告詞，否則他或她絕對待不久；當然了，要是他進這行之前已經賺了很多錢，那就另當別論。

但對我們大部分的禮儀師來說，之所以願意賺的錢只夠送孩子去當牙齒矯正醫師，而沒法讓他們上寄宿學校；之所以願意整天在磚頭灰泥中打轉，無時不擔心錢的問題；之所以願意把工作電話隨時放在枕頭旁，願意讓他人的需求打斷自己的晚餐和親密時刻，都是因為——做這一行，有份超越金錢的滿足感。就我們所知，不管在世界任何地方，付給禮儀師的錢都不足以讓我們在聖誕節去幫鄰居的屍體防腐，或陪著年老的鰥夫站在太太敞開的棺木旁，或讓一名罹患血癌的母親傾吐小孩以後沒有媽媽的恐懼。能夠在這份工作持續下去的人，都相信自己所做的，不只是為了把生意做好，最重要的是，還能在一切過去之後，對所有的人都好。

有個和我一起工作的人叫名衛斯理・萊斯，有次花了整整一天一夜的時間仔細拼回一個女孩的頭蓋骨——她被一個瘋子綁架後強暴，然後用球棒打死。那天早上，她打扮漂漂亮亮的要去上學，因為那天是學校拍照的日子，事情就這麼發生了——一個女學生在九點鐘前整裝出門，和媽媽揮手說再見，準備去見攝影師。而那張照片永遠沒有拍成。她在公車站牌處被劫持，一天之後，就在我們這兒往南一區的路邊樹林裡發現了她的屍體。那個男人強姦了她之後，還掐她的脖子，拿刀刺她，用球棒打她的頭，球棒就扔在她屍體旁。地方媒體以不帶感情的口吻報導了這些案件細節，還一面推測哪個傷口才是致命傷——是勒殺、刀子，還是球棒；不用說，這些推測也是法醫兩度驗屍、簽下「多重創傷」死亡證明之前，所考量的重點。

碰到像衛斯理・萊斯遇到的這種案例，絕大多數做防腐工作的人，拉開從停屍間運來的屍袋，看過後只會簡單的說一聲：「蓋棺。」像爲了防止屍臭外溢似的趕緊拉上屍袋拉鍊，然後就輕鬆回家喝雞尾酒。這麼做，是比較簡單，拿的錢也一樣；衛斯理卻不是這樣，他開始工作。

十八個小時後，一直懇求見女兒一面的媽媽來看了女兒。她死了，這很確定，而且全身是傷。但她的臉已經恢復原狀，是她的臉，而不是那個瘋子肆虐過的模樣——頭髮是她的、身體是她的，沒有被他摧殘過的痕跡。衛斯理・萊斯沒有讓她從死裡復活，也沒有隱藏這件悲慘的事實，但他從殺了她的那個人手中奪回她的死亡。他合上了她的眼睛、她的嘴；清洗了她的傷口，然後縫合起來；再把被打碎的骨頭一片片拼回去；縫好解剖的切口；把指甲縫裡的泥土、按指紋的墨水都洗刷乾淨；再幫她洗好頭髮，穿上牛仔褲和一件藍色高領毛衣，然後把她放進棺木裡。她的媽媽在棺木旁站了兩天，不斷抽泣，彷彿有什麼從她身體裡被硬生生抽離了。

除了衛斯理所做的事，牧師站在她身邊說「上帝與你同悲」，以及女孩棺木入土的過程，都和一般人沒什麼兩樣；當時是如此，之後才會感到難過、恐怖和難以平復的悲傷。但這件暴行、這份恐懼、這片心碎，與曾經涉入這個事件的謀殺犯、媒體或停屍間毫無關連，那個無辜的女孩和她母親才是眞正承受的人。衛斯理把遺體還給了她們。潔西卡・密特福稱這種「對屍體操心過頭」的行爲爲「野蠻」；在我看來，那個拿球棒的怪獸才叫野蠻。衛斯理・萊斯做的是一種善行。某方面來說，比起我們用想像的、在報紙上讀到，或在晚間新聞聽到，親眼見到喪親場面更容易讓人覺得悲傷，這也就是我們禮儀師所說的「好喪禮」。

細心照料死者，就是對生者最好的服務。

但除了詩人、傳教士，外國人和禮儀師這一小撮社會邊緣人，很少有人在醫生的照顧和強力的處方藥治療之後，還會眞心的「感激」喪禮。可以肯定的說，對「道別」（Goodbye）裡的「好」（Good）聽而不聞，對「悲傷」（Sadness）裡的「理智」（Sane）置之不理，對「喪禮」（Funerals）裡的「趣味」（Fun）視而不見，已成了美國經驗的一部分，而對英國人、日本人或中國人來說，情況也好不到哪裡去。

於是，將一塊土地最昂貴與最好的用途融合起來的概念，就這麼在加州上空躍進我的腦子裡，看來是個發達的好點子。自古至今，視接納死者爲責任的土地，以一種後現代的權力轉移方式，與急速成長的高爾夫時尚結盟。我眼前出現這樣一個景象，一個可以讓人一面紀念他的拉瑞叔叔，一面又可以打場小球、順便談生意的地方——兩百英畝大的土地全都用來挖洞，一種用來製造美好「回憶」，另一種用來「追憶」先人。在那兒，悲傷的淚水落下，因爲本來能打出領先的「博蒂[5]」卻失誤了，於是順便和爲父母上墳的人同聲一哭。

一個「高爾夫墓場」！它將一勞永逸解決星期天的問題——上教堂之前或之後要做什麼，或如果不上教堂要做什麼。以前，苦惱的人夫總是必須承諾「下週末」會洗窗戶，以換取在難得的好天氣小打幾洞的樂趣；現在，他可以自信的抓起高爾夫球鞋和「大貝莎巨砲」球桿，告訴妻子，他要去探視一下「家族用地」。他也許會隨口提起一些「工作累得要死」或「事情老是做不完」或「小孩長大了問題還是很多」，或說他「夜裡一直作夢」，或覺得「無力脆弱」……做太太的怎能不讓另一半接受這麼重要的治療？如果治療過程包括一場快速九洞或十八洞，或者天氣若允許打場二十七洞的比賽，又有何不可？

於是我跟自己展開了對話（一個愛唱反調，另一個信奉眞理），這樣的自己在我們每個人心中都有。我在洛杉磯讀詩，和文學界人士閒聊，還在簽書會和歡迎酒會上妙語如珠，被書迷團團包圍。但自始至終，我的心思都繞在「高爾夫墓場」和「我媽快死了」這兩件事情上。杭廷頓圖書館的讀詩會結束後，我問館長，如果她有四天假期可以在南加州晃晃，她會去哪裡？她跟我說「聖塔芭芭拉」，所以我就去了。

每一個標準球洞需要大約十英畝的地，湊滿十八洞你就有了一個高爾夫球場；再加二十英畝，建造練習用的果嶺、俱樂部的房子、游泳池和露臺，還有停車場，所以全部加起來，你需要兩百英畝的土地。現在把能用的那一百八十英畝劃出來，以每英畝可埋葬的人數來算（一千吧），扣掉果嶺、水坑和沙坑，你在前九洞剩下的地差不多還可以埋八千人，後九洞也一樣；讓我們假設一下，算得鬆一點，每十八洞分配一萬五千個成人墓穴就好。現在，把火化的骨灰灑進沙坑，把老陸戰隊員和水手直接扔進水坑，義大利人就砌進俱樂部的牆裡；加上這些，就算是笨蛋也看得出這個小山丘是座財源滾滾的寶山！

要笑就只管笑吧，不過我們來算算看——就說一英畝地要花掉你一萬塊美金，開發新土地自然花費加倍（就是把某片豆子田轉型成「玫瑰園公園」，或取名「綠樹谷」或「桃樹」高爾夫墓地）。高爾夫球場和墓地的名字可以交換著用，在我看來，這代表高爾夫墓場這個構想很有成功的希望。而墓地用的名字像是「格蘭伊甸園」或「寬廣綠茵」，也能用在高爾夫球場；反之，「橡樹嶺」或「礫石灘」亦同，所以乾脆合在一起不是很好？總之講的都是風景之類的東西。因此，花兩百萬美金買所有權，再來兩百萬做開發經費（把俱樂部的房子、果嶺、供水系統等設施蓋一蓋），總計四百萬的預付支出。

接著，你雇用一支「電話推銷兼喪葬顧問」大軍，專挑別人晚飯吃到一半的時候打電話，推銷大量「電訪優惠價」商品——嘿，五百塊錢一塊的墓地（不管用什麼標準判斷都夠便宜了），然後你就能聽見錢叮叮噹噹滾進來的聲音，這是一筆七百五十萬的進帳。再加上火葬場一具一百塊錢的預約費，若要灑進「紀念沙坑」再付一百；於是，在有人預約打球時間、付果嶺費，在你開的高爾夫專賣店買球或買價格偏高的帽子和配件之前，你已經多賺了一倍。

你甚且還沒把高爾夫墓場旁邊那一大堆房地，賣給想住在林間草坪球道上的人呢！每戶預定售價五萬，趕緊剪折價劵存錢吧。想像力是致富之源——這還沒算會有多少人願意付錢和約翰．達利[6]或阿諾德・帕爾默[7]葬在同一個球道，或讓傑克・尼克勞斯[8]在灑了你骨灰的沙坑漂亮炸出一朵沙花。然後再想一些促銷小花招，比如「一桿進洞免費葬」啦、「簽署生前契約，打球時段任選」之類。

還有包套方案——位於第十八洞的一戶公寓、在前九洞短球道上的六塊墓地、每週五晚上的餐廳保留位、專爲太太們設計的網球課程等等；說不定還有錄影包套服務，可以錄下你最棒的一次雙人對抗賽英姿，將來可用在你的追思儀式上，音容宛在，讓眾人更加懷念您。你的名字和生卒年月日會刻在第十九洞的一面牆上，你的老球友可以在那兒痛飲烈酒，想著你們過往的歡樂回憶感傷不已。包套價格是最便宜的，付費時還可折算飛行里程數，大大增加你的貴賓積點。

合併與集團化讓商品可以一次購足、讓日常服務能夠一次解決，這個趨勢是二十世紀許多企業成功故事的核心。屠夫、麵包師傅和蠟燭工人都式微了。我們上超市，在那兒我們可以買到肉、麵包、機油、付電費、租片子、存錢領錢，這些事都可在一家店解決。街角的加油站也賣起了棉條和牙膏（當然，沒有人會跑出來確認你加的油量，玻璃門後那個夜不能寐的人也沒辦法幫你修煞車或換雨刷），我們的教堂不再是松林裡的小教堂，而是身負公眾服務任務的水晶裝飾大教堂。在同一個屋頂底下，我們可以享受托兒服務、諮詢危機處理、讀經，還可以存放骨灰。

像金・貝克[9]、吉米・史華格[10]和傑瑞・法威爾[11]這些一九八〇年代的偉大電視佈道家，他們的「事業」就像主題公園、大學和醫院那種複合式經營手法——撒出一張以上帝爲名的網，因此不用擔心繳稅的問題，房地產想買多少就買多少。今天這個現象尤其明顯，許多超大型教堂寧願娛樂大眾，也不願啓迪人群；與其敬奉上帝，不如要些把戲讓人嘆爲觀止。也許是人的智慧推動了這股趨勢，讓一代代的人群回到教堂；也許這頂教會復興帳幕和有著三個表演圓圈的馬戲團帳篷是一而二，二而一的。

有些電視佈道家進了監獄，有些插手總統選舉，也有人就此乘馬遠去，隱入被遺忘的夕陽中。但在社會大眾能夠接受、負擔的範圍內，這些人似乎仍藉此大發利市。這是一種靈魂上的「一店買齊」，你要的療癒、寬恕、位於卡羅萊納的分時度假行程、音樂事工、水上樂園，以及前往聖地朝拜，這一切都可以用一張VISA或Master卡輕鬆完成。

同理，網際網路假若不是一個新興市場、一個全球性大商店，它也就一無是處。人們可以上網選購某個地方某家書店的書、訂披薩或港式點心、跟厭倦婚姻的陌生人開黃腔、查詢波札那的人口數據……只要在「家中辦公室」動動手指，人無須移動分毫，什麼事都做得到——這樣的事在二十年前聽起來還跟傻瓜的狂想差不多。

於是，兩用的、高實用性、多工應用的例子，就此在市場和我的想像中扎根。

我以前也有過這樣的想法。

在火葬市場興盛前的年代（這不是我能控制的），我幻想過一個名爲「火葬紀念化」的新方案。這個方案的基礎在於，我們觀察到那些選擇火化親人的家屬，其實和選擇土葬的人一樣，需要有個東西來紀念死者，但火葬並不像土葬那樣有一塊有形的石頭可以追憶（除了用來說明死的是誰，就只是一塊無聲又無用的石頭），於是那些把死者化成飛灰和骨片的人，似乎因「禍兮福所倚」、「無用之用方爲大用」的想法而深受鼓舞——這種尊崇工作與實用性的觀念，深植在所謂的新教徒道德規範裡；這些篤信實用性的人似乎在說，死者只要簡單紀念一下就好，燒完的骨灰也該能用在什麼地方吧。

「整個房間放滿鮮花，只爲了房間另一頭有具人類遺體」這種事，要是讓這群人看見了，他們會說「眞可惜」、「眞浪費」。同樣的花要是用在活人身上（像是爲了教授來訪所辦的茶會），他們多半會說「眞是太漂亮了」；或是送一大堆三片花瓣的劍蘭給三胞胎、給剛做完三重繞道手術的病人，就會被認爲「眞有心啊」！但如果在棺木或遺體旁邊擺滿花就是浪費，就是可惜，錢最好要花在「有用的地方」。這樣的概念和火葬結合之後變成——人的遺體更容易攜帶（平均四點五至五點五公斤），也更容易融進新時代的化合物與樹脂之中。幾年前，我腦力激盪了一下這件事，想著怎麼讓死者從骨灰裡重生，如何再讓他們盡一份心力，也就是所謂的「火葬紀念化」。

比起傻傻待在骨灰罈裡，一個老獵人難道不想把自己的骨灰做成假野鴨或陶土飛靶嗎？死去的漁夫可以變成搖擺型擬餌或塑膠軟蟲，說不定就選在舉行喪禮時把這些交給最疼愛的孫子。曾經文靜端莊在旁協助的牧師娘，可以在牧師公寓的一組新茶具中重生，她的名字以非常有品味的字體刻在碟子上。保齡球員說不定可以把骨灰混到透明的保齡球裡，或做成保齡球瓶，甚至做成他們老是撒在手上防滑的石灰粉袋。跳交際舞的舞者可以做成陶笛，愛貓人做成紀念貓砂。

骨灰的可能應用形式是無窮的——賭徒的骨灰拿來做骰子和籌碼。車迷化身排檔桿、引擎蓋飾物，或將來全家一起變成一組輪圈蓋。在廚房裡消磨了那麼多年，有哪個美食家能抗拒成爲紀念煮蛋計時沙漏，讓他們的骨灰從充滿時間隱喻的軸心滑落呢？至於其他沒什麼意思、也沒什麼用處的死者，就做成活動書架和裝飾小玩意吧。這麼一來，過世的人因化身成另一樣東西而創造了更高的價値，而倘若在他們變成那樣東西的名字前面再加上「紀念」這個字眼，就更有價値了。

我家葬儀社總是把骨灰保存在一間密室裡——這裡指的是那些沒有家人認領、沒有下葬，也沒有安放到壁龕裡的骨灰。經過十年，我發現我們積了幾十打這樣的無主骨灰盒，看起來是沒人要了。我常常在想責任要盡到什麼地步才算夠。要是這兒被一把火燒了，我可以想像那些當年的家人一個個跳出來告我「毀損」的模樣（當然，就算是一盒骨灰，毀損也是免不了的）。每年聖誕節前後，我們都會打電話給那些遭棄骨灰的親屬，問問他們對於處置骨灰有沒有什麼想法，但結果常常還是留給我們保管。有一年聖誕節，我弟弟艾迪說我們應該把那間密室正式定名爲「紀念室」，建立月費制度，那，就收個二十五塊美金好了，收費溯及既往，除非家屬在三十天內把骨灰領走。通知信發出去，電話也打了。老堂表兄弟和養子們終於露面，老早就改嫁的寡婦也回來了。「紀念室」在接近復活節的時候近乎全空，艾迪稱這件事爲「奇蹟」。

而對於我們和一盒骨灰（也就是遺骸）的關連，我只能用「神奇」來形容。在那一整個冬天和春天，當人們打電話來認領他們「小小的死者」時，我看他們的樣子完完全全就是在「處理」它——有些人一邊咧嘴大笑一邊聊天氣，拿起骨灰的樣子像剛從五金行或行李提領處出來，然後像扔一盒玉米片或鳥食般把它丟進汽車後車廂。有的人則是收到包裹（可能是一個黑色塑膠盒，或棕色紙箱，上頭有名字和生卒日期），他們拿包裹的樣子彷彿那是一件古老的瓷器，或是第一次領到的聖餐禮，不知道自己的手夠不夠格、能不能，或夠不夠乾淨去碰它。

有個上了年紀的女人來領妹妹的骨灰，這位體貼的阿姨連藉口都幫自己的外甥子女想好了，只因不想讓他們為這件事傷腦筋。她把骨灰帶到車子那兒，先開了後車廂，然後又把它關上。接著開了藍色轎車的後門，也同樣又關上。最後她走到前方的副駕駛座，小心翼翼把包裹放在座位上，停了一下，又為包裹繫上安全帶，這才上車離開。對很多人來說，這就像再次剖開癒合的傷口。而我們這樣「吵著」要他們採取行動或為骨灰付保管費，肯定會讓他們心神不寧。有位女士這樣問：「我要她的骨灰做什麼？」她很可能完全沒想過，無論她媽媽那一小撮骨灰對她有多沒意義，它對我來說也許更沒意義。

我唯一在乎的媽媽是我自己的媽媽。她在一年半前動了手術，醫生向她保證全都拿得「乾乾淨淨」——他們切除了整個肺。而現在癌症復發，她的生命也走到了盡頭。我們所有人把最害怕的事丟在一邊不去想，只全心全意相信外科醫生說「一切都會沒事的」。醫生錯了。感恩節開始的一聲咳嗽，到了情人節時還沒停，在我妹妹茱莉安的堅持下，我們把媽媽送到醫生那裡。從X光片上，醫生看到了「異常」，因此建議做一季的放射治療；我想，這次的「異常」一定不是醫生開個通便劑或利尿劑就可以解決的。到了六月，她的身體因放射線照射而乾燥發紫，我還是沒意識到她快死了。即使到了八月，她說話的聲音已細如蚊鳴，肩膀一直在痛，我還是只注意腫瘤科醫生那好聽又不帶感情的解說——他要我們把焦點放在「異常」（也就是腫瘤）的進程上，而不是注意這個女人正在眼前慢慢死去；她的疼痛被他們稱之為「不舒服」，精神上的恐懼被稱做「緊張」，她的身體不只跟她斷絕了朋友關係，更成了她的大敵。

我並沒有繼續進行「火葬紀念化」這件事，畢竟銀行家和那些精打細算的人都很難說得動。有個人說我的想法可能超越了時代；他說得沒錯。現今，在同業的期刊上可以看到一些奇怪的廣告，他們保證能把骨灰變成藝術品，模樣就和幾年前掀起一股熱潮的大理石蛋如出一轍。噢，有次我把一個小伙子的骨灰裝進一支乾淨的威士忌酒瓶裡，他太太把這支瓶子接上電線弄成了一盞桌燈。「他老愛說，我『點燃』了他的熱情。」她這麼說，而且每年寄來的聖誕卡始終都簽著兩人的名字——比佛和玫兒。

還有另一個類似的故事，以前有個朋友常跟我一起釣魚，他的妻子再婚後把他的骨灰送了回來，要我把他灑在皮爾馬克特河裡，我們多年來都在那條河釣鮭魚。她把他裝在那種很貴又很大的史丹利保溫瓶裡，說這樣在獨木舟上看起來不像我賣給她的那個骨灰罈那麼顯眼。她說這叫「偽裝」，說話時臉上的笑容帶著失落，透出深深的悲傷。我帶著他的骨灰，順著河流去了某個我們都很喜歡的洞穴，但我無論如何也不能這樣讓他走。最後我葬了他，連同那只保溫瓶埋在河岸一棵白樺樹下。我在那兒堆了一些石頭，把他的名字和生卒年月日寫在一張紙上，然後把這張紙放在釣魚用的毛鉤盒裡，藏在石頭中間。雖然他死的時候孩子還不到學走的年紀，但我希望他的兒子女兒萬一哪天回來釣魚或回來問起他的時候，能夠有個地方追憶他。

這世界到處都是奇怪的合縱連橫關係——做有線電視的公司買了電話公司，做軟體的公司併購做硬體的；一不留神，我們就已經在對著電視說話了。其他奇怪的組合不勝枚舉，像是「行動住家」、「有醫生協助的自殺」（也就是安樂死）；相比之下，墓園和高爾夫球場的組合（也就是高爾夫墓場），跟這些組合也相去不遠，請容我這樣比方——差不多就是一根九號鐵桿的距離。

而且，墓園總是普遍而錯誤的被視為「把土地浪費在死人身上」。我聽過傾向火葬的人秉持的觀念是「因為我們的地快要不夠用了」，這個觀念完全是虛構的，而且常常引起爭議。高爾夫球場到處增生，就沒有人會抱怨——光是去年一年，我們密爾福這裡就多開了三座。從來沒有官方或私人言論提議把高爾夫球場換成橋牌、桌球，或其他比較不需要用到這麼大片土地的活動，也許我們可以從事一些土地比較集中的休閒活動，讓土地可以更好的利用，像是蓋點平價住宅或合作有機農場。錯了，開發一座高爾夫球場對地產商和建築公司才是天大的好消息，因為旅館老闆、餐廳老闆、服裝店老闆和路邊的工廠都會歡欣鼓舞，他們早發現我們就是一種非常願意為自己樂趣花錢的生物。

土地用在紀念死人上頭總是引人質疑，要是用在活人的娛樂上，質疑的聲音就少多了。以我這輩子看見的發展情況，似乎電視螢幕的尺寸越大，我們允許死人在我們生活和土地上所占的空間就越小。也許金字塔象徵的是連續生命的一個結束，與此相比，紀念吊飾（用你那位已經過世、而且縮得非常小的配偶骨灰做的，然後一直在腳鍊、手鍊、項鍊或鑰匙鍊上優雅搖晃著）象徵的卻是另一件事，我們似乎非常吝於分一點點土地給過世的人。

我們剷平了墓碑、縮短了儀式，越來越多人選擇火葬，免得「把土地用光了」，最好把這些地拿來蓋露天遊樂場、戶外停車場、小型賽車道，還有高爾夫球場。要是我們把墓地和自然步道或歷史之旅結合，會讓它變得比較討人喜歡（這好像在說，歷史和自然每天都在告訴我們難逃一死，而這還不夠）；我們一直希望把這些歷史自然的課題放到社區活動裡面，像是辦搖滾音樂會啦、賞鳥啦，與此同時，他們應該放進社區活動裡的東西（也就是喪禮和埋葬過程），卻越來越趨私人化。

光是妥善安置死者、內心留著過世親人的回憶是不夠的；如果只想爲那些讓人受傷而難以撫平的感受（包括悲痛在內的情緒）找個避風港，也是不夠的。撫慰與平靜都不夠。我們想要公園，是給「我們」的紀念公園，要讓我們有點休閒娛樂，不僅要一眼就能看出「紀念意義」，還要有其他實際用途。我們似乎在告訴死者「耗用越少，福分越多」，而對生者自己來說想要的東西永遠都不夠。

因此，高爾夫球場和悼念死者的墓園似乎是天作之合，無論是大片綠油油的草地，或把全副心思放在各自的「洞」上，甚至多出了幫忙運袋子的人力需求（不管運的是球袋還是屍袋），完全可以兼顧雙方的需求。

當然了，實際執行的方式還是有爭議——你要在什麼時候眞的把人「葬下去」？葬禮舉行的時候其他人可以繼續打球嗎？整個儀式是什麼樣子？有服裝規定嗎？墓碑、紀念日、私人墓園的永久照顧又怎麼辦？還有那個，老天，「差點[12]」要怎麼算？靈車應該長什麼樣子？我們要開始穿得像蓋瑞・普雷爾[13]一樣了嗎？

而當我媽一天天接近生命終點，我也開始恨上帝。有時我想到她六十五歲過世這件事，就會想到我爸說的：「本來應該是黃金年代才對的啊。」她懷孕、生產、養大九個孩子（因爲她那個年代的教義和技術，沒有給她任何選擇餘地）。身爲一個音樂老師的女兒，她什麼都懂，唯獨對「節奏」一竅不通，可是她強大的數字能力卻讓我受惠至今。那個令我憤怒的上帝，也是她所熟悉的上帝；那個長著落腮鬍、身邊有天使長、最後離棄了兒子的傢伙；那個傢伙會對你來個卑劣的惡作劇——拉開我們屁股底下的椅子，用胸花噴我們水，藏著觸電整人玩具跟我們握手，然後才納悶爲什麼我們無法「理解」，爲什麼這麼「開不起玩笑」？

我媽，是平・克勞斯貝、英格麗・褒曼[14]和天主教的忠實信徒，她的天堂是由父母、姊妹、年輕時的好朋友這些平凡元素一片片拼起來的。她的視力非常好，好到可以織細工蕾絲杯墊。

所以我住進了美麗華，那是聖塔芭芭拉南邊一間面海的老旅館，白色護牆板上方舖著藍色磁磚屋頂。我想躲起來，逃離一切，只要四天就好。我記得我一醒來就聽見鵜鶘、海鷗和顱鷲衝進湛藍海水的聲音，波浪懶懶拍打著的聲音。太平洋很平靜，我正需要平靜。我坐在露臺上看著海岸——體格精實的人們穿著色彩鮮亮的衣服慢跑，或在晨光中溜他們精心修過毛的狗；聖塔芭芭拉沒有快要死了的人。

我開始爲高爾夫墓場方案做筆記——如果叫「聖安德魯」會不會太冒險？人們會願意爲葬在果嶺上多付錢嗎？一桿沒打好，刨掉了草皮算不算褻瀆？墓碑怎麼辦？它們必須移開，那麼要用什麼代替墓碑？紀念球？……這些那些類似的問題就像爭寵的孩子一樣，在我面前吵鬧不休。

我叫了咖啡、一份烤起司三明治。我忍住下海去漂浮一陣的誘惑，起伏的波浪光影粼粼，充滿隱喻。坐在這兒看海非常棒，似乎每件事都會好起來，日落時我更是被這絕美景色所震懾住。我解決了計畫中的一些細節，像是地點、資金、廣告活動和董事會。爲什麼我們的墓園不能用在增加樂趣和身體健康上？快樂與痛苦都會消逝，大笑和大哭同樣能釋放情感。接下來我要做的是哪一件，是笑，還是淚，我不知道。

我媽相信受苦是爲了贖罪。最典型的例子就是耶穌被釘上了十字架，所以我們家幾乎每個房間都有十字架；跟一年之中其他日子相比，祂受難這天是個壞日子。她以十五世紀的隱修士托馬斯・肯皮斯爲師，而他所寫的《效法基督》是她的每日讀物。要是我們對生活裡缺少的物質享受有點吹毛求疵，她就會說「把你所受的獻給那些受苦的靈魂」；我想，這是以天主教的方式去解釋清教的工作倫理。如果你即將遭受痛苦不幸，用她的思考邏輯來看，倒不如想成是因行善而受苦。

但這些受苦的靈魂是誰呢？我這樣問自己。

愛爾蘭教派的人們也同樣擁有特別的方式去對待壞事，或者苦於爲每一件壞事找出可以祝福的點。他們會站在淹至腳踝的泥裡，一面埋葬親人，一面說「雨水落在墳上，是值得高興的事」；於是在某些天天下雨的國家，他們便宣布傾盆大雨才是受祝福的徵兆。「本來還可能更糟呢！」他們面對災難的時候會這麼說，或說，「是你認識的魔鬼，總比來了個不認識的好。」或者在再也無路可走的時候說：「人生也就是一程過客。」是外敵入侵、饑荒和占領讓他們學會了這些，他們有一種凡事容忍的思維，也許最後發現忍下去是錯的，但他們仍然容忍上帝在我們這種人身上開的所有小玩笑。

所以後來我發現，在我小時候，不管是餓了、生氣了、寂寞了、累了，或者被哪個兄弟欺負了，我媽的各式各樣安慰總是隱隱扣住「把你所受的獻給那些受苦的靈魂」這句精神格言。我覺得，只要能夠透過忍耐來「接受痛苦」，說不定我就能協助推動全球性的救贖事業——「傷害」幣可以兌換成「神聖」幣，就像你拿英鎊去換美金一樣。

上帝是天國銀行的出納員，負責將借貸交易記錄記進我們的帳戶。死的時候還欠債的人就進煉獄，類似某種靈魂板金烤漆廠，生命在地球上撞凹了弄彎了生鏽了，都可以在那兒修理好再上天堂。而地獄是沒有盡頭的煉獄，是爲那些眞正遊手好閒、連一點點通行費都不願意付、卻覺得自己不欠任何人任何東西的人準備的。煉獄爲改造而設，地獄是爲懲罰而設——永恆、無盡、殘暴、異乎尋常。這兩個地方使用的主要工具都是火，淨化之火，一個是儘管痛苦、卻能滌蕩罪惡的煉獄之火；另一個是爲了報應那些貪圖歡樂、自甘頹惰的人，燃燒著硫磺的地獄之火。

有時我會想，也許這就是爲什麼，過去兩千年來西方教會一直避開火葬的原因——因爲火是用來懲罰的，你跟上帝之間有麻煩了，才會在地獄被火焚身；可能就因爲這樣，火給我們的感覺主要都是負面的。我們燒掉垃圾，埋下寶藏——這也就是爲什麼當孩子第一次碰上死亡課題（比如死掉的小貓、小兔子，或是從高高巢裡摔下來的死鳥）時，稱職的父母會找出鞋盒和鏟子，而不是引火木柴和烤肉架。這也是爲什麼我們還可能看著棺木入土，但火葬就跟執行死刑一樣，是避開我們進行的。當然，東方思想一向支持火就像淨化工具，就像一種元素，將我們的成分和起源重新加以組合。所以在加爾各答和孟買的大柴堆上，死屍就公然放在上頭燒，濃煙蔽天。

火葬這部分我媽是不相信的。她的孩子只需要她給的東西，既不需要懲罰也不需要淨化。我們是上帝的兒女，也是她努力的成果。救贖是上帝給的禮物，而她給我們的禮物就是教我們怎麼得到它。第二次梵諦岡會議之後，他們拿掉了「靈薄獄[15]」和「煉獄」這兩個詞；在她看來，這像是某種啓蒙。不過，人的一生少不了苦難相隨，她要我們能善用這些苦難，這是大自然的一部分。「爲了永生去忍受所有悲痛的事。」這是我媽從肯皮斯那裡學到的。因此，受苦受難被賦予了意義、目的、價值和理由。

大自然帶來的苦難分量充足，你不知道什麼時候會來，而且想來就來，沒有規矩。但靠著信仰和恩典，苦難成了我們回到上帝身邊這段旅程的一部分。贖罪代表的就是要「和諧」；我媽的想法是，回到天堂重聚的這段旅程、這段救贖，便是我們身為人的眞正原因。當然，這樣的想法會和文化裡教導我們的每件事產生衝突，像是「熱愛自己」或「要先照顧好自己」，又比如「幸福」、「確實」和「自信」等世俗追求的獎品。她的想法像是在荒郊野外呼喊的聲音，要我們所有人都揹起十字架，我們都要「效法」基督，並且把我們所受的都獻給那些受苦的靈魂。

她就這樣把它，把那個「異常」放進了禱告裡面，也就是那個從剩下的肺往上蔓延到食道，跳進了脊髓，一直到達大腦的癌細胞——那個腫瘤。這就是醫生所說目前我媽身上的狀況，同時也針對治療沒有成功而導致病人危篤的部分提出討論。但對她的丈夫和孩子來說，擺在眼前的事實就是她的聲音越來越微弱，呼吸越來越急促，隨著癌症蔓延，她越來越無法起身走動。我媽親身實踐了她那句格言——把所有的疼痛、恐懼和悲傷，都存進她在上帝那裡開的帳戶；藉著這種方式，她把身上的病痛變成人生裡一件單純的經歷。她極度疼痛且長了腫瘤的身體，轉過頭來對付她——她快要死了。

我知道她已經準備好要走，她說她的心被悲傷和興奮淹沒了。悲傷，是因爲要和我們分別（和她結縭四十三年的丈夫、她的兒子女兒、已出世或尚未出世的孫子，她的兄弟姊妹，還有她的朋友）；興奮，是因爲終於要「回家」了。當她身體裡的聲音漸趨寂靜，她靈魂的聲音卻像在大聲呼喊，幾乎要唱起歌來。她看得見我們看不見的東西。她拒絕使用嗎啡，一直神志清楚而有智慧。她安慰我們每個人，有一次她說，我們必須學會放手，不要心不甘情不願，應該更用心去讚美這一切。我把這些話說出來並不是因爲我理解，只是因爲我在場，如實轉述而已；我並不認爲這些話對我有用，只能說，這些話對她確實有用。

一旦你跳開來看，事情就簡單了。一旦你看出來，這麼一大片綠油油的草地能夠用在看似不相干的地方，世界就不一樣了。如果高爾夫球場可以當墓地用，那麼橄欖球場、足球場、棒球場和網球場又何嘗不可。滑雪斜坡呢？誰不想葬在山上呢？我們可以叫它「靴子山[16]」。聽著，可能的應用方式是無窮的。成功的狂喜、失敗的創痛，生命大抵如此，死亡亦如是。

我媽媽的喪禮充滿了悲傷，也充滿了歡樂。我們又哭又笑，感謝上帝也詛咒上帝，還要求上帝在我媽去世後務必履行她衷心相信的那些承諾——那爲了所有受苦靈魂所受的一切。她入土那天正好是萬聖夜，也就是諸聖節前一天，諸聖節隔天便是諸靈節，那是爲諸多受苦靈魂祈禱的節日。

艾迪和我一直在找地。他是個高爾夫球員，而我寧願讀書寫字。他說他來當俱樂部教練好了，我可以當「幕後操盤手」。我們已經一起工作了好多年。我妹妹布麗姬負責生前契約，另一個妹妹瑪莉管帳，像是工資、收帳和支出之類；我們家的錢似乎都在這兩個女人的控制之下，她們說這是對我們的報復，誰叫我們家的招牌是「林區與『子』」。

只要一有機會去神聖墓園辦事，我就會在第二十四區駐足半晌——我爸媽就葬在那裡。我媽過世後兩年，我爸也跟著走了。辦好他的葬禮後，我們所有人一致決定要幫他們立一座高大的居爾特十字架——材質選的是貝里花崗岩，加上他們教導的「彼此相愛」字樣，刻在連接十字架四頭的圓圈中心。我媽走了的那年，我帶我爸到愛爾蘭，他就是在那裡看到了這種十字架，他說很喜歡十字架的樣子。

但有了這類石頭十字架，高爾夫球就打不下去了，因爲它們是立在地上的，打球會變得很困難。神聖墓園不允許有人溜他們精心打扮的小狗，不允許有人戴耳機慢跑；池塘旁邊立著「不准釣魚／不准餵野鴨」的標示。神聖墓園裡唯一一條自然步道，是依照我們人類的天性，帶領你面對死亡、追憶死者的道路。

我好想念他們。

我想是我妹妹做的吧，每到春天，她都會在十字架底部種鳳仙花。

有時候，我佇立在這些墓碑之間沉思；有時候我笑，有時候我哭；有時候什麼事也沒發生。生命就這樣繼續走下去，到處都有人去世；艾迪說，那就像打高爾夫球時擊出標準桿，不好也不壞。

譯注

1 托馬斯・肯皮斯（Thomas à Kempis, 1380～1471）：文藝復興時期歐洲宗教作家，著有《效法基督》（Imitation of Christ，或譯《遵主聖範》《師法篇》），此書有六十多種語言譯本，影響深遠。

2巴弗洛夫（Ivan Pavlov, 1849～1936）：俄國生理學家、心理學家、醫師。「巴弗洛夫的狗」指的是古典心理學制約反應實驗。餵狗時搖鈴，制約形成後，即使沒有食物的味道，狗聽到鈴聲也會流口水。

3這首詩刻在愛爾蘭「圖爾貝里堡」（Thoor Ballylee Castle）一塊石碑上，葉慈曾是這棟塔樓建築的主人，因而也稱「葉慈塔」。

4拉比（Rabbi）：猶太教裡的一個特別階層，主要是學者、導師和智者的象徵。拉比，在猶太社會中扮演非常重要的角色，經常是宗教儀式的主持人。

5博蒂（Birdie）：單一球洞低於標準桿一桿。

6約翰・達利（John Patrick Daly, 1966～）：美國職業高爾夫球員，以重砲式長距離開球聞名，外號「壞小子」。

7阿諾德・丹尼爾・帕爾默（Arnold Daniel Palmer, 1929～）：美國著名職業高爾夫球員，外號「國王」。自一九五五年起，他拿過數十個ＰＧＡ巡迴賽及冠軍巡迴賽的冠軍；一九七四年就被列入世界高爾夫球名人堂，並在一九九八年榮獲ＰＧＡ巡迴賽終身成就獎。

8傑克・威廉・尼克勞斯（Jack William Nicklaus, 1940～）：美國最成功的職業高爾夫球員之一。因其金色頭髮和高大的身材，被球迷暱稱為「金熊」。截至二〇一二年，尼克勞斯仍然保持四大滿貫賽事冠軍總數第一名的記錄。

9金・貝克（James Orsen "Jim" Bakker, 1940～）：美國電視佈道家，成立「讚美主的傳播俱樂部」（Praise the Lord, PTL club），全盛時期每週收看他佈道節目的觀眾超過百萬。後因斂財、性醜聞，被判刑四十五年。

10吉米・史華格（Jimmy Lee Swaggart, 1935～）：美國牧師、教師、音樂家、作家，以及電視佈道家。

一九六一年成為牧師，一九八八年因召妓多年證據曝光痛哭認罪，三年後再度因召妓被捕。

11 傑瑞・法威爾（Jerry Lamon Falwell, Sr., 1933～2007）：美國福音神學基要主義者、美南浸信會牧師、電視佈道家。法威爾是「道德多數」（Moral Majority）組織的創始人，反對女權，反對墮胎，反同性戀，支持種族隔離，並主控了共和黨。卡特，雷根及布希競選時，此組織都有相當程度的介入。

12 差點（HANDICAP）：代表個人的技術水準，差點越低技術越好。差點制度只在高爾夫球比賽項目才有，功能是要讓所有人不分男女老少、技術高低皆可同時競技，並保有公平性。

13 蓋瑞・普雷爾（Gary Player, 1935～）：生於南非約翰尼斯堡，得過一百六十三次高球冠軍，還設計過兩百多座高爾夫球場，是史上囊括四大公開賽冠軍的五人之一。

14 英格麗・褒曼（Ingrid Bergman, 1915～1982）：生於瑞典首都斯德哥爾摩，瑞典國寶級電影女演員，曾獲三座奧斯卡金像獎，是《北非諜影》女主角。

15 靈薄獄為「Limbo」的直接音譯，意為「地獄的邊緣」。神學上，各個基督教教派對此認知不一，有些認為靈薄獄並不存在。凡是在耶穌基督出生前就去世的好人，或耶穌基督出生後沒有接觸過福音的死者，都會到靈薄獄裡；另外，沒有接受洗禮便夭折的嬰兒靈魂也是來到這裡。簡單的說，在靈薄獄中的靈魂，他們的命運要交由上帝來決定。

16 靴子山（Boot Hill，或Boothill）：是美國西岸常見的墓園名稱，尤其在十九世紀。靴子山之名來自「穿著靴子死掉的人」（Died with their boots on），意指墓園裡所葬的是離家在外死亡的人（在家中去世不會穿著靴子），像是槍戰、上吊或發生其他意外。靴子山只是墓園名稱，並非真的是座山，作者在此只是取名字上的巧合。

Chapter 7

瑪莉和威伯

和所有大城市一樣，我們這裡也被水一分爲二——都柏林有利菲河，倫敦有泰晤士河，流過密爾福的是休倫河；本地居民故意叫它「大休倫」，這樣一傳十十傳百，其實誇大成分居多。

休倫河的上游是自尊湖，位置在城鎮東邊八公里處，一直流到村子西邊的水壩；它從來沒鬧過什麼災害，河寬也未超過三十公尺，只有在中央公園裡要流進一個池塘時變得比較寬，這個池塘我們都叫它密爾塘。當然，休倫河往西流過安娜堡和伊普斯蘭提，之後流進伊利湖，到了下游，它看起來開始像一條河了，你可以在地圖上找到它；不過，在這裡靠近上游的地方，它更接近一條小溪。溪水相當乾淨，很適合玩獨木舟、划著船釣幾條鯉魚，或比賽划船。扶輪社每年都會贊助舉辦橡皮鴨大賽，四月初總聚集了一堆賽迷。火車鐵軌與休倫河在主街的交會處有一個軌道橋的橋架，法律規定不可以在那裡潛水，只是一百五十年來，當地男孩大多無視這項禁令。

休倫河把城市分爲南北兩邊，也把南邊的汽車代理商、酒行和輕工業工廠，與北邊的時尚餐廳、銀行、精品店與書商隔了開來。城南有自己的美南浸信會，北主街則有長老教會信徒。煞車和消音器要到南邊才買得到，如果是鑽石跟離婚律師就要跑北邊。

由於被大休倫一分而二，這裡居民的靈魂和精神也跟著有所差異。下雪的時候，我們貌似庫瑞爾與伊夫斯公司（Currier and Ives）印的版畫——有一條貫穿南北的主街，鄰居停下腳步互相寒暄，或是去找熟識的老闆買東西；店家忙著做生意，人們走過一間間商店前，點頭或揮手示意，臉上帶著微笑，看起來不知道在笑什麼。城北中央公園裡的溜冰場整個冬天都開放，天氣好時也可以打排球和網球；此外，遊戲場裡還有一些固定的遊戲設施如轉轉樂和欄杆方塊。東主街和北主街的居民在這裡待的時間比較久，他們的老舊木造房屋大概是十九、二十世紀交替前後所建；經歷史協會仔細研究，每一戶都有自己的歷史。

鎮上居民有五千人，四周的小鎮有一萬人。他們會待在舒適溫馨的家裡，要買東西就到附近商家，警察有什麼要求都樂意配合，也會到消防隊當義消，主街上固定舉辦的遊行（如陣亡將士紀念日、國慶日和聖誕節）總是熱心參與。我們有街頭市集和舊宅之旅的活動，還有古董車展和密爾福紀念日（這個在八月舉辦的節日，會把附近三地的人全都聚集過來）。過去三年，我們甚至在一月份舉行了賞冰活動（運來大塊大塊的冰，再用電鋸削成棕櫚樹和恐龍的樣子，民眾全都不畏寒冷前來觀賞）。這裡的人都有一種體認，我們現在過的這種生活和當地的商家有著密切聯繫，希望藉此讓未來二十年變成我們口中的「美好舊日時光」。

身為商會的前會長和記錄優良的扶輪社社員，我很樂意跟大家提一提這裡寬廣的公園、內陸湖、認眞教學的學校和教堂；此外，醫院和高爾夫球場也都不遠，我們的房價節節高升。各式生活服務可說應有盡有，各類商品在這裡都買得到，價錢也很合理。但作爲一個普通的市民和這個地方的禮儀師，我見證了這個太平盛世的變遷，就像任何一個見證者會做的，我不得不說說實際的情況。

這是個好地方，適合養大孩子，也適合埋葬他們。

休倫河兩岸都發生過可怕事件。有年夏末，兩個女孩遇害，她們被刺死，屍體被塞進城北中央公園西邊林木茂密處的下水道。而兩年前同樣在中央公園，也有一個女孩被綁架、強暴、勒死，後來連續殺人犯在遠離城鎮的地方淺淺挖了個坑把她埋了，此人在城北和城南這兒都犯下好幾起類似案件。幹下這些喪心病狂的事的人都關進了監獄，也出了以他們爲主題的書，聽說還有電影要拍，但這些都無法帶來片刻安慰。

也有男孩因惡作劇和不幸事故丟了小命。有個男孩在主街西邊後方那條鐵軌上被發現時已經是屍塊了——究竟是意外、殺人，還是自殺，一直也沒能確定。他是要走回家嗎，也許喝醉了，然後就被火車撞了？或是被殺，然後屍體被擺在那兒？或爲了某些出於我們猜想的原因，他自己待在那兒，等著火車來撞他？還有一些猜測提到酒、迷幻藥和青少年仇殺。這事發生後，有個男孩在自家後面的糖楓樹枝上學樣上吊；就像超脫樂團主唱科特・柯本（Kurt Cobain）開槍轟了自己腦袋後一個月，我們鎮上有個男孩放學回家後，也拿他爸爸的來福槍幹了同樣的事，死時，錄音機還播放著科特的歌〈強姦我〉，消防車刺耳的警笛聲橫越了整個鎮。

那個警笛聲常常是我們這兒出事了的第一個通知，也是這類災難的信號。人們放下手上的事趕赴現場，義消立刻替自己的廂型車和小卡車裝上警示燈和警笛。他們也有水管和氧氣筒，還有擔架和止血帶；他們受過心肺復甦術和其他危機處理訓練。消防警笛發出的尖銳音調表示有草地失火、有人心臟病發、車禍，或者發現屍體。整個鎮都聽得見這個象徵「出事了」的聲音，那可能表示生命財產的損失，要不就是陷入威脅。全鎮的狗都被這聲音弄得狂吠不止。

每個星期六中午他們都會做測試，像是一種需要我們設好手錶對應的非宗教性三鐘經[1]。只有星期六的警報沒人當回事，那只是測試，這時可沒時間發心臟病或廚房火災——天主教徒會走出家門，到小鎮東邊敲鐘，代表自古以來的日課祈禱時間到了；在我們之中的修道士，聽到鐘聲也會停下來祈禱；長老教會信徒修好了他們的鐘琴，在十點鐘、兩點鐘和六點鐘奏起〈我們聚集生命河畔〉、〈與我同住〉的老旋律。於是我們的空氣裡充滿了鐘聲和警笛混雜的奇妙聲響，宣告著一爲生，一爲死，而我們正身處其中。上帝與我們同在，惡魔也是。流過這個鎮的河，把我們分成了兩半。

所以，要是打上合適的光，我們這裡看起來就像在演十九世紀末的沃頓家庭劇或是烏比岡湖故事[2]，殘暴和心碎的故事絲毫不缺。在這裡，似乎有著兩片不同的地理區域，都很眞實，卻截然不同。

我和我太太會在晚上散步。她看的是每間屋子的建築細節，不管是希臘復興風格、安妮女王風格[3]、聯邦主義風格或維多利亞式風格。而我看到的是一間車庫，那兒曾經有兩個老師，結婚很久了都沒小孩，大家都知道他們的交際舞跳得很好，也很會穿衣服，他們後來在自家奧斯摩比老轎車裡雙雙引廢氣自殺身亡。我還記得他們留下的便箋上那一筆好字，內容解釋著他們如何害怕年老體衰。也有一次，我太太看著一座圍繞著屋子後院的花園，似乎受過主人悉心照料，我卻記得有個男的在這屋子的某個房間開槍自盡，我得漏夜把房間漆了，這樣他的小孩才不用面對牆上那片血肉模糊（那個孩子現在應該已經長大成人了）。有些事情永遠蓋不住，不管我們上了多少層油漆。在我太太眼中看到的都是窗戶保養得很好，或屋裡透出溫暖的燈火；我卻往往看到等待新主人或舊主人的屋子，或是燈火熄滅之後的黑暗。所以，我跟我太太相處得很好。

對每個家庭來說，死亡都是難忘的事；而對很多家庭來說，全然不覺的被寬廣世界引導的生活也讓人印象深刻——尋常生活出現尋常的美好小事，催快了生活步調，如劍蘭開得很漂亮、人行道的雪鏟得很乾淨、如期繳付了貸款，以及孩子大學畢業了之類的；或生活中也會發生常見的壞事，像是糟糕透頂的婚姻、自來水總管爆掉、被稅務員找麻煩，以及老是不打電話回家的兒女。

在這兒，我們認識自己的鄰居，也清楚他們做的是什麼工作；這在一個小地方是個祝福，也是詛咒。這情況最近有了改善，但也越來越糟了——新生的下一世代在小鎮各地紛紛冒出頭來，我們開始塞車，停車越來越難，「隱私」也比過去更多。這裡成了一個「回家就回房睡覺」的地方，因爲大多數人都在外地工作，回家就是「遠離塵囂」，現在，人們對彼此也沒有像以前那麼好奇了。

休倫河上曾經有五座橋。一座在花園路，就在小鎮東邊。另外一座在鷹山街，這座橋也叫做橡樹林橋，因爲沿著河邊就可以通往橡樹林公墓。然後有一座在休倫街，一座在主街，最後一座在中央公園西端的彼得斯路上，就在水壩上游。

一九七〇年代早期，橡樹林橋被郡道路委員會公告車輛通行不安全，兩頭都裝上了柵欄；腳踏車和行人還能走，但汽車不行——警示標誌上寫著「橋梁封閉」。幾個月後，這座橋就垮到河裡去了，我想這在當時橋封或不封的爭論中，證明了道路委員會的看法是對的。橋垮了似乎也沒人注意，因爲那座橋唯一通往的地方就是公墓，好像不需要急著修。橡樹林，是密爾福兩座公立墓園中比較老的那個，時間可追溯到南北戰爭以前、農夫和磨坊工人剛剛創建這個小鎮的時代。

橡樹林公墓把這個鎮照顧得很好，接納了這一百五十年間過世的鎮民。這裡的路都是以老家族命名，這些家族以一種二十世紀後期快速步調所無法理解的方式，在地方上生根茁壯。我們的祖先當時在這兒停下漂泊的腳步，而現在我們當中每年有百分之二十的人要外移，從東岸到西岸，從平價住宅到夢想中的獨棟屋，從公寓到分時度假屋或安養社區。死者和下葬的遺骨大多沒辦法移動，因此被學會輕裝頻繁旅行、以及與先人保持距離的初老世代，遠遠拋在後頭。於是，火葬有其顯而易見的吸引力，就是讓我們的死者變得更輕便好攜帶、更「不擋路」、更像我們——就像你知道的那樣，四處飄零。

正如但丁筆下有遺忘河[4]，威尼斯有浮木碼頭[5]，這麼多年來，送葬隊伍都是經由橡樹林橋緩緩越過休倫河，因此在人們心中，這座橋有著清楚的象徵意義——過世的父母、孩子、兄弟姊妹歸於彼岸，歸於另一端，從此完完全全成爲另一個次元的居民。

孩子還小的時候，夏天的傍晚我們會在橡樹林橋橋墩下釣魚，看著蝙蝠從公墓飛出，在河上滿是飛蟲的空中開起盛宴。有時我也帶他們去那兒拓印墓碑，把老式的設計圖樣套用在新的花崗岩上，需要這麼做通常是因爲老家族裡有年長的老一輩過世，而他們常常是從佛羅里達、亞利桑那或北卡羅萊納這些「陽光養老州」被送回家的；我們走在老樹和墓碑之間，想像著他們所標示的生命歷程。孩子們會問我萬物如何運行之類的問題，「我不知道」是我在這裡學到的答案。我知道的是，橡樹林公墓和新公墓不同——在新公墓，人們總是在牧師賜福完那一分鐘就忙著回到車裡，回到日常生活；而在橡樹林，人們會留在這兒，聊聊孩子畢業、婚姻和孫子的話題。

在這兒，人們會在死了很久的附近鄰居墓碑間隨意瀏覽，臉上的表情就像你在圖書館和博物館會看見的那些人一樣——他們藉由研究別人的一生和作品去了解自己。墓碑，以今天的標準來看非常有存在感，也非常龐大，你不能無視它們或剷掉它們；同樣的，石匠一刀一斧鑿下的字句亦如聖歌般平實感人，所述說的不只死亡這件事，還呈現出死亡的某些面貌。在橡樹林這裡，親人會和親人葬在一起；買墓地的時候往往一口氣八塊十塊的買，一家人都不分開。橡樹林這裡連一間提供「室內服務」的小禮拜堂都沒有，所以也就沒有「過程整潔不沾手，家屬把死人放在那兒，就可以回歸正常生活」

那種事，也沒有屋簷能擋風遮雨或躲避嚴寒酷暑。在橡樹林舉行葬禮的意思就是要碰土，在地上挖洞，同時和土、水、火、風這些大自然「元素」實實在在相互周旋。

喪禮要做的事情很多，處理屍體是其中之一，這當然是爲了活人才做的。這條送葬路線已經走了很多年——從自由街和第一街交叉口開始（也就是我家葬儀社所在），往下走到亞特蘭大街和鷹山街口，然後過橡樹林橋。在這一點二公里長的路上，經過的不是工廠、不是商店、也不是購物中心，而是住家，用紅磚和護牆板蓋起來的大大小小住家。死者徹底離開了我們的家，卻從未離開我們的心；離開了我們的視線，卻從沒有離開這個鎮。

因此，橡樹林公墓總被視爲一塊安全的延伸地帶，一塊小小的死者流放地——離開活人，但也非常仁慈的近在咫尺，就像個鄰居一樣。活著的人常常在墓碑之間度過週日下午的野餐時間，這裡就像個花崗岩住宅區，裡面住著爺爺奶奶、老姑婆阿姨和懶惰蟲叔叔，他們在生者的家常閒聊中彷彿依然在世。在陣亡將士紀念日的時候，這兒會種天竺葵，老兵的墳上會插上旗幟；整個夏天，墓碑周圍的草地都剪得整整齊齊；到了秋天，落葉要掃乾淨種上菊花；然後在冬天初雪前放上松葉花環。死人和活人之間的距離不會比那條河更寬，不陌生也不尷尬，死人只是死了，但他們依然是兄弟姊妹、是父母、是孩子，也是朋友。

死亡，是文化中事物本質的一部分，就像總有地方收成不好，牲畜吃不飽，鄰居也會去世。我們爲他們守靈、謳歌，再埋葬他們，並深深哀悼；而爲了不遺忘他們，我們運來巨大的石頭，在上頭刻下名字和日期，讓他們永遠成爲城鎮景色的一部分。這是一份古老的協議，生者願將死者牢牢記在心中，所有的墓地、絕大多數的雕像和整個人類歷史都是這份協議的佐證。

不過自從橡樹林橋掉進了大休倫之後，我們在城裡的送葬路線變得比較長也比較複雜。一開始走到商會街，然後往西走到主街，接著往南穿過城鎮的中心（這裡總是塞車，也有圍觀的群眾），再越過主街橋來到南邊的奧克蘭街。左轉進入奧克蘭街，會行經廢棄的果凍工廠，以及早就塞得滿滿的市立垃圾場。再跨越鐵軌，便會進入橡樹林公墓後方入口。要不是奧克蘭街長年缺乏維護、現在修路修得亂七八糟，走這條路其實沒那麼不方便。路上到處都是坑洞，車子要是小一點就會陷進去，我們的車隊每次辦完葬禮都得大洗一次，不管是靈車、花車、親屬坐的車無一倖免，土啊、泥啊、雪水啊濺得整車都是。

雖然不曾聽誰提起過，但送葬時走不一樣的路線，的確會有不太一樣的感覺——比如以前走橋上過河，現在跨越鐵軌抵達公墓；以前路旁相伴的是沼澤土堤上滿滿的水鳥，現在是市立垃圾場裡面連輪圈蓋都爛掉的破舊雪佛蘭羚羊轎車；以前經過的是家家戶戶讓多年生草本植物圍繞起來的後院，現在是以鐵鍊和藜刺網圍住的工廠後場。

不過呢，儘管以前走的路線主要是住宅區，現在多半是商業區，倒也沒有人因爲這種改變而叫苦連天。對於葬禮之後要洗靈車一事，我自有開解的說法——像這樣能夠帶著金光閃亮的黑色遊行隊伍穿街過市，那飄揚的旗幟、閃動的方向燈，加上隨行維持秩序的警察，不就能讓市民大眾看看我們把喪禮辦得多麼風光，這對做生意來說總是有幫助。

除了有個傢伙寫了本詳細到不行的車子零件手冊之外，多年來，我一直是這個鎮上僅存的、還會出書的、還活在人世的作家；後來，有個本地越戰退伍老兵把自己參戰的回憶寫下來出了書；所以，在密爾福的天空中有我們三顆文學之星閃閃發亮——不過，詩人就我一個。就像大多數詩人希望在鄰居面前表現得討喜，我也一直忍住把自己詩作唸給鄰居聽的衝動。這些跟我住在同一個鎮上的民眾，他們的想法其實很一般，都是很高興生活環境裡有個詩人——就好比，我們都認同贊許優良的基礎建設和學校體系，只要自己不用爲此付太多心力就好。

生活環境裡有個詩人相當便利，哪天有什麼特別節日需要作詩就能派上用場，像是岳家那邊哪個親戚要過結婚週年、有牧師要退休了，或是每年六月高中生的入學典禮。但自從某件事之後，我跟這類活動就劃清了界線。那時附近賣冰淇淋的「奶品女王」要在市公園入口旁邊開一間郊區分店，所以老闆就找我寫點東西慶祝一下。我給他的回答是：「不。」後來還有其他人來問，我永遠堅定的給出相同答案，不管怎麼奉承討好或連哄帶騙都無法動搖我的心。

然後，我接到了瑪莉・傑克森[6]的電話。

瑪莉每年會有一半的時間住在密爾福，她的房子在運河街邊，離我家葬儀社兩個路口，她的父母和祖父母平常也都住在一起。而每一年那另外一半的時間，她會待在好萊塢做一些電影電視和劇場表演的工作。她最讓人印象深刻的角色也許是艾蜜莉小姐，也就是《沃頓一家》（The Waltons）裡面沒有結婚的鮑德溫姊妹其中之一。這部影集在一九七〇和八〇年代初期非常受歡迎，現在有線電視重播時還看得到；那時，瑪莉個頭小小的，臉上總是帶著微笑，總是在聖誕節的時候，拿著爸爸的食譜偷偷在雞尾酒裡加烈酒，以炒熱氣氛，約翰寶貝和蘇珊、還有爺爺奶奶都會變得有點醉，那種甜蜜懷舊的感覺是我們都很嚮往的。

瑪莉沒演戲或不待在好萊塢的時候，會回到密爾福的家，這樣的作息已行之有年。各種年紀的朋友會從紐約、倫敦和洛杉磯來看她，樣子都像是從事電影行業的；還有一種朋友，看起來好像覺得自己來這兒是在「出外景」。忙著招呼朋友讓瑪莉看起來一點都沒有變老，而其實她已經有相當的年紀——她會帶朋友去城裡的高級餐廳吃晚餐，還會請大家到她家客廳喝茶，把朋友介紹給鄰居友人。

瑪莉家的人都葬在橡樹林公墓。那兒有一張貝爾花崗岩做的石凳，在佛蒙特手工打造，上面刻著「傑克森」。另外還有一塊墓碑，刻上了瑪莉的名字，正確的說，是她婚後加了夫姓的名字——「瑪莉・傑克森・班克羅夫特」，但這場婚姻的細節和結局我們都不清楚，但瑪莉堅持自己屬於橡樹林，這輩子就打算葬在這裡了。

當橋垮了的消息傳到瑪莉那兒的時候，她非常不安。後來證實目前沒計畫修復這座橋，她雖未破口大罵，但也一肚子火。她第一次詢問的時候，村和鎮辦公室答覆「資金有問題」；而郡道路委員會也沒辦法承諾動工，因爲委員會幾乎把預算都用在讓小鎮繁榮發展上——當鄉鎮道路變成主要幹道，老農場化爲小塊小塊的土地出售，他們怎能在活人需要道路上學上班上教堂上街購物的時候，還把錢花在死人身上？他們信誓旦旦宣稱，活人的生活已經如此不便了，怎麼可能再擬定一個計畫去成就死人的方便？

瑪莉來拜訪我，說她要「好好安排一下」——她帶來一份抬棺人和接替輪班的人員名單，她稱輪班的人爲「替身」（按照她當演員的習慣）。她說我應該讀一首詩，埃德娜・聖文森特・米萊的〈豎琴織工之歌〉[7]，剩下的部分就交給循道宗[8]牧師；她相信，由我來主導她最後一場演出可以獲得高度讚賞。

然後她提到橡樹林之恥。「那座橋，你明白的，總該做點什麼的啊。」她告訴我，她決定了，絕對不肯「走後門」葬進橡樹林。她解釋自己活了八十幾歲，一直都在看，用心看著那列短得恰如其分的送葬隊伍，從葬儀社所在的第一街啓程，微微繞道往下走到運河街，接著在修頓街右轉，所以會經過她住的屋子（按照習俗，靈車會在轉彎時略停一下），然後在亞特蘭大街左轉，碰到鷹山街之後右轉，接著往下走到河邊，從橋上過河，然後穿過橡樹林公墓高大的鐵拱門，最後在一片讓人放鬆的土地裡安息。她堅持，自己的隊伍不要太過「張揚」，不想在鎮上招搖過市，也不希望旁邊還有陌生人在廉價商店買東西，或在兄弟軍用品店、跳舞用品店外打折貨架上挑商品。

對一個喪禮指導師來說（我這麼說並不覺得有什麼羞恥），讓一個受到全鎮疼愛、也很富有的市民，無法讓她好好的葬在自己心心念念的土地上，實在是件很嚴重的事，一定要認眞的處理。這樣的事情是可以理解的，於是關於送葬隊伍過河方式，我提出了幾個選擇——說不定可以找一艘遊覽客船，維京式的，然後來來回回載運參加葬禮的人，就像但丁寫的那樣？她回答：「像貓王那樣坐在一條很可笑的船上？像電影《藍色夏威夷》那樣在人造堡礁四周漂來漂去？絕對不要！就算是運遺體，也想都別想！」

「那，我們的車子可以往東邊開一點，」我委婉的建議，「花園路那座橋還好好的，而且很棒的是，那座橋很遠，可以離那些瘋狂的人群遠一點……」但瑪莉一句話都聽不進去。不可以繞路，不可以搭船，不可以用投石器把棺木投到對岸，不可以找任何藉口，她就是要用她希望的方式，以她爸爸媽媽叔叔兄弟去墓園的方式，走橡樹林橋過河——那就表示要把橋修好。

話說到這兒，一切也都清楚了。瑪莉・傑克森毫無疑問有這種財力把橋修好，因爲她八十多歲了還在工作，源源不絕進荷包的版稅現在派上了用場。她大筆一揮，支票一簽，修橋的事就此決定。但作爲一名心思細密的美國人，她還是成立了一個委員會，因爲她明白資金絕對不是唯一的問題，能不能看出問題所在才是關鍵。她打了電話給鄰居兼老友威伯・詹森（他的親密愛人蜜爾芙幾個月前才因主街那條沒什麼尊嚴的送葬路線吃過苦頭），威伯也同意該做點什麼了。

威伯・詹森認識鎮上每一個人，這就是他的處世風格。七十年來，他在鎮上超市的蔬果部門工作，不管是剛來的新鎮民，或埋頭挑選生菜和甜玉米的老鎮民，他都竭誠歡迎。他父親創建這家超市，然後他哥哥接下家業；威伯還年輕的時候，這家店曾數度易手，但無論老闆是誰，他總是努力做生意——「人們走出那家超市時，一定買得比預定的多」，這已成爲那段日子裡屬於威伯的象徵。一旦威伯認識你，那麼所有人都會認識你。

威伯不害怕成長與變化，他就是靠他身邊那些人興旺起來的，從坐在購物車裡的小孩、年輕的媽媽、帶著購物清單到超市的人夫、揹著背包的青少年，到超市收銀員。他的生活穩定到不能再穩定，他從來沒有換過工作，沒換過太太，沒換過教堂，甚至也沒搬過家——這讓他更渴望看見別人生活中的變化。他總是留意著新生兒和新婚夫婦的名字、關於挫折和復原的新聞，以及失戀的、離婚的、喪親的人的悲慘獨白。他記得每個人的名字（不管是孩子、偶爾來訪的姻親，或朋友的朋友），他爲每個人說好話，大家也都認識他。現在，我們管威伯這種待人接物的方式爲「人際網路」，而他放在心裡的那些周遭朋友的生活點滴則叫做「資料庫」；不過，威伯自己的說法是「敦親睦鄰」，也就是我們彼此留意，互相關心對方的生活。

瑪莉和威伯共同擔任修橋委員會的主席。他們打電話給鎮上其他的老鎮民，像是羅葛兄弟的後人（他們在十九世紀初創建了這個城鎮），另外還有阿姆斯壯家和雅姆家、威爾森家和史密斯家。開會的時間訂下，委員會的宗旨擬妥，照片也拍好了。《密爾福日報》開始出現相關的文章。銀行帳戶已經準備妥當。申請相關補助的傳真也發給了郡議員，州代表和參議員，委員會也收到了議員和代表方面辦事人員措辭嚴謹的回信，展現委員會對此事的高度期許和祝福——這些人的立場都是一個樣，無不努力拉近贊成派和反對派之間的距離，試圖從中找到平衡，他們想清楚的找出這個平衡點，只是目前它在哪兒還沒人知道。

我們大多數人心裡都很清楚，這個委員會想做的事情是很崇高的，但注定要失敗。青少年和年輕夫妻從來就不會想到墓園的事情，死亡離他們還很遙遠。三十多歲的人忙著想買平價住宅，忙著還信用卡債，手上的錢來來去去很不穩定。而已經四十多歲的嬰兒潮出生這一代人，則希望葬在密爾福紀念公園，這裡氣派豪華，管理完善，平板式的墓碑容易打理——此種紀念方式興起於一九五〇年代，差不多等於每個人分一小片地（沒什麼特色，每個墳墓看起來都跟隔壁的一樣），草皮維持得很好，就這麼待在一個千篇一律的乏味煉獄裡。也有些人打算火化，然後把骨灰灑在一些遙遠而且真正有意義的地點，像是最喜歡的釣點、高爾夫球場或購物中心。也有人就是完全不會考慮這些事情，用我們這一代特有的說法就是，打算「保有所有的可能性」。至於處在五十多歲這段時期的人，則正努力維持他們仍在「中年」的假象，而且相信照這樣下去都能長命百歲，提起公墓話題對他們來說是嚴重的禁忌，也牴觸了「人生五十才開始」、「銀髮時光最精彩」這類古老的謊言。

一座橋，將我們和一座老公墓重新聯繫起來。然而，這座公墓很少舉行新式葬禮，在我們事事都要「有用處」的圖騰柱上，它所占據的，是最不起眼的位置；公共和私人慈善機構似乎也傾向於把這兒留給流浪漢、吸毒者、受虐者和被褫奪公權的人使用——我指的是活人，不是死人。

因此當瑪莉打電話給我，拜託我寫一首詩，她希望能在這座橋的落成典禮上朗讀，我告訴她「好，當然好，我非常榮幸……」，打破了我很長一段時間不寫應景詩的禁令；儘管承諾當下我心裡還是想著，或許她永遠也蓋不成這座橋。這座橋、這首詩、這整個計畫都會失敗，它遲早會變成一個玫瑰色王國，出發點是善意的，卻是個永遠不會成眞的夢。一如《沃頓一家》劇裡艾蜜莉・鮑德溫小姐和約翰寶貝的生活，那些美好舊日時光已經消失了，不管是瑪莉的、威伯的，或我們回憶裡住在故鄉其他泛黃人物們的日子都不在了，永遠回不來了。當現實需求這麼迫切的時候，不應該再爲這樣的象徵花錢了。

儘管如此，威伯還是持續找人商談，瑪莉也一直不斷遊說，而我們這些喜愛他們的人實在沒有勇氣要他們準備好面對失望結局。看見他們的時候，我們只能說：「請繼續努力。」、「好事一定會降臨的。」確實，瑪莉和威伯越來越像兩個大使，兩個從遙遠年代來的使者。那個時代的人們和死者的關係、對於進入死者國度的入口，對他們的回憶都仍抱持認眞對待的態度；說到底，他們努力宣揚的東西就是回憶，就是那些美好（或只是「看起來」美好）的舊日時光，而不知道爲什麼，那時候的死者都跟今日的不一樣。

當然，在我們回憶裡縈繞不去的那些年代，也少不了令人心碎的事——十九世紀末，死亡記錄上有超過半數是不滿十二歲的兒童；人們平均壽命是四十七歲；男人們出征，死在戰場上，女人們生產，死在產房裡。每個人出生時就已經注定了必死的命運，從這個角度看，那時的人跟現在的人倒沒什麼兩樣。孩子死於現今的愛滋病，父母要承擔的東西比起幾代以前的類似情況（也就是孩子死於霍亂、天花和感冒的父母），要沉重得多。而當時守寡的人，會把對另一半的熱情傾注在狂熱的紀念儀式上，和現在守寡的人沒什麼兩樣。但出於某種原因，就算死者並非那樣遙不可及，人們還是比較願意接觸和死者相關的回憶。

我常常在思索這個精神分裂現象——我們怎麼能同時被死者吸引又嫌惡他們，怎麼能萬分尊敬卻又要把他們埋進墳裡或燒得一乾二淨，怎麼能對他們瞬間切換愛與恨，怎麼可能同一個死了的男人既是聖人又是混蛋；怎麼可能「死人」全都恐怖駭人，但我們自己家的死人卻親切可愛。我覺得，是因爲我們又愛又怕——因爲想到死者，我們心裡難過，身體也不舒服；因爲我們聽到有人死了，也許會痛哭流涕，也許會高興的跳舞；而辦一場喪禮和劃一塊墓地，便是希望修補這又愛又怕間的隔閡，再拉近兩者之間的距離。那個說出「每個人的死亡都是在銷磨我」的男人，他指的是「每份訃聞邊邊印的那個名字都不是我，而總有一天會是」這件事。因此，墓園是個解決方式，讓死者就待在附近，卻移出我們的生活；很親密，卻保持了一點距離；逝去了，卻不會被忘記。

不用說，一開始有種「把死人劃入某個只屬於他們特殊區域」的衝動，理由一定是因爲嗅覺。尼安德塔寡婦搖不醒她的男人時，可能會覺得他只是變安靜或太懶了。他吃了什麼嗎？還是因爲她說了什麼？她可能要花好幾個小時才能理解有些事情從此不一樣了。這是個入神狀態，或是她從沒見過的冷漠反應。但無須等到他的肌肉開始腐爛，她就會意識到該把他埋了，因爲他已經完全變了，難以挽回；而且，只要她的鼻子還靠得住，她也會知道情況越來越壞。於是，墳墓便成了第一個、也最重要的擺脫方式；但由此衍生的其他衝動如追憶、紀念和記錄這個人的生平，動機就比嗅覺這件事精細得多。

我想到柏克萊主教說的那棵樹，倒下的時候總是需要有個人聽見[10]——我們需要目擊者和檔案管理員證明我們活過，我們死了，而且我們造成了一些變化。在一個死亡沒有意義的地方，生命也會毫無意義，只是多添了新墳一座。石塚和石堆、畫在洞穴內壁的生命故事、墓園裡的紀念碑，無一不是我們先人留下的痕跡，是他們用花崗岩和青銅標示出來的空間——無論那是一座金字塔、泰姬瑪哈陵、海格特公墓[11]裡的一個大型墓穴，或越戰紀念碑上的一個名字，我們都讓他們永遠的存留下來。我們去看他們，尋找石碑上他們名字的鐫刻，用手指一一撫過碑上的名字和生卒年月；我們大聲唸出碑上短短的墓誌銘——「永不分離」「逝去，但永不遺忘」，企圖從少得可憐的細節拼湊出他們的生活。這樣的練習，同時也教了我們如何去生活。

這究竟是仁慈還是智慧？是誠實，或根本是爲了自己？

我們懷念人，只不過是因爲我們希望被人懷念。

瑪莉・傑克森能夠讓死者復生——她以午餐會、茶會，或散步穿越橡樹林的方式追憶懷舊，讓死者回到我們心裡；她的說法是，死去的人都像是活在當下，和我們一樣有快樂和悲傷。像瑪莉小時候，有一次，她的叔叔尼克・史蒂芬在克勞福德墓園偶然發現一塊石碑，上面刻著——「經過的時候看看我，現在的你是曾經的我。我的現在你不久也將經歷，做好赴死準備好好跟著我。」這是一首很棒的維多利亞時代墓誌銘，令人難忘且病態，像是石工精雕細琢卻敲出來一首順口溜。而對這塊石頭，尼克叔叔毫不遲疑，當場也編出順口溜回答：「除非知道去哪裡，否則哪兒也不去。」

我們幾年前葬了威伯・詹森。他葬在橡樹林公墓他太太蜜爾芙的旁邊，他的名字和生卒年也刻在同一塊石頭上。二十五年前，他大步走進我的辦公室，問我是不是這個鎮上新來的喪禮指導師。「這個嘛，你是我一定要認識的人。」他這麼跟我說，接著說我下個星期三可以去接他，然後送他去商會會議廳參加午餐會——威伯在表示歡迎的時候，總是比一般人更熱烈。我還記得，他人生最後一年，在橡樹林橋落成典禮上和瑪莉・傑克森手挽著手的樣子。這座橋因他們的決心才建成，兩人剪綵之後正式開放給大眾使用。

典禮上找來了樂隊、政客、海外戰爭退伍協會的老兵，以及受人敬重的牧師。那是五月底的一個蔚藍早晨，正是陣亡將士紀念日，鎮上的人聚集在河邊觀看這場慶典。架在樹上的大喇叭接上了麥克風；威伯對委員會所有成員的努力不懈致上謝意；村長說這座橋眞是建得太好了；州參議員表示很榮幸能在爭取商務部撥款方面貢獻一己之力，並唸出密西根首府蘭辛方面所有協助這件事的人的名字。

然後，瑪莉朗讀我作的詩。聲音一出，彷若這首詩是她親手所寫。人們站在石碑之間，聽著瑪莉的聲音冉冉升起，越過了河，和天主教會的鐘聲、長老教會高塔傳出的音樂融合在一起，同時還有帶著冬櫟新芽氣味的微風，這是翠綠六月已經在努力運作的第一個暗示。此時唯一缺席的是警笛，狗兒也安靜無聲。

瑪莉的聲音是天賜的禮物。當她說話的時候，聽起來就是我們推心置腹的自家人。而那些字句，一旦從她口中說出來，就像是屬於她的字句，而且只能屬於她。

橡樹林墓園橋啓用致詞全文如下——

在這座橋建成之前，我們要兜一大圈，從第一街到商會街，然後在主街左轉，讓我們的黑色車隊在「今天通通一塊美金！」「倒店特賣！」「清倉大減價！」的吆喝聲裡穿過整個鎮。接著我們得在自由街等紅綠燈，通過主街橋一路往南走，這當中要經過二手車店、派對用品店，好像過世的人得做最後一次瘋狂大採購才能順利把這場人生走完。然後我們往西轉進奧克蘭街，這時候路邊是果凍工廠、垃圾掩埋場，和沒有警告標誌的鐵路，所以越過鐵軌，車隊顛顛簸簸，發出難聽的吱呀聲，最後來到河邊的橡樹林公墓，讓我們的親人入土爲安。

其實並不是很多買東西的人會呆呆盯著我們看，或是做生意的人會繼續手上的工作而不把送葬隊伍當回事。還是有很多人會向我們低頭致意，有人會停下手邊的事情，也有人會在胸前畫十字，以對抗他們自身必死的命運。失去親人，就像一家開著店舖的家庭小工廠或私人小公司，因爲你用愛經營了許多年，喪親的悲傷自然持續許多年。這間家庭小舖會在別的商店都關燈打烊時通宵營業，在內心打上煎熬的折扣；每到聖誕假期和週末，空虛和失落的感覺便毫不留情的流竄在四周，一點一點消磨我們直到深夜，因此我們寢食難安，我們不知道該相信什麼，徒留一種麻木的沉默在屋裡慢慢沉澱。

這種死寂讓我們一個房間換過一個房間，在碗櫃和壁櫥裡翻尋過世愛人們的任何紀念物，一樣樣數著他們在家裡製造過的聲響——像是在地下室拿工具敲敲打打，或在霧氣蒸騰的浴室裡高歌，在廚房的爐子上忙碌，或者邊喝咖啡邊和隔壁鄰居閒聊，還有在臥室裡他們總是放輕了動作。不管什麼時候，我們都會想念分工合作那段時光——他洗衣，她晾乾。她作夢，他打呼。他負責清洗防風窗，她就負責擦地板。她在搖椅上瞌睡，他在沙發上打盹。他一鐵鎚敲傷了拇指指甲，她是喊唉呀的那個人。

這座橋讓我們能從住宅區走到墓園，所以現在我們可以帶著過世的人經過整齊的住宅——後院還晾著剛洗好的床單，正在長個子的男孩在前院車道上投籃，花園正在換季，草坪正在修剪，年輕女孩正讓初長成的白皙身體曬上陽光的顏色。我們先從第一街走到亞特蘭大街，然後往下到鷹山街，到達休倫河濕地北岸，那裡是大藍鷺築巢的地方，岩鈍鱸和藍鰓太陽魚在淺水處交配產卵，生命就此延續下去。而在對岸，一排排的花崗岩石碑，刻著強森、拉格斯、威爾森、史密斯，都是我們常見的姓氏，都和這個地方、這條河，和這片冬櫟樹林一樣日常。

同樣的，我們生命的盡頭，就像我們走過橋之後身邊林立的石碑，不管是癌症，心跳停止，或者只是不小心，都會讓我們成爲這兒的一員。我們可以在這些石頭之間發現共同的聯繫——某次古老的戰役、某次過去的饑荒，或是死於流感的一家人，而在一個世紀後，這座橋爲我們重建了方便的出入口，讓我們能和先人接觸。一條河，讓這裡和我們維持了適當的距離；一座墓園，就是一份古老的協定，由生者和「只是過世了」的生者共同簽署，大家約定好，讓死者的名字與生平永留於世。這座橋，讓我們的日常生活和他們相連，並且讓曾經是我們鄰居的他們，再次成爲我們的鄰居。

譯注

1 三鐘經（Angelus）：默想耶穌基督降生為人的奧蹟經文，它包括三節《聖經》，且每節之後加唸一遍《聖母經》。由於誦唸三鐘經是在早上六時、中午十二時及下午六時，並鳴鐘提醒信友，故名。

2 烏比岡湖（Lake Wobegon）：一個虛構的地名，出自蓋里森．凱勒（Garrison Keillor）的廣播劇《平原之家》（A Prairie Home Companion）中〈烏比岡湖新聞〉這個單元。劇中，這裡像一個被時間遺忘的小鎮，幾十年都沒什麼改變。新聞尾聲，從結束詞「女的壯，男的帥，小孩個個是人才」衍生出「烏比岡湖效應」（The Lake Wobegon Effect）一詞，意為一般人天生傾向於高估別人的能力和成就。

3安妮女王（Queen Anne, 1665～1714）：英國女王，一七〇七年～一七一四年在位。建築風格為尖頂，正面屋頂呈三角形，多有塔和角樓、拱門、藝術窗玻璃等。

4但丁（Dante Alighieri, 1265～1321）：義大利中世紀詩人，歐洲文藝復興時代的開拓人物，以史詩《神曲》留名後世。遺忘河（Lethe）又稱「忘川」，是《神曲》中四大冥河的一條小支流，飲此水便可遺忘世間往事；傳說中，冥河為地獄入口。

5一五七五年～一五七六年，黑死病幾乎毀滅威尼斯。瘟疫過後，議會興建威尼斯救主堂（Il Redentore，全稱Chiesa del Santissimo Redentore），感謝上帝拯救。每年救世主節（威尼斯重大節日，在七月第三個星期天慶祝），威尼斯總督和參議員都要穿過一道特別建造的浮橋，從浮木碼頭（Zattere）前往救主堂出席彌撒。

6瑪莉・傑克森（Mary Jackson, 1910～2005）：美國女演員，自一九五〇年代開始演電視劇，戲齡近五十年。她因巴金森氏症在洛杉磯過世，那時她剛過九十五歲生日。

7埃德娜・聖文森特・米萊（Edna St. Vincent Millay, 1892～1950）：抒情詩詩人，劇作家，一九二三年以《豎琴織工集》獲得普立茲詩歌獎。她一生和許多男女都有過浪漫關係，一九二三年與四十三歲的鰥夫波賽凡（Eugene Jan Boissevain）結婚；米萊和波賽凡之間屬於開放婚姻，他們各有其他伴侶。

8循道宗（Methodism）：又稱衛斯理宗（Wesleyans）、監理宗，現代也以衛理宗、衛理公會之名而著稱，是基督教新教主要宗派之一。

9出自十七世紀英國詩人約翰・道恩（John Donne, 1572～1631）的十四行詩〈喪鐘為誰敲響〉《沉思第十七篇》（For Whom The Bell Tolls, Meditation XVII）。

10喬治・柏克萊（George Berkeley, 1685～1753）：通稱為柏克萊主教（Bishop Berkeley），他是愛爾蘭

哲學家，與約翰・洛克（John Locke）和大衛・休謨（David Hume）一起被認為是英國近代經驗主義哲學家三位代表人物。

柏克萊主教主張物質對象由於被感知才存在。「如果一棵樹在森林中倒下，沒有人聽到，這倒下的聲音能算是個聲音嗎？」那樣說來，一棵樹假若沒人看著它，豈不就不再存在了？對這個異議，他的回答是：「神總在感知一切。」假如真的沒有神，那我們的物質對象就會過著一種不穩定的生活，只在我們看見它的時候突然存在；但事實上，由於神的知覺作用，樹木、岩塊、石頭始終連續存在著。他認為，這是支持上帝存在的有力理由。

11 海格特公墓（Highgate Cemetery）：位於英國倫敦北郊的海格特地區，分東西兩個部分。西海格特公墓於一八三九年成立，包括兩間都鐸風格教堂、一個古埃及風格的大道和大門（仿古埃及著名的國王谷建築而建），還有哥德風格墓穴。東海格特公墓於一八五四年成立，兩年後東部也投入營運。馬克思及其家人的墓在此，這裡還埋葬了英國物理學家暨化學家法拉第，以及小說家喬治・艾略特。

Chapter 8

斯維尼

斯維尼：啊！這個恐懼的陷阱已經大開，最強壯的人也會深陷其中。

林區希強：斯維尼，現在我會牢牢抓住你，我能治癒你那些身爲人父的創傷，因爲你的家人都安好，你的人民都健在。

——摘錄自謝默斯・希尼，《迷路的斯維尼》[1]

我的詩人朋友馬修・斯維尼（Matthew Sweeney）確定自己快要死了。從他一九五二年初次在多尼戈爾最北端的巴利麗芬看見一道愛爾蘭式灰濛濛的光開始，他就認爲自己死期已近，並對此深信不疑。雖然現在距離這個神諭出現已經好些年頭了，但即使在當時，他也知道有些事出了問題，很嚴重的問題。

當年那個粉嫩的斯維尼寶寶感覺到什麼呢？他還裹著襁褓放在搖籃裡，爲父母開心的逗弄而感到興奮。生在太平時期，住的地方綠意盎然，平安和樂，是什麼讓他意識到厄運迫近呢？

他的童年時光算得上美好，後來進入瑪林公立學校，也順利被哥曼斯頓的聖方濟會錄取，但這些事沒能改變他的想法；即使成功通過大學的磨難（第一間是都柏林大學，再來是北倫敦理工學院，最後是德國弗萊堡大學〔他在那兒很受照顧，出於某些原因他很快受到啓發，成了醫學生軍團的一分子〕），或者上天賦予這個生命的任何祝福也無能爲力，完全無法撼動他的感覺。他的內心有一部分持續相信著——每一分鐘都是死期，寫著他名字的末日永遠都近在眼前。

他成功追到了隔壁教區最漂亮的女人——從前在邦克拉納開理髮店的蘿絲瑪莉，地方上還有人寫歌和故事讚美她懾人的目光、有深度的思考、柔軟完美的體態，以及獨到的識人之明。但即使在這樣的巨大勝利之後，傷神的陰鬱還是死死盤據在他的腦子裡，不但沒有沉寂的跡象，反而越發嚴重起來。現在，他擔憂的不只是失去生命，更煩惱的是失去這個因婚姻生活而更加幸福美滿的生命（在他即將出版的詩集《新娘禮服》中，這種兩人結合的關係絕對給了他不少靈感）。以類似的思考方式想來，他女兒妮可的出生根本就像在他心上扎進一根針；接著是兒子馬文，他很快就會長到能喊他爸爸的年紀，這讓他感到快樂，但立刻又鬱鬱寡歡。

馬修・斯維尼記得保羅這麼說：「如果你在這世上珍愛你的生命，你就會失去它。」他很愛自己的生命，哪個神智清楚的人不愛呢？失去，他覺得這個字眼就像握著鐮刀的死神，始終緊緊跟著他。

他寫了詩。他喜歡自己創造的文字在口中發出的聲音，他很早就得到了他應得的好評。馬修一家搬到倫敦已經很久了，這對他追求文學事業有幫助，而對一個害怕開車的男人來說也同樣有幫助（他自己承認的，這點簡直太完美了）——想像自己或孩子們被夾在廢鐵裡受傷這件事，讓他恐懼至極。倫敦有地鐵、公車以及值得信賴的計程車司機，不像多尼戈爾內陸，這裡可提供他需要的機動性，卻不需要他冒著病態性的風險開車。更棒的是，英國首都是世界上最適合步行的城市之一，每個轉角都能通到零售商店，不管是必需品或精選商品應有盡有。

於是，從位於東貝街寬敞公寓的門廊走出來，馬修只需要往東走不到兩百公尺，就會發現自己已經置身蘭姆康迪特街，這是一個充滿各式小店和市場的商場徒步區。離他住處不遠這短短距離內，就有——一個藥師（斯維尼先生常向他提問）；一家賣可頌的法國麵包店；一個花店老闆（斯維尼先生跟他買了迷你仙人掌，這株仙人掌後來成了他最近一本頗受好評的詩集書名）；他常去的地方小酒館「蘭姆酒吧」（日常買醉去處）；一家乾洗店；兩家咖啡店；一家超市和一家蔬果店（斯維尼先生和這家店的老闆，老是爲了各式各樣的生菜、茄子和辣椒的煮法爭執不下）；兩個食物供應商（一個是愛爾蘭人，一個是普魯士人）；一個草藥醫生（斯維尼先生是忠實顧客，這我沒有資格評論）；還有，法蘭斯禮儀公司位於布魯姆斯伯里的分店，這是倫敦最老、最受尊敬的一家葬儀社，專做有錢人生意（經過他們黑底鍍金的店面時，斯維尼先生會突然加快腳步，一面還用口哨吹著湯姆．威茨[2]的歌曲片段，行徑引人側目）；唯一有點缺憾的是，伯納德．史東[3]的塔樓書店在一九九一年遷走了，那兒收藏了城裡最齊全的當代詩歌選集，以及伯納德．史東本人，斯維尼先生的家門外因此少了一片殷勤好客的城市景觀。

值得注意的是，在正北邊的一個街區聳立著古老宏偉的建築，那是倫敦皇家順勢療法醫院。上百位到馬修家朝聖過的詩人和作家，都認爲馬修會和這家醫院爲鄰絕非偶然。但不管是方便獲得緊急照護也好，或從他家四樓客廳看出去的視野內全是沒完沒了的受苦人類也好，和醫院當鄰居究竟增加或減少了馬修的憂慮，誰也說不準，也許連他自己也不知道。但他常走的一條路線是往西到皇后廣場，到菲柏出版社[4]和自己人見見面（他們幫馬修出版童詩，而根據評論家的說法，他的作品對怪獸、對身邊的威脅、對長大成人必經的危險都隱隱帶有敬意，因此非常迷人）；由於常走，不可避免要經過醫院那龐大的建築物。

確實，馬修的家正位在布魯姆斯伯里（「Bloomsbury」這個地方的命名由來，像馬修這種功力的文字匠人很輕易就能抓出重點，以及它病態般的詞源家系），此地也是各種醫學勢力交鋒的中心點。更確實的說，這裡有皇家外科醫學院、倫敦大學附設醫院、英國內分泌醫師學會、治療神經疾病的女皇醫院，以及治療熱帶疾病的醫院（馬修曾爲了篩檢伊波拉病毒，在那兒留下尿和痰的檢體）。醫療大軍紛紛進駐，而且全都在步行能達範圍內，伴隨而來的是一場人類與大自然微生物之間無止盡的戰爭，所以他會被寄生（一如之前提過的伊波拉病毒），被感染，被折磨，生命會被危及，會罹患疾病，最後一命嗚呼——這就是馬修所擔憂的。

說到這裡也許該提一下往事。我第一次遇見馬修是在葛夫頓街的比尤利博物館[5]，那是一九八九年春天的都柏林。他即將在愛爾蘭發表他的第四本詩選《藍鞋子》，而我要在著名的咖啡商場二樓舉辦讀書會，時間就在他發表會後一天。他說服了當時的編輯（現在已經是我們共同的編輯）在都柏林多停留一天，這樣他們兩個就有機會參加我的讀書會。

我跟他有一個共同的朋友，也就是詩人兼小說家菲利普・凱西（Philip Casey），他先前就送了我的一些詩給馬修看，也把馬修的作品拿給我。讀過之後，我們發現彼此在寫詩時偏好選擇的主題有種熟悉的一致性，而且也剛好有共同認識的朋友，這成爲後來見面的契機。我們照當地的習慣在葛羅根酒吧碰面。他毫無保留的稱讚我的讀書會；而我因職業所需，對一般人望之卻步的疾病和病理學知識有相當了解，他對此也很感興趣；此外見面當時，他剛好對黑色衣服情有獨鍾，而我穿黑色衣服是出於實際需求。這些都讓我深受感動。

參加讀書會的觀眾太過冷淡，酒吧裡又太吵雜，我的時差沒調過來，馬修也還沒從前一晚的疲累中恢復精神。高興的是，那只是我們第一次見面，後來我們在英國、在愛爾蘭，以及在密西根多次相聚，彼此都很喜歡對方家裡的舒適感，也很享受和對方的另一半談笑風生、小孩所帶來的神奇樂趣，以及彼此的朋友社交圈。我們共同經歷的事情如此豐富，肯定會從各自的詩作當中以對話形式呈現出來，而讀者也會從類似主題找到不太相同的感受，比如說家中的危險，或迫在眉睫的傷害，以及死亡的不凡特質。

馬修在倫敦有一票作家和饕客朋友（大概是認識我之後才結交的），他在當中是屬於那種整天疑心自己有病的類型——儘管神經質，卻很迷人。他的誇張是記錄有案的——普通的感冒也會被當成肺炎或肺結核；頭痛肯定是腦袋裡長滿了腫瘤；發燒是患了腦膜炎；若是宿醉，要不是胃潰瘍，就是憩室炎；出恭的時間萬一跟平常有點出入，那麼就是腸阻塞或結腸癌；除了懷孕，他身上的不對勁全都做過檢驗（儘管隨季節變化，他甚至服用經前症候群藥物來放鬆自己，眾人也早就見怪不怪）。

他會為了尋求醫學建議而付費，身上有一份專科醫生的清單，以及這些醫生的呼叫器號碼。心臟病專家、針灸師、免疫學家、口腔外科醫生、腫瘤科醫生、直腸病學家和行為心理學家，再加上許多從地方上找來、或具有類宗教信仰的靈媒和整體醫學治療師，琳瑯滿目加起來就是馬修的醫療專員大軍；而他家電話也同樣設定了聯繫這些人的快撥鍵。他身邊大多數宗教信徒戴的金屬牌上寫的是「萬一有緊急情況，打電話找牧師」，但馬修身上那塊寫的卻是「叫救護車，找醫生來，請按照正常救護程序處理。」

人類已知的各種疾病，從A開頭的脆弱性骨硬化，到Z開頭的結合菌感染症，馬修全都仔細查過或想像自己罹患過，在各物種和過去未知的次物種之間的疾病輪迴甚至讓他出奇興奮。因此像豬流感、萊姆病[6]、貓白血病、棕蝠狂犬病（當然也包括鸚鵡熱在內），這些都必須在他每季的健康檢查中仔細排除罹患的可能性。

之前發生了一件事，可以肯定的是，他為此深受折磨，而未來也很難釋懷。他堅持狂牛症唯一的倖存者當初之所以罹病，是因爲吃了「河岸街的辛普森」餐廳端上的精瘦小里肌佐燻鯡魚和水波蛋，而他因爲跟倫敦《觀察家報》的餐廳評論家有約，也在那兒吃過早午餐。表面上他們討論的是南法菜裡的磨菇，事實上那時馬修根本快要被自己中毒的想像滅頂，幾乎到了得叫救護車的地步。

馬修有件事常被引爲笑談。有家著名的出版社希望就慮病症寫一篇深度論文，因此發出一份稿費豐厚的公開標案，馬修拿下了案子，而那份標案哪，從來沒看他寫東西寫得這麼得心應手過。

但是，當其他人都在對馬修這匹瞎馬點頭使眼色兼翻白眼的時候[7]，我倒是在想他會不會是個預兆，是某種眞知灼見，一個先知，一個在城市沙漠裡呼喊的聲音，對我們喊著「死期已近，想做什麼就去做吧」。

倫敦吸引馬修的，除了大眾運輸系統、文學環境，或世界級的健康照護，還有食物。準備餐點是件乏味的事，於是英國人蒐羅過去帝國遠近各處，把最頂級的東西帶回倫敦。不管是哪個地區、哪個國家，或哪個民族的料理，只要這個地球上有，倫敦一定有分店。馬修把體驗、品嘗、研究各家美食當成自己的任務，他是味覺和擺盤方面的學者，是味蕾、舌頭和餐具方面的哲人。

他用這個身分發現了——最好的泰式餐廳〔南肯辛頓一家叫「Tui」的店，離謝克與華柏格出版社（Secker & Warburg）很近〕、最好的阿富汗菜〔「絲路驛站」（The Caravan Serai），在帕丁頓街〕、最好的印度菜〔蘇活區的「紅堡」（The Red Fort）〕、最精緻的港式點心〔唐人街的「海港城」（Harbor City））、精彩絕倫的拉麵店（「任性而爲」（Wagamama），在大英博物館後面的史崔生街上），以及最值得信賴的素食咖哩（「曼德爾」（Mander），在托登罕廳路站後面的一條小巷裡）。

這張美食地圖對一個男人來說簡直無限寬廣，就像鳥兒們振翅飛去的那片無垠天空。常常，當馬修全神貫注的品嘗一小口某種以前沒見過的食物時，他看起來幾乎愉悅得像長出了雙翼，就像一隻住在城市天堂裡的珍稀鳥類一樣。

但在這張地圖上，金翅雀渴望薊種；鵜鶘愛吃魚；蜂鳥呢，花蜜；遊隼呢，愛的是肉；而馬修渴望的，正是以城市風格的國際化菜色環繞出的一個自由放牧區，他規畫每天的飛行路線，根據的是一張照他喜好畫出來的星座圖，他酷愛的名店會在美食的天空中閃閃發光。而他的征途中常常出現一些自願同行的人，來自詩歌界或美食界的他們，覺得和馬修共享一頓大餐等於上了一課，所以也非常樂於付帳單，當作是繳學費（跟這本書其他地方出現過的情形一樣，在這兒，我簡直忍不住想顯擺一下這些人的名字，他們全是世界知名的文學家和美食家，但我最好放棄這個想法，閉上嘴還是比當個大嘴巴好）。

我還想說，馬修也是個頂級大廚，對食物的每個面向無不認眞看待，從食材選擇，備料過程，盛盤美感，到餐點滋味，沒有一樣對不起他家廚房出品這塊招牌。

我之所以提這些，是因爲這些對食物的理解和鑑賞（不管是感官上的、精神上的或消化道裡的），似乎和別人說他患有慮病症這件事有微妙巧合。而我也想過，他對致命的味道似乎擁有罕見的觸角，對可以讓人存活下去的味道擁有驚人的天賦。

我要說的是，透過「一休」（Ikkyu）的生魚片（在接近古德奇街站的托登罕廳路上），話題必然會轉向每年有多少日本人吃了含毒的內臟而丟了小命（根據最近的統計，數目接近五百個）；而那種魚叫做河豚，如果能用正確的方法去除魚皮和內臟，會是無毒的。但，這是菜單上注定要有的對話嗎？

有一次，他正在準備一道香腸和小扁豆做的溫布利亞菜[8]，打算重現義大利諾爾恰「來自法國」餐廳（Trattoria Dal Francese）的名菜，結果他一邊做，一邊問我對尿道感染、男性性機能障礙、結腸炎和憩室炎，還有發炎性腸胃脹氣的預後狀況瞭解多少。而我在想，這弄的不是香腸和扁豆嗎？在馬修複雜的精神病理學當中，對死亡懷有一股恐懼，而這跟那些食物有關連嗎？比方說，爲什麼當他精準的爲一道包含裝飾配菜的虹鱒灑上韭蔥時，原本輕鬆愉快的閒聊，會突然從清晨剛撈的魚（從北密西根的鱒魚池來的）偏移到顯微手術的風險呢？他說：「一個小小的腕關節脫臼，可能就會讓你沒辦法走路，沒辦法說話，說不定接下來你就只能淌著口水度過悲慘的下半生。」

另外還有一次，在愛爾蘭科貝利一家我相信是全北半球龍蝦做得最棒的「曼努埃爾・露西亞」餐廳（Manuel DiLucia），那兒離我在克萊爾的農舍很近。藉著龍蝦，馬修開始問我因不幸事故造成死亡的案例，尤其是從危險高處墜落那種；他最想知道的是，有沒有什麼法醫學上的證據可以支持他的希望，他希望——人在墜落過程中就斷氣，這樣比起死於墜落本身那個最後的撞擊要好得多。

當我被馬修這樣一個心思敏感的人問問題時，要是我知道，我就會告訴他眞正的答案，不然我就會建議一個某本熱門文學裡的出處，說不定他可以在那兒找到答案；而當兩種作法都失敗的時候，我就會編一個答案給他。長久以來，我都認爲這就是我的專業責任。

出於這種自我要求，我向馬修說明一個學界評價很高的理論。首次提出這個理論的人，是榮格的一個學生，內容是說，當有機體面對一個壓倒性的外在威脅時，會產生腺體分泌和其他生化調適反應，而這些反應將會封閉大腦突觸與神經細胞之間的訊息傳導。這種心理生化的反應所代表的就是一種昏迷，也就是說，依照墜落的高度，跳下來的人若非醒過來時已躺在最鄰近的急診室，身上的骨頭雖然斷了也還接得回去；要不然就是完全醒不過來。這麼說應該是很公允的——不管是哪一種狀況，這個墜落的人永遠不知道是什麼東西撞到他；但就跳下去尋死和墜落死亡的人來說，尋死的人算是比較主動一點，所以應該換個說法，那就是，他永遠不會知道自己撞到了什麼。

我這番話聽得馬修一愣一愣的，他靜靜吃了一口龍蝦，配上一小片全麥麵包，再小啜一口普利尼蒙哈榭酒[10]。由於馬修是帶著全家來訪西克萊爾，他太太蘿絲瑪莉此時正幫小孩選擇適當工具夾碎龍蝦殼。從她的藍色眼睛中，我看到一種聖潔的耐心，她接納了馬修的特殊文人怪癖，那是一種有難同當和體諒的眼神——啊，我在自己太太瑪莉的眼中也看過這樣的眼神。我想，我們應該把話題轉向牙齒矯正或青春期問題，也可以聊聊宇宙的形狀或其他更含蓄的話題。但從馬修的眼神中，我看得出他還不確定，還不滿足，還有些合理的懷疑在心裡盤桓，就是這樣的合理懷疑曾讓許多犯罪的人逃過制裁，也拯救過許多無辜的人。

是因爲「曼努埃爾・露西亞」這家餐廳（爲我們掌廚的，是西班牙無敵艦隊少數倖存者後裔；幾個世紀前，他們在暴風雨中沿著西克萊爾海岸航行，但據說大部分爬上岸的船員都被愛爾蘭當地人殺了），地處可以環視基爾基、也能看見向西南方到路普角的崎嶇海岸線的位置嗎？我猜，是因爲這些危險的懸崖，讓馬修想起了在瑪林角的童年嗎？（瑪林，是愛爾蘭最北邊的一個村落，村落所在的懸崖孤懸在海面上方八百公尺高處。我想起，我的美國同胞愛倫坡所寫的〈作怪的心魔〉[11]——這，不正是當我們站在致命高處的邊緣，他爲我們每個人腦中都有、那個叫我們「跳！」的聲音所取的名字嗎？這就是愛倫坡所秉持的「所有事物的創造核心，正是它自身的毀滅」嗎？但這句話是愛倫坡說的還是梅爾維爾[12]說的，我有點記不清楚了，不過我想不管這句話出自誰，馬修可能都會欣然同意。

我想，有些經驗法則上的證據，即使只是我個人小範圍的取樣，說不定就能滿足他目前的渴求。我告訴他，我辦過一個男人的喪事，那人從事廢金屬和廢品回收工作，他是被一部從天而降的汽車砸死。確實，人被高處落下的東西砸死可以有很多解釋，但依照法令，密爾福最高的建築物不能超過三層樓，因此被掉落的東西重擊死亡在這兒是很罕見的；而且因爲不是伊卡洛斯[13]，所以沒有人會從天上掉下來。但這件事卻是有部一九六七年出廠的福特野馬敞篷車從天上掉下來，正面撞擊了一個男人——那部野馬連同上方一塊巨大磁鐵吸盤，一起砸在那可憐傢伙的頭上。當時這兩樣東西和吊車相接的地方因「金屬疲勞」之故斷裂了。重物落下那一刻，這場悲劇的受害者正在底下一堆東西裡找輪圈蓋——所謂在錯的時間到了個錯的地方，所言不虛。

像這樣的事件，可以搾出的安慰少得可憐。保險公司不理賠，沒有什麼冠冕堂皇的詞句可以用來讚揚死者，也沒有人覺得他留下的親人有辦法扭轉發生的一切錯誤。是我大兒子把屍體從郡立停屍間帶回來的，用他的話來說，這只能說是「一件糟糕的事」。

我瞥見了馬修臉上的表情，這告訴我，已經不需要再更進一步描述這個死去男人的環境或家庭，他已完全認同了這個不幸的當事人，那個在某個工作日死於天降橫禍的男人。

不過我覺得，我想告訴我朋友馬修的是，這位當事人死亡時的臉是很安詳的。想想看這股撞擊力所造成的傷害，我們說的是好幾噸的重量從大約三十公尺的高度掉下來，那股力量不是開玩笑的。但死者臉上的那種平靜卻完全呈現不出這個強大的衝擊，好像車子掉在他臉上時，他完全沒有注意到這個「未知的力量」；或說，他跟這個力量完全同化了。除了割傷、挫傷、撞傷和骨頭碎裂之外，他的模樣看起來彷彿像要對我們說：「祝你有個美好的一天！」儘管當時我覺得這個看法對死者母親及其關係密切的親屬來說，也許是一種鼓勵，但他們一心一意只想把棺木蓋起來。

馬修聽完話，心裡對這位塵世的過客和旅人滿懷悲憫。他望向西方，窗外斜陽正緩緩落入北大西洋，他的太太和小孩就在夕陽的旁邊（蘿絲瑪莉很有技巧的把小孩帶開，去「呼吸點新鮮空氣」），站在暮光之中，他們的輪廓顯得特別清楚。海鷗在懸崖邊藉著上升氣流四處盤旋，但也沒能飛得高過懸崖。海灣裡的小船燈火一閃一閃，混在早升的星星當中。

我幫馬修點了一杯白蘭地。

如果人生就像一盒巧克力，那麼吃完一頓龍蝦大餐之後，已經不用再多說什麼了。活著的人可以從人生學到很多事情。對我來說，我覺得人生對某些人來說是淺嘗即止，對某些人則是盡情享受。對一些人只是日常家務，但對一些人來說則是豐筵盛宴。有的人吃完就走，有的人吃了之後會想想。有的人是打獵的，有的人是採集的。有人負責宰殺，我們則擔任收割。有的部分很新鮮，也有部分需要發酵。有些跟活人相關，有些和死人相連。我們每個人所渴望的都不盡相同。

經過這麼多年跟馬修．斯維尼一起吃飯，這麼多年來互相交換詩作、人生的故事、好吃的食譜和彼此的友人，我開始慢慢相信他在嬰兒時所感覺到、在男孩時所意識到，以及作爲男人時所了解到的事情，那就是——我們都會死。就這點來說，他一點都沒錯。如果他的小心翼翼似乎太過尖銳、強烈，有的時候帶點神經質，那也能單純的稱爲一種天賦。

也許他會在鏡子裡看見鬼魂，或者每次接觸都能感受到死亡的戰慄；也許他聽到的惡魔之聲更清晰；也許甜食在他的鼻子聞起來都是腐敗的氣息。

也許只有他這樣的味蕾，才有利追溯他即將消失的本質中，那遙遠的根源。

譯注

1《迷路的斯維尼》（Sweeney Astray）：此書出自〈瘋狂的斯維尼〉這則愛爾蘭家喻戶曉的故事。斯維尼原是達拉萊迪王國的國王，發瘋的原因一般有兩個説法，一是因濫殺教士而被聖羅南詛咒；另一説是因摩拉之戰落敗而逃，耳邊一直迴響著戰場上的聲音而瘋狂。這則故事以詩歌和文字方式從十七世紀的愛爾蘭流傳至今，對愛爾蘭文學影響深遠。本書作者從《迷路的斯維尼》中摘錄了這一小段，大意是，斯維尼的義兄林區希強（Lynchseachan）發現他在荒野中流浪，因此謊稱斯維尼的家人都過世了，希望帶他回家。

2湯姆・威茨（Thomas Alan Waits, 1949～）：美國音樂人、演員。威茨嗓音獨特，評論家Daniel Durchholz説他的聲音「像浸入一桶波本威士忌，熏製幾個月，然後再拿出來」；其獨特的低音以及對前搖滾音樂元素的吸收，構成了他的風格。

3伯納德・史東（Bernard Stone, 1924～2005）：書商、出版商和作家。史東是倫敦文學界傳奇人物，他所經營的塔樓書店（Turret Bookshop）歷經幾次搬遷，一直是書迷、作家和出版商的聚集地。個性樂天好客的史東常在書店舉行派對，因此人潮絡繹不絕，而史東總是手持一杯白酒穿梭其中，與人暢談詩歌文學。

4菲柏出版社（Faber and Faber Limited）：英國一家獨立出版公司，過去擔任編輯者不乏知名文學人士，例如曾獲諾貝爾文學獎的二十世紀重要詩人托馬斯・艾略特（T. S. Eliot）。

5比尤利博物館（Bewley's Museum）：位於愛爾蘭都柏林，主要陳列展示愛爾蘭咖啡，茶和巧克力工業的一百五十年發展史。

6萊姆病（Lyme Disease）：起源於微小鹿扁虱（deer tick，又稱鹿蜱）的叮咬。

7「對一匹瞎馬來說，點頭跟使眼色一樣沒用」（A nod is as good as a wink to a blind horse.）：一句俗諺，引伸為「對牛彈琴，多說無益」。

8 溫布利亞（Umbria）：位於義大利中心，首府是佩魯賈（Perugia），是義大利唯一不臨海、也不與外國接壤的大區。

9 榮格（Carl Gustav Jung, 1875～1961）：瑞士心理學家、精神科醫師，分析心理學的創始者。

10 普利尼蒙哈榭（Puligny-Montrachet）：法國勃艮第一個生產葡萄酒的村莊，許多人認為這裡生產世界上最好的葡萄酒。

11 愛倫坡（Edgar Allan Poe, 1809～1849）：美國作家、詩人、編輯與文學評論家，是美國浪漫主義運動要角之一，以懸疑和驚悚小說最負盛名。〈作怪的心魔〉（Imp of the Perverse），是一篇由愛倫坡寫於一八四五年的短篇故事，主角將毒物放在蠟燭裡，殺害了一名女親戚，然後繼承了她的遺產，但主角一年後被警方逮捕最後判處死刑。不過，行刑前，主角依然為自己辯護，認為自己是惡魔的犧牲者，是因衝動及倔強等天性所致才會犯案。

12 梅爾維爾（Herman Melville, 1819～1891）：美國小說家、散文家和詩人，也擔任過水手、教師，最著名的作品是《白鯨記》（Moby-Dick）。

13 伊卡洛斯（Icarus）：希臘神話中，知名工匠代達羅斯（Daedalus）的兒子。代達羅斯以蠟打造羽翼，欲和兒子一塊兒逃離克里特島，伊卡洛斯卻因飛得太高，雙翼遭太陽融化，跌落水中喪生。

Chapter 9

諸聖節前夕

我曾經很想知道自己的死期。這多多少少能讓我從保單中得到好處，或追悔過往，或向從前的愛人溫柔告別。我希望計算能精確一點——假如不知道是哪天死，知道是幾歲死也行，至少目前為止我身邊的人都關切過這件事。

對於人什麼時候會死這件事，基因庫還不太能確定。我們整個家族的男性都死於心臟問題，不管是充血性心臟衰竭、心肌梗塞、冠狀動脈阻塞，或一般的心臟衰竭，所有人的死亡原因都來自胸部，發作時間都是六十幾歲。

我外公，一個肚子大大的男人，在我很小的時候就過世了，我對這個禿頭男人的記憶很有限，現在只剩下他說小熊故事的樣子。大約二十世紀初，他在密西根上半島長大，在南邊的安娜堡唸書、結婚（據我外婆說，她是他的初戀）。而我外公派特·歐哈拉雖然從此住在南邊的下密西根，過著都市化的生活，但他每年秋天都會離開我外婆瑪佛·葛瑞斯，回上半島待一個月，在那兒喝酒打獵釣魚兼編故事，就是我所記得他跟我們說的那些「什麼被熊被狼被我們從來沒見過的野生動物趕上樹」的故事。儘管派特外公在六十二歲的時候過世了，瑪佛外婆卻比他多活了快三十年，直到一場中風讓她臥床不起——雖然還有意識，八個月之後也衰竭而死，死時九十歲。她過世那年我三十五歲，也開始思考自己面臨死亡時的問題。

我爺爺同樣也死於心臟病，在我十六歲的時候——我還記得打到我工作保齡球館的那通電話。他是六十四歲死的。他和奶奶開車去弗蘭肯默斯的「澤德馳名雞肉快餐」吃晚飯，從底特律往北要開兩個半小時。回程路上，他感覺左臂下方開始疼痛，他想說不定是肉汁或雞肝搞的鬼。回家後，他們打電話給醫生、消防隊、神父和我爸。爺爺穿著內衣和吊褲帶，直挺挺坐在床邊，找的人都來了——醫生為他作檢查，神父對我奶奶點頭保證沒事，消防隊員拿著氧氣筒待命；這毫無違和感的一組人馬說不定可以印上「洛克威爾自動化公司」標誌，掛上「平安上路」招牌。而我爸那時剛滿四十，可能做事還很小心，也有點無助（這只是我猜的）。總之，醫生在通常的位置放上聽診器，在片刻思索的寧靜之後，宣布了診斷：「艾迪，我聽不出你有什麼問題。」而永遠成為爭議事件的是，下一秒艾迪就滑下地板，整個人泛紫，瞬間斷氣，給在場所有人來了個一次了結——現代醫學的誤診，生命的無常大抵如此。

由於我爸是開葬儀社的，任務就落在我哥哥丹和我身上，我們必須為「林區老爹」更衣入殮，這是我第一次這麼專業的辦自己人的喪事。我已經記不得，那時我爸只是簡單的「要求我們去做」，還是「堅持我們去做」，或純粹只是給我們一個機會做。但我記得，當時立刻覺得寬慰了不少，因為我可以做點事，任何事都行，我可以幫上一點忙了。

我一直都用老爸在世的歲數減去我自己的歲數，然後開始想自己有限的未來——在看起來像數學題的生命裡，在各種加減出來的答案裡，這是第一個要算的。

林區奶奶跟歐哈拉外婆一樣，一直活到九十歲才過世。她們的寡居生活也相差不多，對我來說，那幾十年的時間成了一個個的星期天、聖誕節和國慶日，她們要不是出現在露臺，不然就是在廚房餐桌上喝著兌水的加拿大威士忌，一面對政治、宗教大發議論，一面糾正孫子們使用的英語。

林區奶奶是共和黨人，個性務實，比爺爺小了十歲，因爲改信才成爲天主教徒。她從小到大信的都是循道宗，神職人員在她看來都只是巡迴講道的牧師和機會主義者，只是信仰生活中的過客。她不相信禁慾主義，也不關心牧師有沒有名氣，而且她星期五會吃肉。她用自己的方式過生活，批評的話不急著出口，讚美人的時候儘管節制卻更出自眞心。外婆是民主黨人，也是教師工會的成員，屬於愛爾蘭人裡頭非常虔誠又喜歡偶像崇拜的天主教徒，誠實細心，規矩一堆，不管讚美或責備時表情都很豐富，只是程度上實在太過。她們爭論起來一來一往相當精采，不管什麼戲都比不上——外婆一唇槍舌劍，奶奶便沉默以對。如果外婆開始滔滔不絕，什麼事都一口咬定；奶奶便會輕聲細語，說什麼事都有可能。外婆手一指，加強語氣；奶奶眉一挑，不予置評。誰也贏不了誰。所以她們這麼長壽，在她們的炮火之下我還能活著長大，也只能說是上天的恩賜。她們現在葬在同一個墓園裡，不過不是同一區，身邊躺著比她們早死多年的男人。我記得她們的喪禮，循規蹈矩，恰如其分，大家熱烈的你一言我一語，就像她們的一生。

我的奶奶和外婆是強大的女性，那種強大可以從他們的孫女和曾孫女身上看出來。只要是說得出來的問題，她們一定忍不住要解決它；所以，根本沒有打破沉默這種事，肯定的是，沉默的時候根本少之又少。工作機會上的不均等是她們那個年代很典型的情況，但這並不代表需要放棄權力——如果她們的丈夫賺一塊錢美金，她們只能賺六十三分錢，那麼她們就靠著死去丈夫的保險金或社會福利金，過那另外的十年二十年三十年。如果說，她們的丈夫有政治、經濟和體型上的優勢，那麼女人所得到的便是情感、精神和人口方面的回報。明白「上帝可能是女性」，所需要的認知是「惡魔可能也是女性」。我奶奶和外婆都希望只把好的東西留下來，當然對大多數女人來說，事情不會只有好的那一面，她們都很清楚，這個世界正要改變。

我媽和我共同見證了二十世紀性別之間的隔閡開始拉開，縮短，又再度拉開。女性為了償還房屋貸款而放棄家務，追求政治與財務上的平等，而且也開始死於心臟病、車禍和腸胃疾病（一如她們家中男性常見的死因），比起她們的媽媽，她們死的時候更年輕，保險也比較好。即使是自殺也和以前不同，過去會使用比較溫柔細緻的方式如藥片、瓦斯爐和其他安靜的手法，現在則變得更有決斷性，也更吵——手槍開始出現，後來還有人用霰彈槍。就某個特殊角度來看，這個變化被視為進步。

我媽在生活裡大多數事務上是傳統的擁護者，但碰到死亡時，卻超越了時代的腳步——她比我爸早死了二十八個月，當時她六十五歲，被一種拿走她聲音的癌症奪去了性命。

因此，不管是性別或基因庫在預測死亡上都做不得準，我開始往別的地方尋找答案。

有個理論是我平常隨意觀察得來，依據並不是很嚴謹，那就是——年老的人總帶著渴望回想過去的時光，年輕的人也帶著同樣的渴望眺望未來。男人記得的，是別人想像自己的模樣，我覺得這個理論也適用在女人身上——在自己所愛的人懷中所感受到的快樂，或是付出許多努力所得到的勝利，或是逃離危險的魔掌後浮現的安全感，或是經歷了長久的困境之後體會到的放鬆……這許多情緒無論出於記憶或期望，不管年老或年輕，那種懷念是一樣的，內心的幻想亦然。

我的理論要說的是，應用生活裡這些不那麼沉重的事情，就能確切得出生命的中點。知道了生命中點後，當然就能幫我找出「最難捉摸的事情」，也就是我的死期。知道了中點，那麼就會知道終點，這是代數，X＝A＋B。

如果過去是年老的人重新拜訪的境域，未來是孩子夢想的地方，那麼出生與死亡就是將兩處連接起來的大海。生命的中點就是在生與死的中間，走到這裡的時候，彷彿往前往後都沒問題，不管是哪個方向都看得很清楚。我們心裡滿載的，少了一些渴望，多了一些驚奇；我們害怕的事情少了，擔心的事情多了；而這只是其中一些徵兆。老人寫的是回憶錄，年輕人寫的是履歷表。在生命的中點，我們會留著某種日記，裡面的對話總是從天氣作爲開頭。我們生活的位置是現在，和我們的出生與死亡等距。看著現在的另一半，我們便不由得想起初戀情人，或雜誌廣告上穿著內衣的緊翹臀部與平坦的小腹。

生命的中點具有某種均衡，像是一個平衡點，沒有被「年輕」推著跑，也沒有被「年老」押著走。我們像是被時間的重力解放，漂浮著。我們清楚的看著歷史與未來。我們睡得很好，作夢時遊走在每個時間點，醒來時便做好準備，信心滿滿。

「這樣想吧，」在我還會喝酒的時候，我會對任何一個願意聽我講話的人這樣說，「把它想成是美國。」子宮的羊水破了，你從當中現身，就像你的先人來到埃利斯島[1]那樣。你對這裡的語言一無所悉，你不了解這裡的食物和習俗。你很希望工作，但沒有辦法，你需要有人提點你工作的竅門，最好的情況下，擔任這個角色的人是你的父母。你朝西而去，對淘金、對誘惑和你的未來充滿夢想。你在賓州波可諾[2]遇見了一個女孩。你在俄亥俄學到了一些知識和實務經驗。也許你半途拐到曼菲斯或紐奧良尋求快速「慰藉」，或往北跑到密西根去釣鮭魚，但你從未偏離年輕時堅持的西方目標太遠太久。加州遍地都是黃金和令人難忘的性事，加州就是好萊塢和天使之城，這是一個你一旦踏足就離不開的地方。

也許，當你在聖路易渡河的時候，你在賓州交往的那個女孩看起來對你這個趕時髦的小伙子開始有點熱情不再。也許她直接把你甩了，因爲她遇見了從前的鄰居，或某個從洛磯山來的荷包滿滿油腔滑調的傢伙。你說擺脫這些也是好事，至少旅途少了負擔，往事就隨風去了。你在賭城有點瘋狂，放浪形骸到處上床，買敞篷車，帶著所有的失落衝進沙漠，在那兒你才發現，你自己就是最大的敵人。你想起從前一起混的鄰居那夥人，你的老大哥現在快死了，或者根本已經死了。你一直記得你第一個愛人豐潤的肉體。你打了一堆長途電話。這輩子第一次，你放慢步調，慢慢通過大峽谷，開始說一大堆像是「當我跟你一樣大的時候」、「二十或三十年前」之類的句子。那段時光多麼美好，你好遺憾自己就快要死了。

如果沙漠、高山或荒野都沒能要你的命，你就來到了加州，之前曾經那麼在意留戀的事情，在這個時候似乎也沒那麼重要了。你碰到有人願意聽的時候，就會說：「反正這裡本來就不是我的目的地。」但說來說去，也就是你從哪裡來，之後要去哪裡。有個人好意提醒，說你再也回不了家了。如果從這個時間點開始順利的往前走，你就能放心的離開人世，你的終點就是從聖塔芭芭拉長碼頭跳入海中，然後你的孩子和孫子會永遠記得你，他們一輩子都會哀悼你。

當然，你生命的中點是堪薩斯那邊，那兒的地平線無論哪一頭都是一望無際，你的視野有好幾公里遠——星星出來了，你取得了平衡，在成長和衰老之間，在紐約布朗克斯和聖塔芭芭拉之間，在你的起點和終點之間。能平衡，是因爲你看得出在你眼前的路和背後的路是等長的，完成的事和可能完成的事分量是一樣的。你站直了，打從身體裡感到自在——「堪薩斯」。但這種感覺僅持續了一下子，你意識到這個情勢了，你站在中點，把你現在的年紀加倍，就是你的死期。如果這件事發生在你二十歲的時候，算起來就是四十歲。如果發生的時候你四十，那麼你可以算算你受了多少祝福，可以再多存點錢，也可以幫曾孫取好名字。這眞是個簡單的理論。代數、歷史、地理，沒有任何取巧。

我想出這個理論的時候是十八歲，我考慮著未來的選擇。我當時是個大學生，打算無視徵兵這件事時，才發現沒有多少伎倆可用在逃兵上。這個年紀的象徵就是——一個可能要去越南的人（去越南這件事，就跟癌症的同義詞是死亡一樣，始終都是），要不要去是由樂透決定，這是尼克森政府腦力激盪下的產物——遊戲規則是，這一年的日期從一頂帽子裡抽出來，抽出來的順序就是新兵徵召的順序，意即——你的生日關係到你的死期。他們抽號的時候，我正在學生會裡玩「傷心小棧[3]」。我的生日對應出來的號碼是「二五四」，當時普遍認爲抽到的最大號碼不會超過「一五〇」[4]。我逃過了，未來有望了。我想當個詩人（我已經能夠體會葉慈的詩）；我還希望像「賽門與葛芬柯[5]」他們那樣（我可以彈吉他）；有一小段時間，我也考慮過教書的事；那時在想，把禮儀師的執照拿到也不錯，因爲說不定我拿不到唱片合約或普立茲獎。「我」，「我」，「我」，我那時一心只想著自己的事情。

當時對於未來，我唯一確定的是，我想要用很多時間跟喬娜・博蒂，或像她那樣的女人纏綿。多年來，我一直相信修女和基督教兄弟會[6]朋友努力告訴我的「無知就是福」，但喬娜改變了我的想法；對他們來說，好的身體只有一個，就是死掉的身體，就是基督的聖體，還有像聖司提反、淒慘可憐聖的巴斯提盎這個傢伙，以及童貞聖女兼殉道者、園丁的女主保聖人聖桃樂絲。在一九五〇和六〇年代的教會學校裡，「愛」和「死」被冷酷的相連，受難代表的是一種背負著好的目的去接受凌遲的過程；我們的教室、我們的精神裡，都是一幅幅釘十字架受難和殉道的畫面，像待在伊甸園裡苦悶難當，又像不明所以的狂喜，而這全都出於愛。喬娜是義大利人，也是一個很虔誠的天主教徒，而且她根本就是聖凱瑟琳[7]的化身，也等於是另一個聖菲利浦[8]，只因她用了很平常的方式，把我們在學校面對的一切全都導回正途，那就是——以所有可能的方式去愛、去迎接一個個身體。我的未來似乎也因此豐富起來，似乎有無限的可能。

那時我還住在我爸的葬儀社（不是現在我經營的這一個，而是它的前身），我半夜也會接死亡來電，然後開著運屍車出門。有一天夜裡，有個女人打電話來，說她兒子「奪走了自己的生命」，現在在郡醫事檢察官那兒，他們早上會做解剖，不知道我們願不願意那時候去把他帶回來。等把他帶回葬儀社、拉開屍袋那一瞬間，眼前近乎大屠殺的景象令我大吃一驚。他胸口那道T字型切口倒不讓人意外，那是解剖的標準程序。停屍間人員用塑膠袋包住他的頭，解開後，我發現了一張難以想像的、被重組過的臉——他的頭蓋骨整個不見了。那天他喝了一點烈酒，跑去他前女友家；據說她一兩週前剛跟他分手，而他一直在她生活圈周邊「徘徊」，這種行爲用現在的話來說，就是「跟蹤」。他喝太多了。他跑去她家，懇求她回心轉意。當然她不會、不能，也不想像他講的「只做朋友就好」，於是他破門而入，闖進她父母的臥房，從她父親的櫥櫃拿出獵鹿用的來福槍，躺在床上，嘴含住槍口，用大腳趾扣了扳機。據他前女友說，那是個「讓人難忘的姿態」。

當我看著面前臺子上那具屍體，想到他前女友說的「姿態」，心裡只覺得衝擊，因爲他看起來簡直荒謬——他的臉被爆破的力量從鼻梁上方整個劈成兩半，看起來就像顆從購物車掉下去的甜瓜，一個被鄰居小孩亂摔的南瓜；後面半個頭完全沒了。這是一個殺了自己的年輕人，用一種超乎尋常的方式，向一個女人傳遞「我要你記得我」的訊息；不用說，她絕對會記得，我也會。但，這個訊息本身實在太微不足道，有種刻意的模糊——他是眞的想要就這麼死了，還是只想不要這麼痛苦？從他屍體上所能清楚傳達的全部訊息似乎只有「我想死」，而我們其他人只能回答：「噢。」

但我一直記得的是他的模樣——一隻眼睛看著東邊，另外一隻眼睛看著西邊，因爲他的臉被子彈的力量一分而二。臉變成這樣，似乎可以提供一個平衡的視角，代表一隻眼睛望著未來，一隻眼睛回顧過去，從其來處和去處平衡融合成一種審愼周全。但擺在我眼前的這個例子，顯然什麼都看不到了，他已經死了，因此我前面推演的那個平衡和視角的次理論也就不能硬套上去。使用暴力是什麼都看不到的，槍枝完全派不上用場，想看就得按部就班，就像要先有樹，才有樹林。在我面前，躺在白瓷臺上的這個小伙子，爲了傳達他的訴求，付出的代價是——無法站在中點去看自己的人生，爲了在感情上扳回一城，付出的代價是生命。而他現在的模樣荒腔走板，傷得破破爛爛。自從處理了他的喪禮後，在我記憶中，不管我覺得再怎麼無助，再怎樣沒有希望，或是面對多麼艱難或多麼傷心的事情，我也從來沒有一刻想過要自殺。

抬頭挺胸走在過去和未來之間，就像走在一條屬於我們的時間鋼索上，對我來說，那已經成了一種生活方式。我在兩股拉扯的重力之間努力保持平衡，不管是出生和死亡、希望和悔恨、性與死，或愛與哀；而這些相對或近乎相對的力量，在一段時間之後都會化成同義詞，伴隨我們走在人生的路上。這些力量有如河流中的岩石和硬物，而我們就像在激流中努力保持平衡的鮭魚，不管我們有沒有往前走，有的時候就是會讓我們遍體鱗傷。

而我生命的中點，是發生在幾年前的一個夜晚。我們剛做過愛這件事不需要說吧？她躺在我身邊抽著菸，我用手肘撐著望向窗外。那夜是星期二，有月光，是十月底，諸聖節的前夕，也就是萬聖節。那天早上，我們剛葬了我媽——那個陰沉的上午，我們站在「神聖墓園」看著棺木進入墓穴，一群人爲了一個好女人的死亡心碎，她死於癌症，遺體在吵嚷的讚頌、落葉，以及悲傷的風笛聲中入土。那是漫長的一天。我想記住我媽的聲音，爲了治腫瘤，藥物讓她失了聲。我開始恐慌，因爲我再也聽不到她的聲音了，那個溫柔的女低音，那個充滿智慧和安全感的聲音。

就在那兒，在那一刻，在那一夜我什麼都看見了。在那個賦予我生命、剛過世的女性遺體，和我身邊這個讓人感覺自己活著的柔軟女體之間，我看見了從我出生以來的歷史，也看見了通往生命終點的未來。

那個瞬間，生命的兩端什麼都沒有了，只有心痛和鍾愛、浪漫與傷害、笑聲和淚水，覺醒與告別、做愛和歡愉，彷彿在一片看起來像堪薩斯的景色裡，在地平線那頭出現的奧祕。我同時被悲傷和慾望吞噬——悲傷，是爲了生下我的母親；慾望，是爲了身邊這個要伴我到死的女人。在這一刻，過去不再拖住我，未來也不再讓我恐懼。

那個十月，我四十一歲，我還有時間。我不禁想起那些數學、地理、代數或生物學科，想把生命的眞相套進某個合適的模子裡，然後說生命就像這樣或生命就像那樣。但從那夜之後，漂浮在兩個愛著我的女人給我的深情之間，我突然對這些數字和簡單的推測模型失去了胃口。生命的科學有更多東西可以教我，始終如此。

修正和預測看起來是浪費時間。就像我企圖掌握過去和未來，而我存在的那一刻其實才是我眞正擁有的。在我體驗到的那一刻，雲朵遮住了月亮的臉，月光在萬聖節南瓜頭上搖曳，樹葉在風中隨意揚起，聖徒之名終須湮沒，而愛和靈魂將不受肉體所限，撫慰人心，盡情高歌。

譯注

1 埃利斯島（Ellis Island）：位於美國紐約州紐約港，旁邊便是自由女神像所在的自由島。自一八九二年一月一日～一九五四年十一月十二日，美國移民管理局在此設址，許多移民在這裡踏上美國的土地。

2 波可諾（Poconos）：賓州的一處度假勝地，距紐約兩個多小時車程。

3 傷心小棧（Hearts）：一種紙牌遊戲，又名「紅心大戰」或「黑桃皇后」，遊戲目的在於拿到最少的分數。Windows作業系統原本內建了這個遊戲，但Windows 8已經移除。

4 徵兵樂透（Draft Lottery）：美國在越戰時期實施的一種徵兵方式，由美國總統尼克森設立的委員會提出，因此也稱「尼克森樂透」。徵兵方式是，將一年三百六十六天以「一」～「三六六」隨機分配，接下來便進行抽籤。徵召的對象是一九四四年～一九五〇年出生的男子，抽中的號碼，代表所有在這個日子出生的人皆需服役。

5 賽門與葛芬柯（Simon and Garfunkel）：美國著名的二重唱團體，由保羅・賽門（Paul Simon）與亞特・葛芬柯（Art Garfunkel）組成。

6 基督教兄弟會（Congregation of Christian Brothers）：一個世界性的天主教團體，由艾德滿・萊斯（Edmund Rice）創立，主要工作是傳揚福音、教育與濟貧。第一所基督教兄弟會的學校，於一八〇二年創立於愛爾蘭的華特福。

7 聖凱瑟琳（St. Catherine de'Ricci, 1522～1590）：義大利道明會的修女。根據記載，她禱告時，身上會像遭受鞭打般流血，她並且帶有聖痕（即身上有基督受難時相同位置的傷痕）。她封聖的其中一項奇蹟是——人出現在數百公里外，並和聖菲利浦見面。

8 聖菲利浦（St. Philip Romolo Neri）：義大利籍牧師，人稱「羅馬的使徒」，也是「禱告會」（The Congregation of the Oratory）的創立者。

Chapter 10

艾迪叔叔的公司

考數學的時候，寫的不應該是「答案」，而是「看法」。
如果你的看法跟我的不一樣，那又怎樣，我們大家不能當好兄弟嗎？

——摘錄自傑克·漢岱[1]，《深思集》

艾迪叔叔需要一個「八〇〇」的免付費服務電話號碼。他的副業是自殺現場清理，最近生意越來越興旺，大發利市——自殺死掉的人一大堆。他需要一條獨立的電話線、一個商標、一句廣告詞，和一些發送用的磁鐵名片。他會來找我這個比他年紀大上不少的哥哥，我其實很感動——他想問問我的意見，但沒打算付錢。

「我說你啊，幫我看看『一—八〇〇—自殺[2]』這個號碼怎麼樣？太病態了？還是太直接？」

「呃，艾迪……」

「還是用『一—八〇〇—三S』？你知道的，就是「專業（Specialized）、衛生（Sanitation）、服務（Services）的縮寫，怎麼樣？」

他想要「三S」（專業衛生服務），是因爲他衷心相信，用了三個S可能就會聲名遠播廣爲人知，就像三個A的美國汽車協會（Automobile Association of America），三個W的全球資訊網（World Wide Web），或者三個X的某種電影——艾迪叔叔總是說，看那種電影，喚醒了他身受美國憲法第一修正案[3]保障自由的驕傲。

也許他的服務有點「太」專業了，畢竟只有地方和州立的執法機關、郡立醫事檢察官和葬儀社知道，只有屋裡被死者弄得一團糟的家庭和房東需要。在屋子裡自殺、他殺、居家事故，或沒能及時發現的自然死亡，這些特殊案例都需要艾迪叔叔「三S」團隊（他太太、他的高爾夫死黨，還有他高爾夫死黨的太太）的專業衛生服務。他們收費合理，隨時待命，屋主的保險也常常有這項給付。儘管他們提供的這類服務不是你在電話簿能找到的，不過，麻煩的工作總得有人做。

「說不定，你只要找一個能湊出『艾迪』（Ｅｄ）這個字的電話號碼就好。也許要一個末尾很多零的也不錯。」

艾迪叔叔聽了我的話，表情變得遙遠而迷惑，嘴呆呆的開著，就像古代馬雅人目睹了空無的精妙奧祕般，一臉茫然。

要是在幾年前，我處理這類事情不會要求任何回報。我在鎮上好幾個月只會碰到一次，通常是警長（他也是扶輪社員）半夜打電話到葬儀社來，問我們有沒有人能處理——「那一團混亂……你知道，就是很慘的那種。」

「我們在高地路那邊有個屍體情況很糟。你是收屍體的，但是他已經送去停屍間了。要是沒先處理一下，我實在不能讓他的家人回到那間房子裡去，那個現場，眞的很慘。」

我在想，警長是不是以爲葬儀社大門上就印著「糟糕事故」，門後就坐著處理「混亂」的專家，隨時等人打電話來。

「警長啊，是這樣，我們沒有特定的人員負責這個部分，不過我會過去看看，也會試著找衛斯理一起去。」我把衛斯理．萊斯搬出來，他是我們的主任防腐師，處事保守，在情勢不明的緊急狀況下非常好用。

死者似乎是那棟位在高地路的錯層式獨棟屋原來的抵押權人，因妻子和指壓師上司之間的外遇而身心俱疲。警長說，幽會的細節還不是很清楚，事情因爲一個「生活的小改變」而引起，事態顯然就此一發不可收拾。

「沒錯，」他說，「永恆的三角習題。」他朝屋子前方的人行道吐了一口痰，「她帶著孩子去她妹妹家了，說房子沒弄乾淨之前不會回來。」

警長聽了那位寡婦的證詞，她的激動可以理解，再對照驗屍跡證，最後把整個事情拼湊起來——戴了綠帽子的屋主在妻子爬上床、還說要上髮捲之後，便自己坐著喝悶酒。這對他來說是個很熟悉的暗號，意思是——她不想跟他做愛，但她明天要漂漂亮亮的給她上司看。他喝光了一整瓶鄧菲牌愛爾蘭威士忌，找出她藏起來的「煩寧」鎮靜劑，然後走到放百得牌電動切肉刀的抽屜，那把刀從復活節、感恩節到聖誕節一直都收在那兒。他把插頭插在床邊牆上的插座上，咬緊牙關一聲不吭，然後在她身邊躺下，把那把嗡嗡響的刀戳進自己的喉嚨，切斷了兩條上行的總頸動脈和頸靜脈血管；在他終於鬆開切肉刀的按鈕之前，還把食道切成了兩段。他爬上床沒有驚動她，嗡嗡響的切肉刀也沒有，他沒有發出任何聲音，如果眞的發出什麼聲音，她一定會被吵醒。讓她醒來的是他溫熱的血，從他切開的、裝滿血液的身體湧流而出，噴在主臥室一半高度的牆上，緩緩浸濕了她和她的海綿髮捲，血濕透了床單、墊子、彈簧床，在床下的地毯上積成血窪，當這一切把她弄醒的時候，她還以為自己在作夢。

衛斯理和我一直忙到天亮。我們清掉了地毯、墊子和彈簧床，丟掉了床底下的一堆雜誌（在他這一側，是色情雜誌、打獵雜誌和卡車雜誌；在她那一側都是商品目錄和《柯夢波丹》）。我們把梳妝臺上的小擺飾泡在營業用清潔溶液裡，把噴濺在電話、帶鬧鐘的收音機，還有彩色電視塑膠外殼的紅色血點一個個擦掉。然後我們重漆了整個房間，除了天花板之外，用的是我們在地下室找到的油漆。由於血浸透了地毯和底下的墊料，在硬木地板上留下了痕跡，我們擦洗了一陣子，在髒污上放了一條吸飽漂白水的毛巾，然後就離開了。

在縫合了那麼多針、還用上了遮掩脖子的高領毛衣之後，衛斯理已經可以預測開棺瞻仰遺容時的可能情況；唯一無能為力的是那個男人的嘴，他始終死死的咬著，就像你在電影裡看到的——他們會給受傷的英雄一瓶烈酒和一塊皮革讓他咬住，然後才從大腿裡把子彈挖出來，或者切掉中彈的腿。

如同死者一個表親幾度欲言又止、最後所說的話，這個可憐的當事人看起來眞的「非常堅決」。

這就是我一直非常佩服的部分——堅決、純粹的決心，就是要讓自己遭受巨大而無可挽回的傷害，這是所有成功的自殺都清楚必備的元素。這可以讓我們分辨眞正的殺手和偶爾冒出自殺念頭的人之間的不同。即使我們神智清明，生命裡也難免有過幾次渴望用「消失」和「不存在」安慰自己的時候。但是，在「死了算了，不想面對明天」（比如說作業沒做完、切片結果出爐、戀情大逆轉，或驗孕結果揭曉之類）和「我們之中有些人就是想死，無論明天、後天和永遠都不想要了」這兩種情況之間，還是有著細微而重要的不同——後者是把自己排除在一切之外，而前者是想藉此支配一切。

這點在殺人和自殺事件中都能得到印證。確實，跟憂鬱症相比，我的神經系統更接近躁症，所以我比較傾向毀掉別人，而不是毀掉自己。我就像大部分的喪禮指導師一樣，會幻想自己是這個星球上剩下的最後一個人，所以我不用再埋葬別人，靠著這份傷心的工作來養家活口；而在某個時間點，我會被抓到任何一個能夠容納我的天堂，在那裡，我的人生第一次付清了所有的帳單。其實，我們大部分的人也常有「希望某個人從這個星球消失」的想法（即使這個想法只有一瞬間），比如前任配偶、牙醫助手、政府公務人員、尖峰時間上下班的人、反叛期的青少年、電話推銷員、電視佈道家、姻親、父母，或是八竿子打不著的陌生人（以及我們身邊不屬於上面所列的人）都曾經是我們開殺人玩笑的對象。但我們大部分都不會眞的去殺人，因爲我們很明白「氣到要殺人」和「眞的殺人」之間完全是兩回事。

然而，拿我們的痛苦去對付別人，和拿這份痛苦對付自己，這兩種衝動其實系出同門。不管我們是不是歸罪於他人，我們仍然是痛苦宇宙的中心。殺人與自殺，是擁有相同悲傷曲調的歌，也是同一種心理異常狀態的近親。

下手殺一個和自己同類的生物，不管對象是自己、還是他人，都需要眞正的決心，以及一種死寂，一種就算只有瞬間、但所有反對的聲音都完全平息的死寂——而當然，許多聲音都是制度面的。政府通過了法律，說謀殺自己和他人都是違法；宗教界提出經文佐證，宣稱它不道德而且不可饒恕。他們吵鬧著，說每個人形軀殼裡頭的生命都是神聖的，那是神賜予的東西，所以也要由神收回去。有人便把這種保護生命的說法延伸到瀕臨絕種的動物，像是鯨魚、食蝸鏢鱸、貓頭鷹和榆樹；這是屬於政客和神學家的範疇。但政府和宗教界顯然不在這些規範之內，所以還是有「聖戰」和死刑——只要以神之名，以正義之名，以仁慈之名，或者以自衛之名自殺和殺人，這種偏離社會規範的行爲就會變得可以接受。

但是更大更吵的聲音發自我們的內在，也就是構成我們本身的各種元素，不管是心理的、生物的、精神的、社會的，以及智力上的；這些元素沒有任何旗幟和符碼，卻都在爲抵抗死期而吵個不停。就像哪個人拍死一隻黃蜂，抓到一條魚，射殺一頭動物，或坐在我們瀕死同類的身邊就會知道，生命（這裡指的是細胞層面）是如何怒吼抗拒著天光隱沒，我們身體裡有個東西正大聲喊叫——「不要！」

「死後產熱」這個東西我們是在喪葬學校學到的，指的是身體在死亡發生之後立刻變暖的現象。細胞在這個時候仍然持續分裂，新陳代謝，交換氧氣和蛋白質，做著它們習慣的工作。但這時已經沒有排放廢物的系統，像是呼吸、流汗、流淚、排氣，於是系統開始過熱導致細胞停擺。大家打卡。下班。接著死亡的身體會降到室溫，接近三十度，比我們這些人涼一點；統計起來我們最常被問的其中一個問題就是——爲什麼死人是冷的？

所以這裡出現了差異，三種不同意義的死亡之間的重大差異——一種是在聽診器和腦波圖中的死亡，我們稱爲「肉體」死亡。一種是我們的神經和分子停止運作，稱爲「新陳代謝」死亡。還有一種是對我們身邊的人（比如對孫子和債主、兄弟和鄰居）來說我們死了，這或許可以稱之爲我們的「社會性」死亡。

同樣的，出生也分階段，從懷孕（新陳代謝）到脫離母體成長（肉體），到取名、受洗，到融入社會（社會性）。這個順序對死亡和誕生都很重要，從過去的歷史來看，我們對於這個順序有其偏好，我在前面已經大致說過，也就是——某個人出生或過世時，我們可能要花幾個小時、幾天、幾週，甚至幾年才會作好準備，願意去接受這件事本身及其相應的影響，而這根據的是他們能不能、或要不要產生我們稱爲「生命跡象」的東西。在沒有相當把握孩子會活下來之前，我們是不會爲他施洗或取名的；當科技越來越進步、存活率越來越高，我們爲嬰兒取名施洗的時間也越來越早。同樣的，在百分之百確定一個人完全死透之前，我們是不會埋掉他的（活埋的恐懼自古就有），而且大部分喪葬儀式之前都還有一個讓被宣告死亡的人「停靈」的努力空間——說穿了，就只是爲了確定而已。

在每個文化和歷史當中，喪禮無不努力的「含蓄提醒」喪親之人接受「事實」，就像受洗和其他相同意義的儀式那樣，希望讓眾人接受這個初來的生命。圍繞著出生與死亡所舉行的儀式提供了一個範例，讓人在面對地上一個剛死去的身體，或剛出生的嬰兒時，能夠安全理性的處理相關事情。

正因如此，宗教性、象徵性和實用性的考量都是透過這類儀式來表達，它們傳達了生者與死者，新生兒和父母的需求。在生命的一端，群眾宣告著：「它活了，很臭，我們最好處理一下。」而在另一端，我們應和著：「它死了，很臭，我們最好處理一下。」從我們自宇宙、伊甸園或太初混沌中現身起，我們就稱之爲「自然之道」、「神的旨意」、「大曼陀羅」或「生命的事實」——我們生，便必然死；我們愛，也因此悲傷；我們繁衍後代，之後會歸於塵土。

不管是神創造了自然，還是大自然創造了神，當自然的生和神聖的生被視爲一種喜樂，自然的死和神聖的死便不受歡迎。當然，生與死之間有一定程度的矛盾——沒有哪一次出生是完全喜樂或完全無憂無慮的，也不是每次死亡都糟糕透頂，沒有祝福與安慰。我們也許會容忍它，接受它，視它爲理所當然，慈悲幸運，或天命如此。儘管這樣，直到最近，出生還是帶著滿滿的喜悅，是生命的奇蹟；

而死一直都是不速之客，是黑色的天使，奪命的死神，暗夜的偷兒，該死的混蛋。

但當秩序受到干擾，事情似乎就不那麼自然了。我們被違和感包圍，時間感也出現衝突。因此，當社會性死亡先於肉體死亡，就好像我們活埋了一個人似的；或像近來意義上也等同於此的作法——把人藏在安養院，完全脫離社交圈，除了血液的流動，扼殺了每一道循環管線。我們希望由大自然決定什麼時候帶走他們，而我們也做好準備，把他們從生活中剔除。我們經常抱怨醫學和新的技術讓我們離自然越來越遠——放手吧，我們這樣說；意思就是閃得遠遠的，讓大自然接手就好，只不過，結果也許不那麼完美就是。

而在生命的另一端，我們卻又不那麼願意相信自然之道、神的旨意，或任何一個在我們無法掌控時所賦予的指稱。我們擁抱仍有疑慮的新科技（以此計畫、控制、破壞、墮胎、設計或決定），性別、髮色和性取向無一不在下手之列。肉體出生早於社會性出生的情況，直到最近都只有一個認知，那就是——意外，而這讓人憤怒，覺得猝不及防，就像我們聽到有人意外懷孕時，反應是「哎呀」那樣。因爲不願意放手，不願意閃邊站，不願意讓大自然來決定，我們便尋求更多更多的「選擇」。

不管作主的是哪一方，自殺，好像違背了大自然的想法或上帝的意願。自殺總讓人不舒服的原因似乎在於，在生命的另一端，藉著方便取用的「控制和選擇」理論（像是生育控制和生殖選擇），讓自殺成爲一種可接受、而且更好的方式；這像是在說，當我們有這個能力，我們就該扮演上帝，或愚弄自然之母。

此外，殺人讓我們感到不安的原因在於秩序被打亂的程度太過，即使是因爲被教會和國家制裁也一樣。在抗議戰爭和絞刑、墮胎和安樂死的遊行上，常常可以看到「生命有其意義和價值」這個標語，但那些手握國家大權製造戰爭和處決罪犯的人，卻經常貶抑「選擇」或「死得有尊嚴」的權利；就像那些支持墮胎權和死亡權利的人，後來也陸續抗議越戰、波斯灣戰爭，以及用藥物注射方式處決連續殺人犯等政策。

更需要注意、也更麻煩的事實是，掀起戰爭的原因是貪婪和虛榮，而不是人道理由。墮胎，成了性別歧視者、種族歧視者和階級主義者濫用的工具，而在安樂死的薄紗下，不時可以見到種族屠殺、虐待、疏於照顧和殺人行爲——我們所擁有的「選擇」，並不是好選擇。

因此，二十世紀後半和接下來二十一世紀前半之間的重大隔閡，似乎就在於如何看待生與死，也就是——一個人受到了什麼影響，變成了什麼樣的人。我們的科技日新月異，而我們也正好失去了問問題的慾望，我們應該去問的道德問題是——新科技的力量會帶來什麼影響？

我們已經模糊了「人的本質」和「受到科技影響而造就的特質」之間的邊界，這些科技告訴我們的是「用在什麼地方」，而非「代表什麼意義」。我們再也不相信直覺。如果我們感覺到有些事情是「錯的」，我們會不好意思說出來，就像我們感覺到「對的」事情時，情況也是一樣。在「多元化」

大旗的揮動下，任何想法，無論好壞都有它的價值；任何無稽之談都可以拿來討論，都能完整而均等的被聽到。現實，是爲了配合個人或情境而量身打造——這是「你的」現實、「我的」現實，還有「他們」看到你我時意識到的眞實；但對我們來說，哪個是「眞正而純粹」的眞實卻讓我們完全捉摸不著。

我們用各式各樣的說法包裝個人的問題——像是合不合法，政治正不正確，功能正不正常，「那會對我們的自信造成什麼影響」或「要去和自己的感覺連結」，「下次選舉或稅率投票的預期結果爲何」或「市場將如何反應」。當各行各業都用這種思維經營，以獲取相關利益時，那麼面對「大哉問」（像是存在的重要，以及「會是誰」與「不會是誰」的生死疑問），就會需要用上我們最強大的本能、最精準的直覺、最聰慧的頭腦，以及一種因置身其中油然生出的誠心誠意。而我們之所以參與其中，並不是因爲屬於哪個黨派、性別、宗教、擁有特殊興趣或身爲哪個民族，而是因爲屬於人類這個大家庭。

說到這裡，對話似乎出奇的沉默了。我們還可能只是太忙，只是這樣不在意下去嗎？我們眞的希望把這些事都留給專家處理嗎？

我這一代被稱爲「嬰兒潮」，好比人口統計學上的動脈瘤。這個世代，每個人都體驗著一種倒楣的反諷，我們是第一個要好好計畫怎麼當父母、要規畫和打理生育過程的世代。我們可能也是第一個爲自己安排身後事的世代，我們的道德觀由孩子主導操縱，而他們都是在我們各種殘酷篩選之下倖存的佼佼者。所以同樣的，我們可以相信他們在做選擇時，會照著我們的方式來，像是考慮方便，懂得權宜，加上個五年計畫，注重效率和功能，並以優越的表現、高效的時間和可用的資源來完成。「付出的成本越少，賺得就越多」，是我們一直誆騙小孩的話。也許我們不該愚弄大自然之母，也許我們該做的，是認分打好上天給我們的每一張牌，不要有那麼多的事前算計。

「你覺得棒球帽和防風夾克怎麼樣？」

艾迪叔叔正在想制服。

「用深色的好了，深綠色，你知道，這顏色時髦啊。再繡上三個有品味的金色『S』字樣？如果裡面再弄個金字塔圖案呢？你知道的，古典，永恆，超專業。你覺得怎麼樣？」

我提醒他要注意花費和資金周轉的問題。最好從小規模開始，穩紮穩打，先吃下幾筆生意，銀行裡有些資本之後，再去考慮制服的事。「要跑之前，還是得先會走才行。」我說。

鎮上一連串「糟糕事故」的商機已經快把他逼瘋了。小鎮南邊一棟複合式公寓出了件「使用廚具和大口徑手槍殺人後，再自殺」的案子，對三S團隊來說，不管從在職培訓或利潤觀點看，這都是個令人一掬同情之淚的大好賺錢機會。艾迪叔叔已經爲他的團隊投資了手套和面罩，還有護目鏡和免洗鞋套。他貸了一部休旅車（也是深綠色的），裡頭水桶抹布清潔劑一應俱全。他還買下一部除異味的臭氧機，已經立了契約，收據都印出來了。他爲工作人員設計好訓練課程，指導他們「如何謹慎處理任務」「團隊合作的重要」「高水準的表現」「生物危機避免方法」，之後可能還會有聖誕派對、分紅，和「如何避開血液傳播之病原體及其他暴露」課程等等。他花錢爲隊員打了B肝疫苗，還發了呼叫器和名牌。

就像愛滋和酗酒一樣，自殺也擁有一定程度的感染力。「爲什麼？」是個總是會出現、但當下難以完整回答的問題，而「爲什麼不？」卻是我們企圖將憤慨情緒引入合理化國度的一句反面問話。如果要「理解」或「寬恕」自殺，只需將它視爲生病時最後一個明顯而致命的病徵，而那病是一種威脅生命的病痛，一種奪命的疾病，也就是——重鬱或是憂鬱症。

但如果要「批准」自殺合法，讓它成爲一種不可剝奪的權利，我們就必須否定生命的絕對價值，它就會變成「相對的」、「可以商量的」，只是觀點上的問題，因此可以有各式各樣的理解。我們宣稱這是一個選項，也就是某種「選擇」，它變成了「做還是不做」的問題，就好像抽不抽菸，座位靠窗還是靠走道，要選哪一種沙拉醬或哪一種紅酒，一切因個人口味、狀況和環境而異，但這對公眾觀點、各州法律，或政治現實說不定都有責任要負，然而這件事已經脫離大自然和神的範圍了。

對於生育和教養工作，我們付出了很多心力，但在這場爭論中，我們像是被分到了不同的隊伍，可能是專門說「這個這個不行」的隊，或說「那樣那樣可以」的隊，中間沒有任何折衝，一如生死之間也少有妥協。這場生命之爭由兩個極端發聲，雙方互相嘶吼，人們被夾在中間，答案和控訴在頭上交火，爭論的喧囂讓人們無法提出疑問。每一方都用更大的刷子爲另一方抹上顏色，每一方都有一彈藥庫的名稱和形容詞來抗衡另一方——沒有人願意傾聽，每個人都在尖叫。

「對混亂束手無策嗎？打電話給『三S』！」這是艾迪叔叔想出來的廣告詞。他製作了一些深綠色的廚房用磁鐵名片，以二十二級大的粗體金色字，把這句廣告詞印在他的免付費電話號碼後面（號碼是一—八〇〇—六六八—四四六四），然後一批批寄給警察局、消防隊、葬儀社，以及下密西根南邊的每家郡立停屍間。還附了一封信，裡頭提到全年無休的機動小組、與保險公司合作的意願、旗下訓練精良而專業的工作人員，還有免費當場報價。關鍵字如「屍水」「血液傳播病原體」「人體組織」「腐爛」「蛆」，再配上「消毒殺菌」「恢復原狀」「乾淨清潔」，以及「謹慎負責」便足以讓客戶明白，他們爲什麼應該打電話找「專業衛生服務」公司。信末，艾迪叔叔簽上了他的大名，頭銜印的是「創辦人兼董事長」。

在他還沒完全搞清楚狀況之前，電話就開始來了，一開始是每個月一兩通，然後變成每星期一兩通。「他們都急著想找我！」艾迪叔叔說。有時是偶發的凶殺案需要他處理，有時是老鎮民過世了沒人發現（有個老人在炎熱的八月天，死在自家小屋地板上將近一個月都沒人知道；這次之後，艾迪叔叔的工具清單裡就加上了地板打磨機和煤油），但「三S」團隊賴以支付公司固定支出的案子，仍以恐怖而暴力的居家自殺事件爲大宗，而且都是程度上太過頭、殺傷力太大的那種。

清了六個月的臥室、浴缸、地下室、汽車後車廂、旅館房間和辦公室之後，艾迪叔叔開始夢想把這個工作發展成加盟事業，還打算買直升機，好擴大「三S」公司的事業版圖。

一九九〇年六月，我們密西根奧克蘭郡出了個地方「知名人物」，一名失業的病理學家兼失敗的電影大亨，用他的破廂型車把珍妮・阿德金斯載到葛羅夫蘭區（距離這兒北邊幾公里），然後給她看他設計的「死亡機器」按鈕，那是他用車庫拍賣買來的零件拼裝出的裝置，用以注射致命的氯化鉀——一臺自殺機器。她按下了按鈕，機器啓動了，也達成了任務。珍妮・阿德金斯被送到郡立停屍間，在那兒做了胸部和頭蓋骨解剖。死亡醫生傑克・凱沃基安（**Jack Kevorkian**）被送進郡立監獄，和珍妮在同一棟建築，就在她一片地板之隔的樓上。接著，珍妮被送往萬年青火葬場，就此化爲飛灰，被世人遺忘；而傑克的照片登上了《時代》雜誌封面。就這樣，每個人都得到了他們想要的東西。

但抓狂了的艾迪叔叔除外。「這個叫死亡醫生的傢伙是誰？」他大叫，「爲什麼他要害我沒生意做？」他指著報紙上的報導，頭上的小血管簡直要爆了。

我告訴他，這跟三S一點關係都沒有。但是我的小兄弟說，這擺明了就是個威脅（他從沒這麼有遠見過）；他繼續解釋，說這種乾淨、不見血、有醫療監督協助的自殺，會讓他的專業清潔服務變得多餘，他的抹布和水桶裝備會像打字機和電報機一樣變成過時的廢物。「就像寫在牆上的字啊，」他嘆氣，「消失只是時間問題。」

我跟他說不要這麼絕望，凱沃基安一定會被送進監獄或精神病院，因爲注射毒液是違法的。事情很清楚，自殺不是藥，雖然它能強力抵擋無論生理、精神、或心理上的任何疼痛，但比起療癒，它更接近謀殺。而「協助自殺」就像「聖戰」一樣，是一種矛盾修辭創造出來的浪漫，只是想讓殺人聽起來像一件善行、一種好意，或者有充分理由而已。人們很快就會回到那些帶有古老智慧結晶的個人了結方式，如藥片、瓦斯爐、跳橋和手槍，而不管其中這一個個刺痛人心的故事不管是什麼，都跟整齊清潔沒有關係。

但近代史已經證明我們錯了，完完全全，再一次徹底的錯了。

到一九九六年底爲止，凱沃基安已經協助了將近五十件「醫藥輔助自殺」。而且那臺迷人的安樂死致命裝置還可以自己動手做，激進派經驗主義分子把它做成網頁放在網路上，你只要搜尋「自殺」就可以找到；他們稱這個網頁爲「死亡網」，你可以在家自己試試看。

艾迪叔叔說這不叫自殺，這種事我們一直都有；有市場的，是「協助」這個部分。珍妮・阿德金斯根本不需要人幫忙，至少在殺人這個部分不需要——她的身體還有辦法吞藥、扣扳機、啓動汽車、扭開瓦斯爐，用各種傳統方法自助；她可以找到心理上的協助，幫助自己克服瀕死的恐懼，就像面對未知的恐懼；而精神上的協助也不缺，她很清楚只要好好的「報告這輩子做了什麼事」，上帝或「不管是什麼，就在那裡的某個存在」都會理解她。她缺的是一個聲音，一個可以壓過她自己低聲告訴自己活下去的聲音；這小小的低語有部分是天生的，部分是後天培養的，它說，不管有多麼痛苦、多麼不完美，對餘生會造成什麼樣的傷害，都要去接納生命。

於是，凱沃基安醫生用他的半調子理性、拼拼湊湊的新發明（他的「死亡機器」），以及道德上的中性詞彙，把他的「病人」珍妮，和毒藥（也就是「療法」），還有他們要做的事「藥物輔助自殺」湊在一起——再次證明了「彌天大謊比小謊話更好推銷」的現代原理。從他製作的所有設備看起來，與他的協助有關的部分就是「方法」。那個六月初的午後，在北邊的奧克蘭郡，在他的廂型車後座，一切看起來應該都很平常、很自然，這是一種人權，是應得的權利，是某種選擇，受憲法保護，或許哪天還值得公開募款。「一路順風。」當她完成自己那部分任務，他這麼對她說，彷彿她正要啓程去巴哈馬或伯克郡度假似的。

「聰明人想的東西都很類似。」這句話其實未必如此。凱沃基安因為律師的法庭主張而得意洋洋，一下子聲名大噪，只略遜於聖誕老公公，他也很高興脫口秀主持人和公共電視網對他另眼相看。當這人追求他自己的永生時，艾迪叔叔只看見最終的失敗，他看見一個被迫進入「自殺比看牙還乾淨」的新世界，三S團隊的末日。

奧克蘭郡三次審判都沒辦法判凱沃基安有罪，也無法阻止他。甚至，郡檢察官控告這名醫生之舉也被認為是浪費納稅人的錢，因此被投票換掉了——凱沃基安醫生在投票那天，為來自辛辛那提、五十九歲的伊麗莎白·邁爾茲準備了一次死亡注射，並且表示他接受這個像是送給他的投票結果。而投票一結束，他就把她的屍體送到醫院去了。聯邦地方法庭兩次做出對協助自殺有利的裁決，案子送上了最高法院。

發生這些事之後，艾迪叔叔收掉了三S。他把廚房磁鐵和咖啡馬克杯、印著商標和廣告詞的便條紙、棒球帽和防風外套都收進箱子，解雇了工作人員和電話客服，休旅車也賣了，然後寄了一封信給之前打過電話給他的機構，致上萬分歉意。

我也對艾迪叔叔的決定感到很難過，那一整晚，我在各種自殺案件的灰暗影像中輾轉反側——有個男孩離家走進森林上吊，直到打獵季節開始了才找到他。一個罹癌的男人帶著一把獵鹿來福槍，以槍管抵住自己下巴，考慮是否要開槍考慮了一個小時，他把過程都錄下來，最後還是扣了扳機；他那噴出去的頭骨有幾片還嵌進了苦艾木做的牆板裡，他太太好幾個月以後才發現，打電話來問我該怎麼辦，還問我爲什麼他沒想過把攝影機關掉。

還有那群選擇把藥和酒吞的，用這種方式的大多是女人。她們會先喝「絕對」牌伏特加，之後再拿淡酒送下一大把抗憂鬱藥。有個女人穿上她的結婚禮服，用粉紅香檳做了同樣的事，她平時工整的字跡變得狂亂潦草——「我很抱歉。我愛你。我好痛苦……」還有人用家庭毒物自殺，像是老鼠藥、水管清潔劑、油漆稀釋劑、漂白水，這種屍體會在我們眼前從每個孔竅冒出細白的小泡泡。

還有個爬上水塔頂的女孩。我們一開始以爲是意外，直到法醫發現從她的臀部到腳跟都是傷口和骨折：「要是摔下去，頭會先著地。腳先著地呢，就是跳了。」他判定這個女孩死於多重傷害，死因是自殺。我還記得這個可憐孩子的家人，她家每個人都在想他們到底做了什麼、沒做什麼；還有那些，要是做了、應該要做、也許做了、願意去做的事，他們肯定什麼事都願意做，只想知道到底是什麼事讓她爬上去又跳下來。氣人的是，不管這些人做了什麼或沒做什麼，他們在事情過後都仍然一切如常過生活，只是變得孤單。

還有個女人，把自己關在房間裡，身邊只有一臺電爐、年幼的孩子們，還有一把槍。幾天後，她把孩子放出來，讓孩子帶了張便條給爸爸，然後自己開槍自盡；這男人愛她一輩子，也恨了她一輩子。或者像我一個朋友，他躺在自己別克汽車的兩根排氣管之間拚命吸廢氣，直到自己喘不過氣，恍恍惚惚的也說不清到底出了什麼事；當然，這些事有慣用的理論可以解釋，比如專橫的父母、失去信念、性別認同混亂。他這麼做之所以令人討厭，是因爲太瘋狂，還是因爲太天才？不管怎樣，他死了很久之後，被他傷害了的人還在渴求答案，彷彿他即使在墳墓裡了還伸出一條腿，把後頭的人狠狠絆了一跤。

這些案例中的每個人都爲疾病所苦，那是一種會欺騙病人的「悲傷」，說事情永遠不會有好轉的一天，不會有安全的港灣，沒有選擇的餘地，沒有人會伸出援手，唯一能做的就是自絕於這一切。這個病讓受害者變得冷漠、無望、無助，像石頭一樣死氣沉沉；這種陰鬱的漠然在我親愛的兒子眼裡出現過一次，冷得讓我顫抖，因爲我感覺他說不定眞的有去做的「意志」。因爲他受了傷害，他聽不見、也看不見希望，儘管我們知道他心裡還有愛，但他仍然有那股「意志」要一個人走向遙遠的絕境，那份決心正是我一直佩服，也一直恐懼的。

不像奧勒岡波特蘭的珍妮・阿德金斯／威斯康辛畢洛伊特的琳達・漢斯理／伊利諾斯科基的艾

絲特・科漢／賓州的凱瑟琳・安德烈耶夫／紐澤西哥倫布的露絲・紐曼／維吉尼亞切斯特的羅娜・瓊斯／俄亥俄的貝特・羅・漢米爾頓／加州的派翠西亞・凱許曼、喬納森・葛倫茲，以及瑪莎・珍・魯華特……還有一堆來自其他地方的人，他們千里迢迢橫越了整個國家和州郡，仍然無法靠自己的力量抵達致命的終點。所以在密西根這兒，我們給他們瓦斯，把針頭滑進他們的血管，我們把這件事稱爲「幫忙」。

也許「去死」是我們的「天性」，而不是權利；也許我們有「能力」殺戮，讓事物死亡（包括我們自己在內），但我們並沒有這種權利。當我們以神之名（當我們在戰爭中殺戮的時候）、以正義之名（當我們執行死刑的時候），或以選擇之名（當我們墮胎的時候）行使這種能力時，應該要有能力判斷它並非啓蒙，不是文明，不是前進，也不是仁慈——它，並不是不可剝奪的權利。比起來，它更是恥辱、是悲哀、是危機，因爲沒有國會立法限制，沒有牧師的教規，也沒有輿論和傳統智慧來幫助我們。如果我們生活的世界對於新生命的誕生抱有疑問，認爲生命價值是相對的，死亡受人歡迎而且被當成是好事，那麼，我們所在的世界比起我們之前歷史上那些強盛繁華的人類世代顯然更爲不堪，更多悲傷，也更加危險——因爲過去還夠文明，還會爲出生和新生命感到驚奇，還會與活人共舞，並爲死人落淚。

一旦自殺可以理直氣壯的嘲弄我們，可以被「管祂是哪個」仁慈的神，迎入遠方「管它是哪裡」

的天堂，某些事情我們眞的就可以自己來了。畢竟，自殺要成爲「自」「殺」（一件自己對自己的殺戮）就不該有任何協助，不該被准許，不該有個道德代表或道德代理人。但，難道我們有能力按照自己的主張終結生命，就可以主張自己有權利這麼做？那麼，我有能力在鄰居的萱草上撒尿，是不是也暗示對於做這件事我擁有不可剝奪的權利？

幾乎沒有什麼人對這個議題感興趣，早上跟我一起在鎮上喝咖啡的人們也對凱沃基安這個人不甚關心——這種話題在退休老人、律師和做小生意的男人之間太過沉重。也許，這只是一個時代的特徵。即使在審判的騷動過去後，凱沃基安醫生又開始送屍體去地區醫院，仍然像個連環殺手（一名法庭精神病學家如此形容）那樣殺人棄屍，需要劑量更強的冒險感和刺激感；即使連前任陪審員都開始質疑；即使凱沃基安醫生申請了一份未公開的武器持有許可……這些事情似乎也沒有多少人在意。當然，這是因爲死的幾乎都是特定狀況的女性，沒有本地人，沒有我們認識的人，也沒有哪一個年輕到足以引人關注。

沒有人憤慨，這正是令人憤慨的理由。

我應該在這裡說清楚我的意思。我不是說——我們不可能殺掉自己，我們當然可能，「自由意志」是我們爲它取的名字。我們同樣可以拒絕，任何一種或所有企圖延長生命、不讓我們死掉的療法。所有人口組成分子，都不需要承受這些「多出來的分量」，不是因爲選擇，而只是因爲簡單的經濟理由。我們不需要等到快死了才能這麼做，我們今天就可以開始，只要說：「不了，謝謝你。」

「再見。」我不是說——做了這個決定之後，我們就去不了天堂，去不了賭城，或去不了某個虛無空間，無論那是哪兒。我也不主張——我們應該因爲藥物或療法，去忍受任何痛苦。

我並不認爲醫藥、牧靈關懷、政府或商業的專業人士，已經爲我們這些擔驚受怕、貧困且瀕臨危險的人類做了所有該做的事。在一個充斥醜聞和苦難的國家裡，有太多人連最基本的生存舒適和保護都不可得，就這樣活著，也這樣接近死亡。當事情不是發生在我們自己身上的時候，我們便很能容忍傷害和苦難。我們修復「人」遠不如修復零件做得好，安慰罪人也沒有拯救靈魂那麼上手，至於照料傷者，更是不如殺人來得高明。

然而，我們這些業餘人士也沒好到哪兒去，我們這些做父母、配偶、兄弟、朋友、兒子和女兒的，當我們愛的人接近死亡，我們便轉身不理，彷彿垂死狀態讓他們變得陌生，於是我們把所愛之人丟到受過訓練的專業人員乾乾淨淨的手裡，而他們也視「把珍貴且昂貴的時間，花在這些無法修復的人身上」爲一種浪費。

有沒有什麼方法，可以幫助我們愛的人度過臨終那段時間，而不是幫助他們了結自己呢？

我提出這個問題並不是因爲我有答案，而是因爲我們似乎又面對了同樣的場景。過去在後巷非法墮胎的強暴受害者，現在合法墮胎時可以使用無痛的擊昏劑；就像尋求協助自殺的人，在那樣的瀕死狀態中，根本感覺不到扣下扳機或吞下藥片那個確切的時間點，而在嗎啡的作用下昏昏沉沉，遠離所有的希望……處於這種狀態，如何深思熟慮的主張旁人（他或她）有權利協助自殺。這個場景絕非虛構。確實有人的生命面臨這樣的困境，他們是少數例外，是痛苦的一群，這可憐的百分之五，和那些因強暴、亂倫或考慮到母體瀕危而選擇墮胎的人，是一樣的。

是不是眞有一種方法，不需要唇槍舌戰的爭取「人人都有」的死亡權、選擇權或協助自殺權，便能幫助有需要的人呢？

對於「墮胎」問題，我們一直沒有妥善處理，那我們是不是還要照著那個方式去解決「協助自殺」的問題呢？我們是不是又要各據一方，拿出標語牌和擴音器呢？

在協助自殺的各方言論當中，有人提出警告，認爲不該拿這件事和墮胎爭議相提並論。提出警告的一方認爲這樣會混淆問題，而他們眞正想說的是——這樣的兩相比較，會讓政治圈的人和特殊利益團體搞不清楚。事實上，這樣的比較正釐清了問題所在，兩者都是和「活著的人如何定義生命的價値、死亡的意義，以及生死之間相對的價值」有關；兩者都討論邊界和範圍，以及「存在」本身；兩者並且和錢、政治、特殊利益團體，以及因市民意見分歧而從中得利的人有關。協助自殺和墮胎幾乎就像鏡子的兩面，同樣反映出生命在二十世紀所被賦予的存在關係。回頭看看一九七〇年代至今，如果安全合法的墮胎沒辦法清楚告訴我們如何平息現有的爭議，也就很清楚告訴我們，我們不該允許協助自殺。

單從法院方面來看，我們會找到二十世紀後期所發生的「羅訴韋德案[4]」。對於墮胎問題，贊成與反對的雙方原本都帶著善意與審慎的態度討論，但這份思慮不周又莫名其妙的法院判決書卻完全無視雙方的意見，還形容他們是律師助手、假冒的當事人、盲目抗議的陳情者，以及危險的狂熱分子。不過，一名最高法院的法官顯然已從過去的歷史學到教訓，他這樣問——「爲什麼，你們要將決定權交在九位律師的手上？」

單就機會來看，如果我們怯於面對困難的問題，就會出現凱沃基安，或另一個跟他同樣病態且想法奇怪幼稚的人。也許會有一個新的、更進步的三S團隊？不過這一次，三S的意義可能要改成「自殺援助與用品供應商」（Suicide Support & Supply），公司的商標可以沿用，廣告詞得改成「如果不想留下混亂，打電話給三S！」，廚房磁鐵可以大批大批寄給安養之家、退休社區、流浪漢和家暴受害者的庇護所，以及阿茲海默症、多發性硬化症、肌肉萎縮症和漸凍症的支援團體；消息會一傳十，十傳百，如此一來，凱沃基安在市場上哪還有立足之地？

而且爲什麼只有病理學家和醫生能做？爲什麼教會的神父不行？學校的老師不行？做生意的、種田的、退休的政客和出版業者不行？只要親眼見到，他們也都看得出別人正在受痛苦折磨；要怎麼做才會死，他們也都一清二楚。而提到殺戮和慈悲，醫學博士有哪一點，比整骨醫生、哲學博士、會計師、企業管理碩士或哪個混蛋更有資格呢？畢竟，如果有人要幫你進行你唯一一次的自殺，難道你不該有所選擇嗎？至少一次！你會不會比較希望由神父來做，而不是直腸病學家？你會不會比較想找詩人，而不是禮儀師？你會不會比較想在自殺前捐款，而不是付費？而這樣那樣的選擇，究竟會讓

「死亡」的結果有什麼不同？

另外，爲什麼只用致命的針劑或毒氣呢？爲什麼不選上吊，這個方式夠整齊清潔啊——「站上去。下巴抬高。準備好了。按這裡就可以。」又爲什麼不坐電椅——「坐這裡。放輕鬆。深呼吸，按這裡就行了。」或是用屠宰場屠殺牲畜時，使用的體積輕巧又致命的手持式氣動槌——「抬頭看上面。眼睛閉上。然後握——緊——」而爲什麼，天啊，爲什麼不用槍呢？它們的可靠性已經無庸置疑——在二十世紀絕大多數時間裡，人們都選這個武器。

爲什麼不選一把點二二口徑，握把鑲上珍珠、使用純銀子彈和微力扳機的史密斯威森左輪手槍？把槍抵住右耳垂，子彈進入的槍孔會很小，脊髓會被立即阻斷，因此合乎人道；子彈出來的傷口要不很小，要不沒有，一點都不會弄得血肉模糊，開棺瞻仰遺容完全沒問題。甚至，也許可以找一個垃圾桶的蓋子，上頭有可以用來擋子彈的網紋，再由病人的左手或右手拿著，把噴出來的碎片和純銀子彈接住；倘若以凱沃基安醫生豐富的語彙風格來形容，這種方法可以稱爲「理性式」。至於使用過的子彈和彈片，要是做成品味高雅的紀念吊飾或耳環或腳鍊，還活著的家屬會不會感興趣呢？會不會有人願意付錢買呢？

而且爲什麼只有末期病症的人才可以？如果有一種權利是可以去死，一種權利是可以有尊嚴的去死，一種權利是可以從無意義的存在中解脫、從痛苦和折磨和扭曲的傷害中解脫，那麼誰可以說這個權利只屬於某些市民，而非所有的人。爲什麼酗酒的人不行呢？爲什麼酗酒的成年子女不行呢？爲什麼酗酒的青年孫子女不行呢？爲什麼被強暴或被配偶家暴的受害者不行呢？這些人的婚姻破裂、內心受到傷害，或者被查稅了，難道他們的痛苦不眞實嗎？他們受的折磨沒有意義嗎？法庭、國會或教會裡有沒有人能出來說，哪一個痛苦的案例已經痛苦到可以自殺？我們所治療的是末期病症的「人」，還是「末期」的那個部分？

如果有位女性試圖尋求法律途徑結束懷孕，而法庭在墮胎判決中採取了廣泛態度解讀，以求延伸解釋當事人的狀況和問題，像是對於「母親的生活」一詞，便包括了「母親的經濟生活」、「母親的社會生活」、「母親的感情生活」、「母親的教育生活」；因此，我們是不是可以合理的預期，當同一個法庭碰到比平常生活問題更嚴峻的案例（像是很具代表性的末期病症患者）時，會去限制協助自殺權的行使？倘若我女兒意外懷孕了，她同樣極端沮喪，是不是就該一廂情願認爲她墮胎必須取得其中一個家長的同意，另外一個就不用了？她適不適用於隱私權？自主權？是不是受到法律同等的保護？而且爲什麼都是女性？這是不是傳達了什麼訊息？

在凱沃基安醫生出現之前，十個試圖自殺的人裡面有九個是女性，而每六個成功自殺（也許在這裡說「完成自殺」比較好）的人當中有五個是男性——男人在這方面就是比較在行；當然，除非你用數學角度去看自殺失敗這件事，那麼女性就比較行了（因爲數學上的公理是負負得正，自殺（負的）乘以失敗（負的）等於自殺失敗（正的））。不過，凱沃基安所主導的自殺死亡當中，有整整百分之七十五都是女性，她們的平均壽命爲五十七歲，不是正處於空巢期，就是更年期。所以，協助自殺是適合所有人的公平方式嗎？還是性別謀殺呢？這是性別歧視，還是平權法案[5]的範圍呢？這是一種偏愛，還是因性別而調整的原則？或者這是那種男人應該閉嘴的「女性問題」，就好像跟男人提到墮胎，他們的表情彷彿在說繁衍這回事只跟性別有關，而不是跟人類有關。

對於協助自殺對象偏向女性的問題，凱沃基安醫生難以解釋，他用他特有的漠然表情回答觀眾：「似乎只是因爲要求的人是女性。」他說的也許是事實，但使用了騎士時代的慣用語、身穿開領羊毛毛衣（很奇妙的也印著騎士花樣），擺出一副英雄受到挑戰的理想主義者姿態，這樣的回答只顯得失當。

我們面對的是一團糟、非常糟的狀況，那麼現在，我們眞的寧願沒有人問這些問題嗎？

答案只在我們每個人身上，最好的情況是，由多數人來決定。當然，社會上大多數人可能全都錯了（而且經常是這樣），民主冒的就是這種險。但就像我們不能只因爲我們要、我們能理解或我們能捍衛，就去墮胎——我們不能「輕鬆方便」的協助自殺。若然如此，相較於因強暴或亂倫而受害、或危及母體生命而尋求墮胎的女性，只因覺得不便、經濟困難或苦於情緒問題就打算墮胎的人，會更多。相較於受盡痛苦的癌症病人，只因嚴重憂鬱、精神疾病，或因徹底的冷漠、明明身體無痛無災、卻希望用協助自殺結束生命的人，也會更多。如果有個母親覺得自己不管精神上或經濟上都沒辦法負擔雙胞胎，而選擇墮掉其中一個，我們沒辦法拒絕法律賦予的墮胎權；那麼，如果有個年輕的父親失業，或有個年輕的太太發現自己丈夫移情別戀而選擇讓人協助自殺，我們也無法拒絕法律賦予的協助自殺權。只要有需求，就可以墮胎，那麼我們如何期望能好好規範和管理協助自殺？

在「選擇」受到彰顯保護之處，我們必因選擇而苦。

在「生命」受到尊重敬愛之處，我們必因生命而苦。

如果不管存不存在的問題，我們難道不該預期商業市場會接手這件事嗎？問題會從「要不要」轉變到「誰有資格」，再轉變成「誰要付現金或刷卡」？所以，你收不收美國運通卡呢？

當然，我也可能是錯的，而且經常是。

我一直爲這樣的可能性做準備。凱沃基安醫生和我都在思考開診所的事，他把這種診所稱爲「死亡診所」，就算擋不住他，我也肯定可以跟他一較高下，我可以比他更「凱沃基安」；這對大家都好，可以壓低市場價格。而且我猜，要是他的想法成眞，他會忙得不得了，整天上脫口秀或四處巡迴演講，不會有什麼時間待在家裡或照顧生意的。

我承認曾經有這樣的念頭，在密爾福目前的商場裡，增加一間品味高雅、又不引人注目的小店（這可能比較適合這裡的鎮民，一目了然，距離又夠近）。比方說，六十至八五坪的空間，開闊沒有阻礙，也不會給人太大壓力，加上一堆大抱枕（枕頭布料帶著大地自然氣息），就像某種「接待室」。裡頭放著新世紀音樂，一群穿著庸俗的服務人員全都受過專業訓練，可以幫助客人做出「結束生命」（這裡的人流行婉轉說法）的決定。牆上掛著專門用來激發客人意願的裝飾，像是在多洛米蒂山脈一片水色風景中刻上「愛是永恆」或「勇往直前」的字樣。室內布置帶著懷舊氣息，和諧的感覺和幼稚園教室一模一樣。也許還要加裝一座配備了兩個或三個位置的焚化室。（因爲，如果奧克蘭郡提供的資料夠可信，那麼每十個協助自殺的案例裡面，有九個是選擇焚化。）

當然，在我們的死亡診所裡面，我們都提供選擇，也就是處理遺體的選擇，不管是靈柩、骨灰罈、想要哪種服務、司祭、音樂應有盡有。除了傳統的火葬和土葬，我們還提供「上太空灑骨灰」和「網路虛擬墳墓」的服務。當然了，醫藥協助自殺的方式應該要有選擇，看要用槍、用毒，還是用塑膠袋，要上吊或跳橋，天然瓦斯也行；而且不管想在店裡做或家裡做，或到我們特別設計的任何地點（像是花園、瀑布、公園跟涼亭等等）都沒問題，位置都很近，只要走幾步路就到。還有就是，要不要錄影，這當然是看個人；而且還有多種付費方式，嗯，「任君選擇」。

因爲一個幸運的巧合，我們目前在密爾福的葬儀社就坐落在自由街和第一街，差不多占了一整個街角，所以取名叫「自由第一診所」實在很貼切，充分表現出我們的愛國心，而且這個公司名稱還帶有強烈的教會意味——說不定叫做「自由堂」？或「安寧社會服務」（Serenity Social Service）？這樣又成了三S團隊，所以又可加個「別留下一團糟」之類的廣告詞。

接著必須有人負責對「有意義的生命」建立一套符合聯邦要求的最低標準，而在此之後，妥善的作法可能是停止當事人的社會福利——一旦生命沒有意義，當事人就不該成爲納稅者的負擔。就像我們這一代的政策規畫者發現，與其支付社會福利金，墮胎更能有效節省社會成本。到了我們孩子這一代（美國國債已經處於拖欠狀態）也會發現，「醫療協助自殺」遠比「醫療照顧」來得划算。這並不需要任何人「自願離開」自己的人生／生命，但把這件事當成公民的選擇和義務來教育下一代，也許是可能的作法；我敢說，在下一個世代中，絕對不缺教會的主教、政客和保險推銷員，願意在這樣一套體制下工作。

總是有人說：「這是一種滑坡謬誤[6]的爭論！」彷彿替這件事冠個名目就代表它不會發生、沒有多大意義，彷彿事情的發展不會從「壞」變成「更壞」，彷彿重力根本不存在。

我們大多數人想要的，只是保持平衡而已。

當然，凱沃基安醫生除外，歷史將會爲他記上一筆，視他爲先知——他的律師提議頒發諾貝爾和平獎給他；他的理論引起社會大眾熱烈關注；還要多久，才會出現他自己的脫口秀節目呢？

也許艾迪叔叔一直都是對的。也許就像寫在牆上的那些字，消失只是時間的問題。也許根本不值得爲此大費周章。他似乎比以前更快樂，睡覺的時間也變多了。他有更多的時間跟家人相處，他一點也不後悔。

他似乎接受了關閉三S團隊的決定。他把公司資產平分給自己的太太，一起打高爾夫球的死黨和死黨的太太。「八〇〇」免付費電話也取消了——幾個月之後的某天晚上，他把三S團隊的電話（他還記得電話號碼）拿來湊著玩，看能拼出什麼字母。他發現，這些數字可以拼出「NOTHING」這個字——「一無所有」。

譯注

1傑克・漢岱（Jack Handey, 1949～）：美國幽默作家，最為人知的作品是短篇笑話《深思集》（Deep Thought）。

2在北美洲，公司行號申請電話時為了方便顧客記憶電話號碼，會刻意搭配公司名字申請，例如，加拿大貝爾電話公司的號碼是310-BELL，顧客只要依照電話按鍵上對應的英文字母，就會撥出310-2355。故，文中的「一—八〇〇—自殺」，即「1-800-SUICIDE」，對應的電話號碼應為「1-800-7842433」。

3美國憲法第一修正案（First Amendment）：一七九一年正式批准。這條修正案確立在民主政府的自由社會裡，人人必須擁有四項基本自由——宗教信仰和宗教活動自由、言論自由、出版自由，以及和平集會和請願自由權。

4羅訴韋德案（Roe v. Wade）：是美國聯邦最高法院在一九七三年對婦女墮胎權和隱私權的重要案例。最高法院在這個案子中，承認婦女墮胎權受到憲法隱私權的保護。

5 平權法案（Affirmative Action）：此法案主要目的在於保護弱勢或少數族群，因膚色、宗教、性別和民族受到歧視，而藉由給予優惠來消除歧視。這項法案最早出現在美國；一九六一年，美國總統約翰・甘迺迪簽署了行政命令，讓少數和弱勢族群得享受優惠措施。

6 「滑坡謬誤」（Slippery Slope）：是使用一連串因果推論，誇大每個因果的強度，最後得出不合理的結論，典型的形式是「如果發生A，就會發生B，接著發生C……最後發生Z」，而因為「Z不該發生，所以不該允許A發生」。滑坡謬誤的問題在於，推論裡面的每個因果關係並非必然，或者可能性很低，甚至缺乏證據，因此最後推導出的結果Z是不合理的。

Chapter 11

潔西卡、新聞獵狗和棺木買賣

「一般都會在這裡把話說清楚（因爲批評美國殯葬業的人，也都毫無例外的會這麼說）：『我，當然不是，指絕大多數合乎職業道德的禮儀師都是如此。』但絕大多數合乎職業道德的禮儀師，正是本書的主題。」

——摘錄自潔西卡·密特福，《美國的死亡之道》〈前言〉[1]

「她去找了一個從業已久、「聲譽卓著」的禮儀師。她妹妹最近失去了丈夫，她希望能幫忙節省開銷，因此在葬儀社選了最便宜的紅木棺木，估價時也要求能估低一些。後來，葬儀社的業務員回電，說她妹夫的身材太高，棺木放不下，所以必須買另一副貴一百美金的棺木。我朋友不同意這麼做，那個營業員便說：『噢，好吧，那我們就用紅木那副，不過我們必須把他的腳切掉。』」

——摘錄自潔西卡·密特福，《美國的死亡之道》〈第二章〉

有個禮儀師曾經說，他寧願免費送人棺木，也不願意趁人最悲傷的時候圖利，後來這個人在州際公路旁掛了大大的廣告看板，看板上是穿著白色比基尼的豐滿妙齡女郎，上頭寫著「畢克斯比讓『身體』更好」，還附上他各大都市分店的地址（畢克斯比爲化名）。

我提這件事是想證明——人生總是起起伏伏。

這句話對不少偉大人物也同樣成立。

我想到，海明威之所以視龐德爲對手，是因爲他曾說——「艾茲拉（指龐德）大多數時候都是對的，要是他錯了，他就會錯到底，錯到你毫不懷疑。」但是我們應該因爲龐德錯誤的政治主張，就不去讀他翻譯的〈河商的妻子〉[2]這首詩嗎？因爲眾人的憤慨，就應該掩蓋掉他令人讚嘆的篇章嗎？同樣的問句，或許也能用在畢克斯比先生那兩句令人印象深刻的話上。

或者，就像我一直很佩服的一位牧師說過的：「預言呢，就像詩一樣，是份兼差。其他的時間呢，只要死不認錯就行了。」我總覺得他話中有深意。

我經常在想，確實，我從事的工作需要強大的良知，比較需要去忍受，而不是去衡量良知的秤砣上哪一方該多，哪一方該少。

我賣棺木，爲屍體防腐，也指導喪禮。

民調發現，一般大眾內心對喪禮指導師懷有巨大的矛盾情結——「我希望你能瞭解，如果可以，我永遠不想再見到你。」這話連對我最滿意的顧客都會說。沒關係的，我瞭解。

而且，如果你在街頭擋下人做訪問，大部分市民都會同意喪禮指導師幾乎都是騙子，但他們會有個老套的但書——「除了幫我們辦喪禮的那個之外……幫我（填入親屬關係）辦喪禮的那個人眞的幫了很大的忙，非常細心，把我們當成家人一樣。」

當人們同意某些特定成員是人類重要特權集團的一分子時，同時也嫌惡著這類人；這個傾向，就跟我們面對神職人員和參議員，以及老師和醫生的感覺一樣眞實。幾乎就跟人們對「時光」的評語一樣——「人生爛透了，但曾經有過這樣的片刻……」或者是人們和種族相關的評語——「我也有個朋友是（填入少數民族名）……」或者是人們和性別相關的評語——「（填入性別），你不能靠他們活下去，可是沒有他們，你也活不下去！」

當然，有些固定成員總是會被我們納入這個「亞種」之中，我想到的是律師、政客和稅務人員，不管在一般或特定狀況下他們都該下地獄，而對此我們也欣然接受。我們形容政客最好的一句話莫過於——「知道來的是你認識的惡魔，總比來了個不認識的好。」我們之中誰沒事會想要一個「好」的離婚律師，或者想跟查稅員有一段溫馨的回憶嗎？拜託，別傻了。

但是，讓我們把話題轉回棺木、屍體和喪禮上。

說到棺木，我總是非常小心。我不會跟家屬說他們應該做什麼或者不該做什麼。那樣非常失禮，而且對生意來說很糟糕。我告訴他們，我沒辦法讓他們上或不上天堂；沒有什麼東西能讓一個王子變成青蛙，令人遺憾的，反之亦然——這具棺木不能彌補生前的忽視，也不會掩蓋眞愛，高尚的品行，或者深情。

如果「價值」可以用「做了什麼」來衡量，說不定有助我們弄清「棺木」這個沒有生命的東西，以動詞的身分「做了什麼事情」。

看到這裡，有多少人會想到「把手」？當某個人死了，我們會想替他安個把手，這是因爲死人不會動。這部分可不是我編的。下次有人在你家停止呼吸的時候，你試試叫他們起來接電話、倒杯冰水，或把貓放出去；他動都不會動一下，因爲他已經死了。

曾經有段時期，換個洞住還比把死人拖出去容易，但現在也沒那麼簡單了——郵局、各個公家機關的資料都要改，還得繳過戶手續費。現在我們必須移動死者，以經驗法則來說是越快越好，只是這個法則沒辦法表達其中的辛苦。

把死者從一個地方移動到另一個地方，是一件嚴肅又討厭的差事。以前這件事是交給女人去做（就跟大部分的家庭雜務一樣），後來人們發現這件事是至高榮譽——擔任儀式中「抬棺」的要角，需要站在隊伍中的特殊位置，做出特別的表現，而且也常常穿著與眾不同的服裝。換句話說，把死者到處搬來搬去這件事，苦差事成分越來越少，榮譽成分越來越高，男人們熱情接手了這份工作。

這和整個人類的歷史非常相似。在抵禦掠食動物的保護方面、在肉類蛋白質來源的提供方面，以及最近在特定且高度專業、分工越來越複雜的食物準備和育兒方面，也幾乎都是這樣。

如果你覺得，女性至少也參與了一些，或許還爲發現這些事是「榮譽」盡過一番心力；說不定，你還是把這些猜疑擺在心裡會比較好，目前還不是想這些事的好時機。

我又離題了。回來談生意。

另一件你最常看見的、每具棺木都會「做」的事就是——保持水平。這是因為棺材師傅們很周全的考慮到人類喜愛展示的天性，所以才做成水平的。噢，當然，展示方式可以立著、放在車裡，甚至上下顛倒，但大部分人習慣看平躺的東西；也許，我們可以把這個歸因於重力、物理或金屬疲勞之類的原因。

所以，水平的東西要能夠被搬運，我們這時應該在棺木的基本特性加上第三點——「它必須夠結實，可以承重四百公斤」；我得說，沒有比棺木底部垮掉更破壞一場「好」喪禮氣氛的事了（我很高興我沒有這種經驗）。

你們有多少人從來沒聽過這種事？

在這麼多字裡面，有個字眼你我都很熟。

棺木（coffin）——指的是比較窄、八角形的傢伙，大部分是木頭做的，直到垃圾食物興起年代降臨之前，其形狀和人體都能巧妙的對應。它有頂部和底部，把這兩部分拴在一起的螺絲多半有著美麗裝飾；有些有把手，有些沒有，但都能搬動；蓋子也能夠隨意開啓和關閉。

棺槨（casket）——以長方形居多，蓋子是鉸鍊式的，屍體可以用它搬運，也能直接擺在裡頭讓人瞻仰。除了形狀的差別之外，棺木和棺槨幾乎是一樣的；它們都可以用木頭、金屬、玻璃、陶瓷、塑膠、水泥，以及親愛家屬所知的任何其他材質製造；兩種都有不同價位的產品可供選擇。

但棺槨還提供了基本用途之外的用處，這和箱子本身裝的東西有關。意思是——它放得下珍貴的陪葬品，像是祖傳寶物、珠寶、從前的情書，某些心愛物品的殘跡或圖像之類。

因此棺槨相對於棺木，就像墳墓相對於墓穴，墓地相對於地底下的一個洞，火葬柴堆相對於營火一樣。你懂我說的意思了嗎？或者這麼比方好了，就像頌詞相對於演說，輓歌相對於詩，家相對於房子，或者丈夫相對於男人。（這部分我喜歡，但我有點玩過頭了。）

重點在於，若使用了棺槨，我們就可以推測放進去的東西，這表示這具屍體對某個人而言很重要。對有些人來說，這件事再明瞭不過，但我想對其他人而言，也許並不是那麼清楚。

一旦房子被炸彈炸了，飛機從天上掉下來了，戰爭打贏了或打輸了，死者的身體就非常重要了——我們要他們回到我們身邊，好讓我們按照自己的主張和步調，告訴他們，沒有我們的允許、我們的原諒和我們的禮數，不准走；告訴他們，我們想要的，是說一聲再見的機會。

棺木和棺槨都是裝死人的箱子，無論哪一種都能圓滿達成任務，價格也都比大部分普通箱子貴得多；貴的原因，來自我們放進去的屍體。這些屍體是媽媽的、爸爸的、兒子的、女兒的、姊妹的、兄弟的、朋友的，是我們認識而且愛著的人，或是我們認識並且恨著的人，或者雖然幾乎不認識、但我們認識某個與之相識的人，而這人已經陷入深深的悲傷之中。

一九〇六年，一個德國移民之子約翰・希爾布蘭德（John Hillenbrand），買下了經營失敗的貝茲維爾棺木公司，這家公司位於南印第安那州一個同名小鎮上。隨著運輸工業成形，他把原來以木頭爲主的產品改爲金屬製造，對於防水防火之類的密封效果更好。在兩次世界大戰期間和戰後，男人們被政府單位的箱子裝著送回家，貝茲維爾便以「永久」和「保護」兩大概念成功拿下市場。然而，同樣的戰爭卻教會了英國人不同的課題，他們看見墓地在整個二十世紀前半不時遭到炸彈褻瀆，提永久和保護已是空談，他們不再能對死者保證什麼，因此，幾乎全部的人都改成了火葬。

土葬，通常是「安全」的社會群體和穩定的人們才會實施的喪葬方式。按理說，死者會被葬在一塊小小的自家土地裡，而活人會在周圍照看著那個墳墓。在這種風氣之下，關於永久和保護的夢想變得流行起來。不過，北美的火葬率也由於人口和地理方面的機動性和憂慮，以及毀滅科技的效率越來越高等直接因素而提升了。

棺木應該密封不透氣不滲水，這個概念對很多家屬而言非常重要，對其他人來說則毫無意義；雙方都是對的。沒有人需要解釋這爲什麼不重要，也沒有人需要解釋這重要在哪，但貝茲維爾認爲這說不定很重要，於是在一九四〇年代設計出第一具裝了墊圈的「密封」棺木，各種價位的金屬棺任君選購，從零點二蓋吉厚的鋼板，到黃銅和青銅材質都有。

他們學到的一件事是——棺木內部長約兩百公分、深約六十公分、寬約六十公分的空間，百分之九十六的人類都裝得下，誤差不大。

一旦他們弄清楚尺寸，和人們對棺木的永久保護期望之後，我們或多或少得提到希爾布蘭德兄弟如何比所有對手製造出更多棺木、賣出更多棺木的歷史。他們做到了，你到處都看見那些棺木——在電影裡或晚間新聞裡從教堂抬進抬出、在墳墓邊，或在靈車上；如果北美洲有個人躺在棺木裡，有超過一半機率採用的是貝茲維爾的產品。

我們會擺出二十幾種棺木供顧客選擇，但那些只是展示品，幾小時內我們就能調到比這多得多的貨。我要是進藍色的棺木，在我隔壁鎮的哥哥提姆就會進粉紅的；我要是訂了服貼式內襯，提姆就會訂縐摺式的；他要是訂了有「最後晚餐」圖樣的，我就會訂「聖母抱子像」系列；如果他進了個玫瑰雕花手把的棺木，那我進的棺木手把上雕的就是麥穗。

只要你說得出來的，我們都弄得到，我們包君滿意。

我們有紙板材質的箱子（像是用來裝大型家電那種），七十九塊美金一個。我們也有桃花心木製品（給甘迺迪、尼克森和歐納西斯[3]用的那種），一個接近八千塊美金。兩種都可以搬運、下葬，也可以燒掉；兩種都裝得下所有的人，除了特別高或特別胖的（唉，對這些人來說選擇是很有限的，就跟他們的人生一樣）；兩種棺木都可以任意挑選使用，只要你付得起錢。

因爲我們大部分人都傾向避免太過「極端」（不管我們打算怎麼加以定義），我們在這兩個極端之間提供了許多種類的棺木供顧客選擇，如果畫成圖表，看起來就像一個鐘型曲線——中間值最高，而兩端最低。因此，我們展示的棺木材質光是橡木就有三種，桃花心木只有一種，還有一種青銅，一種黃銅，一種不鏽鋼，和六到七種不同厚度的一般鋼材棺。我們展示了一種櫻桃木，一種楓木，兩種白楊木，一種白蠟樹，一種松木，一種合板，和紙板箱。內襯材質有絲絨、縐絲、亞麻或仿緞，有各種顏色，形式有簇集式、縐摺式，也有服貼平面式。你有非常非常多選擇，這取決於你打算在這上頭花多少錢。

也許我該坦白招認我們買進這些棺木的價格比賣出要低，這是個被我們某位地方電視新聞名人挖出來的事實，這人自稱「新聞獵狗」，而且似乎對批發和零售的經濟策略有點外行。這位「新聞獵狗」也曾揭發女童軍義賣餅乾的醜聞，因爲有部分賣餅乾的所得完全沒用在女童身上，而是交給國家辦公室，並用來支付「工作人員」的薪水。

這條「新聞獵狗」拚命嗅的其實是一條老路，一條由潔西卡・密特福首先開闢、讓她登上暢銷書榜大賺其錢的路（儘管這個結論並不完全是她原創）。她認爲剛失去親人的顧客，在討價還價上頭永遠居於下風——當你手裡有具屍體等著處理時很難貨比三家，就像你因案在逃時很難慢慢挑律師，或闌尾已經發炎時也很難挑醫生那樣，這可不是你可以放在那兒等競標的東西。

這個情況最後成了「生前契約」的大推手，似乎每位重要人士都能接受。喪禮指導師把它當成存在銀行裡的錢；有保險的人也愛死了它，因爲大部分的帳單保險都會給付。已逝的前「新聞獵狗」潔西卡，以及反奢侈的人們都認爲，在頭腦冷靜、心還沒有被悲傷和罪惡感影響的時候，下決定是最好的。事先規畫喪禮給了我們一個有希望的夢想，說不定可以提前預習那種感覺，你知道的，就是搶在憤怒、恐懼和無助眞的發生之前就去體驗它——這和計畫當父母和簽婚前契約同樣趕得上潮流，也同樣沒有用；不過，在牽涉到感覺問題時，這紙契約也許有助財務規畫。

我們向來建議「不要成爲孩子的負擔」，這是另一個很常被提到、鼓勵你事先做好最後規畫的「好理由」，也就是讓孩子們免去和我這種人談生意的恐怖和痛苦。

但，如果我們不想成爲孩子的負擔，那要成爲誰的負擔呢？政府？教堂？還是納稅人？究竟是誰？孩子就不是我們的負擔嗎？難道不是讓孩子好好的處理這個「負擔」，才會讓人有活著的感覺、被愛的感覺、能幫上忙的感覺，以及能夠做點什麼的感覺嗎？

而且，假如規畫一場喪禮是這麼可怕的重擔，裡頭充滿了可能的弊端和黑暗，又爲什麼要把一個耳不聰目不明、還拖著關節炎病體的七旬老人，送上前線跟禮儀師對陣呢？爲什麼不是那個四十幾歲、穿著幹練西裝、有在上網和使用手機的當然繼承人來辦呢？他們那一身裝備不是更能勝任這個任務嗎？我們在這兒花掉的，不是他們的遺產嗎？這些決定不是之後會跟著他們一輩子嗎？

也許，他們的父母只是不相信孩子能把事情辦好而已。

也許，他們不該相信。

也許，他們應該相信。

從我來到密爾福那天起，魯斯·李德就開始計畫自己的喪禮。第一次碰到他時，我正在剪頭髮。

他一直是名巨漢，五十歲的時候還有一百八十幾公分高，一百八十公斤重；年輕時，在大學和職業橄欖球界有出色的表現。他聲名遠播，是個「名人」，有名的是他狠戾乖張的行爲——像是某個星期天，他在鎮外某家二手車行賣掉一部福特雙門轎車，收了一千塊美金作爲訂金，他跟那個可憐的顧客說「早上辦公室開門的時候過來一趟」，拿車鑰匙，塡過戶文件。其實魯斯根本不是那家車行的員工（車行老闆是個虔誠的循道宗信徒，那天正在守安息日），沒等隔天天亮，錢就被他用在沙朗牛排、雪茄，以及和「老旅館」酒店顧客們一輪又一輪的豪飲上頭。（酒店的那些客人全是東方之星協會[4]成員，她們跟著丈夫來鎮上參加一場地區性會議。）

還有一次，鄰居家有隻狂吠不已的貴賓狗（一種只要在聽力所及範圍內都沒有人喜歡的狗），在魯斯小睡時被發現遭到槍殺。那位鄰居隔著後院籬笆朝魯斯的兒子大叫：「我總有一天會逮到你爸！」魯斯被喧鬧聲吵醒，出現在樓上窗邊，非常平靜的說：「我馬上就下去，班。」他穿著一件渦紋罩袍下樓，一記左勾拳就把鄰居擊倒，然後指示兒子把「這個死畜牲」拖去埋了，接著他又回到樓上，繼續小睡。

萬聖節是魯斯最愛的節日，他多少還是遵循基督誕生之前的方式慶祝——把自己打扮成居爾特戰士，戴著有犄角的頭盔，手持一把大劍，再加上他沉重的龐大身軀、黑色大鬍子和轟隆的說話聲，總是可以把那些上門惡作劇討糖的小孩嚇得哇哇亂叫。因爲這裡流行一則傳聞，魯斯給的糖果棒全是標準尺寸的，不是專供萬聖節發糖果用的那種縮小版，有時甚至會用一張五塊錢紙鈔包起來，所以小孩全都心生嚮往。不管從哪方面來看，魯斯·李德都比一般人大，連平時東家長西家短談到他的時候也一樣，程度之誇張有如古愛爾蘭史詩提到的那些英雄，像是庫丘林[5]、狄德麗[6]以及梅芙女王[7]——個性喜怒無常，會瘋狂做愛，而且食慾驚人。

他第一次堵到我的時候，我正坐在理髮店的椅子上，背後的太陽幾乎整個被他擋住了。

「聽說，你就是那個新來這裡挖墳的。」

是我身上的黑西裝、雕花皮鞋和灰色條紋領帶，讓他認出來的。

「哼哼，你永遠也別想碰我身體一下！」他下了戰帖。

理髮師閃到後頭去，因爲沒辦法確定對話會往哪個方向發展，他只好在爽身粉和剪刀之間裝忙。

我估量了眼前這個男人的尺寸（他有龐大的身軀、驚人的塊頭），我試著把自己想得和他一樣高（平起平坐，採取不合作態勢），但這時，背上突然傳來一陣交感神經痛。我有點退縮。

「爲什麼你會覺得我想對你的身體下手？」我用強調憤怒的口氣反擊。

在那之後，我和魯斯一直都是朋友。

他告訴我，他打算把身體奉獻給「醫療科學」。他想要把它送給母校的解剖科系，這樣菜鳥醫生就可以在他身上練刀。「不需要花我家人一分錢。」

我告訴他，以他的身體尺寸，他們可能不會收，他聽到我這麼說似乎非常沮喪。在這個國家，醫學院和牙醫學校的大體供應非常可恥的充足，光是流浪漢和無法自理生活的人便綽綽有餘；在大部分情況下，他們都比魯斯更「適合」解剖。
「但我可是個十足十的美國人！」魯斯還在爭辯。
「不必完全把我的話當眞，」我建議他，「你可以自己再去問問看。」
幾個月後，有天我正替葬儀社四周的鳳仙花澆水，魯斯在自由街上叫住我。
「那好，聽好了，只要把我燒了，然後用熱氣球把骨灰灑在這個鎮上就行。」我看得出來這是他深思熟慮的結論，「這樣要花我多少錢？至少？」
我開給他一個項目最精簡的費用，包括穿制服的人員、文件費，還有棺木費。
「我不要棺木。」他坐在停在路旁的凱迪拉克前座，發著牢騷。
我解釋，即使我們並不像一般情況那樣使用棺木，他還是必須裝在某個東西裡頭。他的身體要是不裝在什麼東西裡面，火葬場的人是不會收的；要是沒個把手之類的東西可以抬，他們碰都不碰。但我腦子裡想的是一個裝運箱，底下放棧板，外面包著一層保護套，航空公司託運行李人員可以用起重機來運的那種——那應該夠大，可以把他裝進去。
「魯斯，我現在能猜到的是搭熱氣球的費用。這可能是數目最大的一筆。還有，你當然得把通貨膨脹因素算進去。你打算怎麼樣？很快就會決定嗎？」
「你這個挖墳的別跟我打馬虎眼，」他大吼，「要做不做一句話，你靠不住是吧？」
我跟他說，不是我靠不靠得住，是他必須說服他的老婆和小孩（九個孩子），他們才是要請我辦事的人。

「可是，那是『我的』喪禮啊！用的是『我的』錢！」

我趁這個機會跟魯斯解釋，用於形容事物的第一人稱單數代名詞「我的」（當形容詞用），和用來表示事物所有權的「我的」（當所有格用）之間，有種微妙卻重要的差別，因爲這是從吐出最後一口氣的人角度來看。我也好好跟他說，那眞的是「他們的事」，也就是還活著的人，他的家人。在這裡我要他好好聽清楚，實際上就是「遺族」去確定錢怎麼用，喪禮怎麼辦，要如何或不如何處置他的遺體。

「我現在就把錢付給你，」他不能認同我的話，「我付現金，我會把一切都事先安排妥當，然後寫到遺囑裡面，他們會照著我要的方式去做。」

我勸魯斯想想最糟糕的情況——他太太和家人把我告上法院，我則帶著他的遺囑和開庭前準備好的文件，向法官堅持要火化他的遺體，還要在街頭市集日當天，從盤旋於鎮中心上方的熱氣球把骨灰灑下來。但他太太瑪莉會噙著眞心的淚水，七個美麗的女兒手上會拎著手帕，和兩位雄壯威武又帥氣的兒子，一起在法庭上請求准許讓人瞻仰遺體，再找牧師來，把他葬在小山丘上，這樣不管什麼時候想，都可以去墓園看望他。

「你想想這場官司誰會贏？魯斯，回家吧，把你的想法跟他們討論一下。」

我不知道他後來到底有沒有跟家裡的人說這件事情，也許他就這樣斷了念頭，也許這一切都只是我在白操心。我不知道。那是好多年前的事了。

去年，魯斯坐在他的搖椅上走了，當時菸灰缸裡的雪茄還冒著煙，電視螢幕閃動著傍晚播出的遊戲節目，他兒子跑來我家找我。他太太和女兒們圍在他身邊掉眼淚，孫子們乖乖的看著聽著。我們開了靈車過來，等每個女人和他吻別之後，才帶了擔架進去，並在他兒子幫忙下把他從椅子挪出來，搬出門，送到葬儀社。我們在那兒爲他做防腐，把他的毛髮理得乾乾淨淨，再把他擺出來讓人瞻仰。我們都很訝異年歲和疾病竟能把他縮小到這個地步——他輕輕鬆鬆就被放進一具貝茲維爾牌棺木裡，我想是櫻桃木的，我不太記得了。

但我記得，他過去的許多言行舉止，在停靈那兩天裡，不斷被人們誇張放大；故事在大夥口中輾轉流傳，人們對他狂野又難測的行爲覺得既悲傷又好笑。儀式過後，有個從小就認識魯斯的女人（也曾是萬聖節上他門廊挑戰的一分子），提到神的恩典和天堂的模樣，她請我們當中一些人分享關於魯斯的故事。之後我們跟著銅管樂隊，在〈聖靈向前行〉的樂聲中，一路滔滔不絕的走向墓地。等到一切能說的都說完，該做的也都做完之後，瑪莉和女兒先回家去接受鄰居的擁抱、燉菜和慰問，魯斯的兒子便留下來埋葬他。他們脫下外套，拉鬆領帶，砸破一支酒瓶，又拆了幾支黑雪茄，然後開始埋葬父親（我們沒人想過這麼做合不合適，我把這個問題的裁量權交給教堂司事），讓孩子照自己的意思去做。

雖然我明白魯斯的身體已經葬在這兒，但他卻在我們之間留下了一些東西。無論什麼時候，每當我看見熱氣球像隻肥胖的燃燒火鳥般漂浮在向晚空中，我都會感覺到他凡事過度的傳奇事蹟正從天而降，灑在我們這些老朋友和家人身上，而我們這些受他祝福和選擇的人莫不朝著天空垂首或仰望，或歡笑，或屏息，或流淚。

不管是多好的棺木，都不可能完全適合，適合我們想埋葬的一切——像是傷痕和原諒、憤怒和疼痛、讚美與感謝、空虛與歡欣，以及當某個人過世時亂糟糟的心緒。所以我非常慎重的在做這一行，因為，從我來到這裡的那年起，只要有人過世，從來不會有人打電話找潔西卡或「新聞獵狗」。他們找的是我。

譯注

1《美國的死亡之道》（American Way of Death）：此書相關介紹請見本書第二章〈格萊斯頓〉，注釋二，見頁五四。

2李白的〈長干行〉在一九一五年被詩人艾茲拉・龐德翻譯成英文，叫做〈河商的妻子：一封信〉（The River-Merchant's Wife : A Letter）。

3歐納西斯（Aristotle Onassis, 1906～1975）：已故希臘船王，曾是世界首富。

4東方之星協會（Order of Eastern Star）：共濟會的一個相關組織，由羅伯・莫里斯（Rob Morris）創建於一八五〇年。儘管協會遵循的是聖經的教導，但成員的招收卻沒有宗教信仰和性別上的限制。

5庫丘林（Cuchulainn）：愛爾蘭神話人物，光之神魯夫（Lugh）的兒子，母親是人類狄奇婷（Deichtine），因此是個半人半神。傳說中，他擁有怪力，十分勇敢，是個戰士；據說七歲時曾徒手殺死鐵匠庫蘭（Culann）所豢養的猛犬，他答應代替這條狗終身保護鐵匠，其名「Cuchulainn」，即「丘林」（Chulainn）之犬的意思。

6狄德麗（Deirdre）：愛爾蘭神話人物，烏爾斯特的公主。她不願與康喬巴國王結婚，而和情人納奧伊斯私奔。國王謀殺了納奧伊斯之後，狄德麗自盡而死。

7梅芙女王（Queen Maeve）：西元前一世紀時，愛爾蘭王奧楚・費德里希（Eochu Feidlech）的公主，以美貌和淫蕩著稱。

Chapter 12

生前告別致詞

「拿來一起用吧，我說的是你口袋裡的錢。去吧，我想你準備好了。」
——摘錄自威廉・卡洛斯・威廉斯[1]，〈致詞〉

我寧願是在二月。並不是我真的那麼在乎，也不是因為我對小事一絲不苟，只是因為你問了，答案是二月。我第一次當爸爸就是在這個月份，我爸爸也在這個月份去世。沒錯，這個月比十一月要好得多。

我就是要這份寒冷。我要空氣中有沉沉的灰，就像樹林裡要有樹，不是偶然，而是一種本質。而此時的密西根，不管是春天、花園，以及浪漫韻事的希望，都還毫無生氣的被冬天封在樹椿裡。

是的，二月。寒冷已過大半，而眼前還有寒冷等著。天光乍現時，黑暗仍在負隅頑抗。而寒風讓冷更刺骨。所以在那之後，人們可能會說：「那段日子眞是悲傷啊，但我們終究熬過來了。」

地面晶晶亮亮，凍得凹凸不平，所以在準備挖地前的那些夜晚，教堂司事會爬上高處，依照尺寸撐起遮罩，再點上一把火，幫挖土機的鋸齒鏟斗先把凍住的表土融一融。

爲我守靈。讓想來看的人都來，他們有來的理由，你也會有你的。假如這時有人說：「他看起來好僵！」我也毫不介意。他們說得對，因爲我本該如此，而你也有你的模樣。

接著是神職人員上場的時候了，讓他們來一場最棒的秀吧！如果他們老是打算跟你講道理，現在正是時候。他們在觀望，我們剩下的這些人也是。問題比答案讓人收穫更多，碰到說話有條有理的人，你就該當心了。

而音樂呢，就選你喜歡的吧。我會緊閉耳朵，完全失聰。喪禮上請風笛手和愛爾蘭小笛手來有很多好處沒錯，但請想想，一場有音樂的喪禮和一場前方擺著屍體的音樂會究竟有何不同。爲了你好，要是你聽到的聲音活像從牙醫診所或輪鞋溜冰場傳來的，還是避開爲妙。

你們可能會唸詩，我也有詩人朋友。提醒你一下，他們每個都躍躍欲試，尤其當題目和一具躺平的屍體相關時——性與死是他們的主要課題，能在這裡爲一個經驗豐富的禮儀師吟詩，簡直就是他們的最愛。而當慣了不受歡迎的人物，他們會扮成有名的編輯，也會指點其他詩人什麼時候該閉上嘴巴。

講到錢，一分錢一分貨。找個你直覺可以信任的人來處理。如果有誰跟你說你錢花得不夠多，叫他們死一邊去；如果有誰告訴你錢花得太多，也叫他們死一邊去。那是你的錢，你想怎麼用就怎麼用。但有件事千萬別搞錯了，你知道，有種人老是說——「我死的時候，把錢省下來，把錢花在眞正有用的地方，我的事，便宜辦辦就好。」我不是這種人，從來不是，我一直覺得喪禮有它的用處。所以，做你覺得適合的事。這個喪禮是你要負責，大部分的事你都有權決定。

而說到罪惡感，這太高估我了。眼前這個個案的情況是——我明白那些愛我的人給我的愛，我也知道他們明白我愛他們；除了這之外的每件事，到最後，似乎都無所謂。但若罪惡感讓你難以忽視，放過你自己吧，也放過我。假如在排場和隆重儀式上的小小升級可以讓你覺得舒服點，可以考慮把這當成一筆明智的花費。比起把錢花在精神科醫師、買藥、酒保或順勢療法上，高檔的墓地或宗教儀式說不定更有療效，喪禮再貴都划得來。

我要把雪地弄得亂糟糟，這樣大地看起來像是受了重傷，像硬開了個口，像個不情願的觀眾。丟掉帳篷，坦蕩蕩的面對這嚴冬。把大東西都搬開，它們看著礙眼。但把一身泥、也一臉司空見慣的教堂司事留在身邊，他可以和靈車司機聊聊撲克牌遊戲，或在牧師在做最後的歌功頌德時，板著一張臉，輕聲交換彼此的笑話。那些倚著鏟子、負責填土的人，和那些依靠習俗和古老禱詞的人一樣，每個都是一個領域的專家。

而你該把喪禮看到最後。你得忍住在墓園的小教堂、在房間裡，在祭壇跟前簡潔乾淨告別我的衝動。沒有那種事。別因爲天氣的關係就想逃，我們曾經在更糟糕的天氣裡釣魚看足球。不會拖得太久的。走去地上挖的洞旁邊，站在上面，看著裡頭，看著裡頭的驚奇。天氣是冷，但請待到喪禮結束，直到喪禮大功告成。

抬棺者的人選，就讓我親愛的兒子和強勢的女兒來吧；而如果我有孫子孫女，也讓他們扶上一把。大塊的肌肉在這個時候會派得上用場，扛起眞正的負擔也用得上。如果男人和他們身上的肌肉比較適合抬東西，那麼女人和她們的肌肉則更適合背負，這是一份可能需要兩種動作的工作，所以，彼此合作，可以減輕不少負擔。

注意看，我深愛的這個女人就是最好的榜樣——她有一顆強大的心、豐富的內在生活，和很多有效的良方。

等到話說完了，把棺木降下去，繩子也丟進去。已經變得灰撲撲的手套就扔在棺蓋上。塡滿土，事情就結束了。彼此留心腳踏的地方，別扭傷了腳踝，天氣冷就用力跺跺腳。讓頭垂著，比雙肩更低。好好看看地下，人走了之後就會在這裡把事情處理好。事情辦完了，抬起頭離開這裡，沒辦好就繼續低頭吧。

所以，如果你選的是火化，記得站好也看好。如果沒辦法看這個過程，也許你該考慮一下別的方式。站的地方要能聽得見火化時滋滋作響和劈里啪啦的聲音。試著吸一口飄出來的氣味，在火邊暖暖手。這也許是唱首歌的好時機。燒完的灰，剩下的渣和骨都埋了吧，還可以加上一小片沒有燒化的棺木。

把它們找個什麼裝起來。

埋的地點做個記號。

把肚子餓的人餵飽。這是應該的。把好吃的全都準備妥當吧，做這份差事就像到海邊，或在峭壁邊的小路散步那樣，讓人食慾大增。吃完，也是清醒的時候了。

說起來這不關我的事，我那時已經不在了。但要是你問起來（畢竟這些建議也不花你一分錢），有關每個人都會告訴你該在這時候辦個派對這部分，現在你真的瞭解嗎？死掉的傢伙到底有多堅持要每個參加喪禮的人都盡興而歸，都能仰頭暢飲幾杯，笑談過去，心情愉快呢？我不是這種人。我覺得以前的老師對這件事的看法是正確的——跳舞的時機是有，但這個時候可能就不是那個時間點。死人是沒辦法告訴活人該有什麼感覺的。

以前的人會用一年的時間哀悼死者。人們戴上臂環，穿著黑色的衣服，家裡禁絕音樂。黑色的花環就掛在大門前，誰家有人去世，一眼就看得出來。你有整整一年的時間可以哀傷，不管在夢裡或失眠時，不管悲傷或悲憤。痛哭流涕或嘻笑打鬧都不是該做的事，聽到死者的名字總能讓你透不過氣。一年之後，你應該回到正常的生活。「時間治療傷痛」是人們用來解釋的說法；當然，如果你沒有好起來，那麼你就會被當成得了某種「瘋病」，需要某種專業的協助。

不管感覺到什麼，都好好的去感覺吧，是解脫、安心、驚嚇、自由、害怕遺忘，還是對自己也將步上後塵隱約不安。結伴回家吧，投向那個仍然溫暖你的身軀尋求溫暖吧。找個你能信任的人，流淚，生氣，一起驚訝，一起沉默。做完那部分，越快越好。解決這些事情的唯一辦法，就是忍過去。

我知道我不該繼續這樣說下去。

我一輩子都有這個毛病——我習慣指導喪禮。

這是你的事，辦好我的喪禮，而不是我的事。我死了之後，是你要和我的死亡一起活下去。所以這裡給你一張折價券，可以用來折抵「別理我」；再給你另外一張，上頭印的是「我准許」。你要帶著我的祝福，把我說過的一切都忘掉，只要記得「去愛另外一個人」。

要一直一直活下去。

我真心想要的是個見證人，說我曾經存在，說我，也許一直都在，雖然這話怎麼聽都傻得可以。如果有人問你，就說，那天終歸是個悲傷的日子，是個冷颼颼的灰色日子。是在二月。

當然，我死在別的月份你也得自立自強。別怕，你會知道該怎麼做的。去吧，我想你準備好了。

譯注

1 威廉・卡洛斯・威廉斯（William Carlos Williams, 1883～1963）：美國詩人與小說家，重要詩集有《地獄裡的柯拉琴》、《酸葡萄》、《春天即一切》等等，被認為是影響美國當代詩歌的重要人物之一。

Acknowledgments

致謝

非常感謝《倫敦書評雜誌》（The London Review of Books）的約翰・蘭開斯特（John Lanchester），以及《哈潑雜誌》（Harper's）的雅麗山卓・芮吉（Alexandra Ringe），早期，書裡許多文章得以刊載都是因爲有他們的協助。而對於最早出版我詩集和散文的高登・黎許（Gordon Lish），我永遠心懷感謝。我眞心感謝「諾頓出版公司」（W. W. Norton）的吉兒・比亞羅斯基（Jill Bialosky），因爲她的信任和努力才使這本書的手稿得以付梓。

對於「強納森・開普出版公司」（Jonathan Cape）的羅賓・羅伯森（Robin Robertson），我永遠欠他一份情。一九八九年的春天，我們在都柏林很高興的碰了面，後來他爲我的詩擔任編輯，並在幾年前某次吃生魚片的時候，建議我可以出版一本這種類型的書。

同樣的，我很感激我的經紀人李察・麥當諾（Richard P. McDonough），謝謝他對本書手稿的大力支持，以及他的忠誠和友誼。

也謝謝和我一起在「林區與子葬儀公司」（Lynch & Sons Funeral Directors）工作的所有同事。有他們的付出和專業精神，我才有多餘的時間完成此書。特別要感謝我弟弟愛德華（Edward），我不在的時候，他的工作量變成雙倍；他的名字取自我們的老爸，而他也像那個男人一樣眞心的付出關懷，是個了不起的好人。我也要謝謝密西根州密爾福市高地鎮（Highland Township and Milford, Michigan）的鄰居和朋友，在近二十五年的時間當中，每當親人發生不幸，都將照料遺體的工作託付給我們。藉著分享他們生活與死亡的點點滴滴，我體會到我們彼此之間的關係有多麼珍貴。在這些文章的寫作準備過程中，我深深感到自己有責任尊重他們的隱私，因此書中出現的一些角色和事件都經過改編改寫。儘管改了名字，換了模樣，再加以修飾，但最後呈現給讀者的本質仍是相同的，這也基於鄉親們信任我的那份尊重。

出於相似的理由，我受了許多作家和朋友的照顧，不管是在愛爾蘭、英格蘭、蘇格蘭和美國，他們願意讓我（有時任性的）將彼此之間的友誼寫入書中。

我非常感謝派特・林區（Pat Lynch）、瑪莉・霍威爾（Mary Howell）、梅莉莎・維斯伯格（Melissa Weisberg）、奧德麗・科瓦斯基（Audrey Kowalski），以及馬修・羅倫斯牧師（Fr. Matthew Lawrence），他們每一位都把書看完，並在撰寫過程中給予寶貴的意見。

我要謝謝「波士頓公共電視臺」（WGBH）的凱倫・歐康納（Karen O'Connor），以及「奧克蘭郡醫事檢驗辦公室」（office of the Oakland County Medical Examiner）爲〈艾迪叔叔的公司〉這一章提供了寶貴的資料。在此，也要向擔任墓園教堂司事的榮恩・威利斯（Ron Willis）致謝，他是一位思慮周密的人，謝謝他願意、也有這個能力爲問題提供反面意見，要是沒有他，我絕對無法釐清自己的想法。

謝謝我的女兒海瑟・葛雷斯（Heather Grace），以及我的兒子湯姆（Tom）、麥克（Mike）和西恩（Sean）在本書成書過程中，很有耐心的（或說忍耐的）將本書草稿一頁頁看過。

而本書稿永遠的頭號讀者瑪莉・塔塔（Mary Tata），我對她的感謝與讚美不是一字一句就能帶過，也沒有任何言詞足可表達。

【譯後記】

在生與死，自由與老派之間

文／王聖棻、魏婉琪

死亡是必須面對的事，人生在世，沒有逃得過的。活得短，可能只需要面對自己的，活得夠長，還得加上許多別人的。活得越長，見得越多。見得多了，對死亡的看法會不會有什麼不一樣呢？《死亡大事》一書就是另一個視角，來自四十多年經驗的美國禮儀師——湯瑪斯・林區。當然，有些時候他也兼具家屬身分。

林區是個有意思的人，這也許和他所在的時代、和他的多重身分有關。他是個嬰兒潮年代出生的美國人，他的父親參與了二戰，他自己則碰上了越戰，幸運的是他沒抽上去越南的籤。接著，他迎接了美國的反戰與嬉皮年代，自由、開放、女性主義萌芽，而他當時正年輕，正是最容易接納顛覆傳統思想的年紀。但另一方面，他來自一個篤信天主教的愛爾蘭移民家庭，在保守的中西部長大，從小家中就有濃重的宗教氣氛，再加上喪葬業又是一門離不開宗教的行業。他對愛爾蘭有深厚的情感，相對於年輕歡樂的美國，古老的愛爾蘭對他而言似乎更有厚重的文化感。

他唸文學，寫作，尋找最精確最美麗的詞句；同時繼承了父親的葬儀社，與棺木骨灰罈屍體為伍。這樣的背景，讓他在古板的儀式中有了自由的協調，卻又在開放的時代潮流中出現頑固的老派思想，於是許多時候，林區對事物的看法很難預測——不知道是「嬰兒潮之子林區」，還是「宗教與傳統的林區」要現身。比如，當他說到自己年少輕狂時，烈酒藥物都碰過；說起那些自我追尋的過程，筆調神采飛揚，彷若身後有翼，蓄勢欲飛。但換個章節，又對傳統大家庭有不太合時宜的依戀，連姑姑阿姨們監視下的家中戀愛約會都寫得極為純潔可愛；對現代小家庭興起的社會傾向，則以一種「嗟哉禮崩樂壞」的搖頭口氣慨嘆著。當談論自殺／醫藥協助自殺議題時，更是用盡譏嘲反諷，幾乎讓人覺得下一段他就要心臟病發。

以他這樣一個無論年代與地域、歷史與個人、社會與家庭，都處在新舊交界、有各種力量衝擊著中心的人來看死亡與喪禮，也就成了非常有意思的事。對讀者來說，他的每個故事都是我們想知道又懼怕知道的；對他而言，卻只是日常生活。當了這麼多年禮儀師，林區很明白他這個行業在一般人眼裡有多神祕，不只是誰也不願碰觸的死亡、屍體，更可怕的是讓人覺得哪天也可能落在自己身上的生死無常，以及怎麼看都會被禮儀師大敲一筆的喪葬費用。他很明白的說，他處理屍體，和牙醫看到一口爛牙，醫生看到一堆爛器官，或會計師看到一堆爛帳沒什麼不同——那只是一份工作，必須做到好的工作。

但說是工作，也並非完全抽離自身感情。例如他提到，從他父親開始，因為看過太多意外，於是對自己的九個孩子一直有「不知道什麼時候會出事」的恐懼。林區小時候只感覺到處處受限，但等到自己也當了禮儀師，他完全懂得了父親當年的感受，也開始恐懼了。有多少死亡毫無道理可言，無從防範，要是降臨在自己孩子身上，眞不知如何承受。由於帶有父親身分的同理心，他會盡可能幫助失去孩子的父母，甚至棺木照批發價賣不多收一塊錢，也不收服務費（以做生意來說已是絕大的善意），只希望「上帝讓這一個個父母承受掏空人心的傷痛時，可以跳過我這個做父親的」。

至於喪禮最根本的問題——爲何而辦？爲誰而辦？林區的答案百分之八十傾向於「活著的人」。他認爲，人死了之後便無知無覺，靈魂去該去的地方，餘下的皮囊最好用處便是讓活著的家屬好好繼續生活。當然，也有人非常執著於安排自己的身後事，林區也會盡量做到，這就是剩下的百分之二十了。於是便有了〈瑪莉和威伯〉這一章所描述的，瑪莉爲了讓自己的棺木能按照自己希望的路線進入墓園，不惜投資大筆資金與人力修橋；這個決定，林區顯然是贊成的。而在另一章〈潔西卡、新聞獵狗和棺木買賣〉，魯斯希望把自己燒掉，然後從熱氣球上撒下來的想法，就被他一再勸阻，因爲考慮到魯斯家人將來會無處追悼。但魯斯認爲那是「他的」喪禮，而林區認爲「他的」喪禮不只是「他的」。逝者已矣，活著的人還要背負著這份悲傷活下去，藉由能讓家屬安心的喪禮多一分療癒，多一分平靜，都是好的。

當然，由於文化與宗教的差異，書中提到的許多觀念，在台灣是沒有辦法通用的。台灣的喪禮融合了太多佛教道教以及民間習俗，人們習於用凡人的生活去想像死後的世界，於是要有錢有房有車有四季衣物，否則親人就會沒錢用沒屋住，過得不順心會託夢，子孫們便把祖先要的物事速速備齊燒去。

這種天堂觀（人死後依然可能寒冷，可能匱乏，擁有和凡人完全相同的七情六慾）說起來相當的「不天堂」，也常有邏輯難以解釋的部分出現，比如投胎觀念（好人會早投胎，然而另一方面，大家卻相信自己祖先的靈永在）、風水說（祖先墳墓所在位置可以庇蔭幾代或者禍害幾代，祖先移居外地或分葬不同處這些情況便沒有統一說法）之類的，這些都很「人間」，也就是林區認爲的——什麼方式讓你安心，你就去做，想怎麼做都可以。有時甚至讓人覺得，所謂過世的人在陰間所需，其實就是活著的人夢想自己死後能擁有的一切。但是，如果這麼做，活著的人可以覺得安心，甚至因此對自己未來在另一個世界的生活減少憂懼，又有何不可呢？

「假如在排場和隆重儀式上的小小升級可以讓你覺得舒服點，可以考慮把這當成一筆明智的花費。比起把錢花在精神科醫師、買藥、酒保或順勢療法上，高檔的墓地或宗教儀式說不定更有療效，喪禮再貴都划得來。」這是林區的專業意見，東西方同理，其實也是世上所有喪禮的根源和最重要目的。

理論物理學家史蒂芬．霍金說：「人腦就像一部電腦，零件失效後就停止運作，人死後並沒有任何事發生，就是停止運作而已。沒聽過壞掉的電腦還有來生或是去天堂的，天堂只是害怕黑暗的人想出來的童話故事。」這也許是死亡的事實，然而喪禮自始就是一種情感的產物，大部分的人，對於他人或自己的死亡，心理素質都沒有霍金那麼強大，所以需要緩衝，需要寄託，需要期待，在無能爲力的死亡面前，喪禮，是一件讓活著的人覺得「有能爲力」的事。

我們如此脆弱。可以想見，只要人類還在的一天，這個行業就不會消失。

國家圖書館出版品預行編目資料

詩人葬儀社／湯瑪斯 · 林區（Thomas Lynch）著；王聖棻、魏婉琪譯 ——二版——臺中市：好讀出版有限公司，2021.09
面；　公分——（心天地；03）
譯自：The Undertaking : life studies from the dismal trade

ISBN 978-986-178-563-9（平裝）

874.6　　　　110013529

好讀出版

心天地 03

詩人葬儀社 The Undertaking : life studies from the dismal trade

填寫線上讀者回函
請掃描 QRCODE

作　　者／湯瑪斯 · 林區 Thomas Lynch
譯　　者／王聖棻、魏婉琪
總 編 輯／鄧茵茵
文字編輯／簡綺淇
行銷企劃／劉恩綺
美術編輯／廖勁智
內頁編排／王廷芬

發行所／好讀出版有限公司
407 台中市西屯區工業區 30 路 1 號
407 台中市西屯區大有街 13 號（編輯部）
TEL: 04-23157795　FAX: 04-23144188　http://howdo.morningstar.com.tw
（如對本書編輯或內容有意見，請來電或上網告訴我們）
法律顧問／陳思成律師

讀者服務專線　TEL: 02-23672044 / 04-23595819#230
讀者傳真專線　FAX: 02-23635741 / 04-23595493
讀者專用信箱　service@morningstar.com.tw
網路書店　http://www.morningstar.com.tw
郵政劃撥　15060393（知己圖書股份有限公司）

印刷／上好印刷股份有限公司
初版／西元 2015 年 4 月 1 日
二版／西元 2021 年 9 月 1 日
定價／ 300 元
如有破損或裝訂錯誤，請寄回 407 台中市西屯區工業區 30 路 1 號更換（好讀倉儲部收）

Published by How Do Publishing Co., Ltd.
2021 Printed in Taiwan

ISBN 978-986-178-563-9

讀者回函

只要寄回本回函，就能不定時收到晨星出版集團最新電子報及相關優惠活動訊息，並有機會參加抽獎，獲得贈書。因此有電子信箱的讀者，千萬別吝於寫上你的信箱地址

書名：死亡大事

姓名：____________ 性別：□男 □女 生日：____年____月____日

教育程度：________________

職業：□學生 □教師 □一般職員 □企業主管

□家庭主婦 □自由業 □醫護 □軍警 □其他__________

電子郵件信箱（e-mail）：______________ 電話：__________

聯絡地址：□□□ ________________________

你怎麼發現這本書的？

□書店 □網路書店（哪一個？）__________ □朋友推薦 □學校選書

□報章雜誌報導 □其他____________________

買這本書的原因是：____________________

□內容題材深得我心 □價格便宜 □封面與內頁設計很優 □其他________

你對這本書還有其他意見麼？請通通告訴我們：

____

你買過幾本好讀的書？（不包括現在這一本）

□沒買過 □ 1 ～ 5 本 □ 6 ～ 10 本 □ 11 ～ 20 本 □太多了

你希望能如何得到更多好讀的出版訊息？

□常寄電子報 □網站常常更新 □常在報章雜誌上看到好讀新書消息

□我有更棒的想法____________________

最後請推薦五個閱讀同好的姓名與 E-mail，讓他們也能收到好讀的近期書訊：

1.______________________________

2.______________________________

3.______________________________

4.______________________________

5.______________________________

我們確實接收到你對好讀的心意了，再次感謝你抽空填寫這份回函

請有空時上網或來信與我們交換意見，好讀出版有限公司編輯部同仁感謝你！

好讀的部落格：http://howdo.morningstar.com.tw/

好讀的臉書粉絲團：http://www.facebook.com/howdobooks

請填妥後對折黏貼，直接投郵即可，無須貼郵票。

廣告回函
臺灣中區郵政管理局
登記證第 3877 號
免貼郵票

好讀出版有限公司　編輯部收

407 臺中市西屯區何厝里大有街 13 號

電話：04-23157795-6　傳真：04-23144188

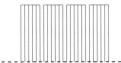

沿虛線對折

購買好讀出版書籍的方法：

一、先請你上晨星網路書店http://www.morningstar.com.tw檢索書目或直接在網上購買

二、以郵政劃撥購書：帳號15060393 戶名：知己圖書股份有限公司並在通信欄中註明你想買的書名與數量

三、大量訂購者可直接以客服專線洽詢，有專人爲您服務：客服專線：04-23595819轉230 傳眞：04-23597123

四、客服信箱：service@morningstar.com.tw